俄罗斯世界基金会资助项目
“俄罗斯白银时代中短篇小说汉译”
（项目编号：№ 1901Гр/ Ⅱ -348-18）

遇见热爱文学的你

爱能拯救死亡

德米特里·梅列日科夫斯基等◎著
王　宁等◎译

西苑出版社
XIYUAN PUBLISHING HOUSE
·北京·

图书在版编目（CIP）数据

爱能拯救死亡 / (俄罗斯) 德米特里·梅列日科夫斯基等著 ; 王宁等译. -- 北京 : 西苑出版社, 2020.3
ISBN 978-7-5151-0755-4

Ⅰ. ①爱… Ⅱ. ①德… ②王… Ⅲ. ①短篇小说—小说集—俄罗斯—现代 Ⅳ. ①I512.45

中国版本图书馆CIP数据核字（2020)第024449号

爱能拯救死亡
AI NENG ZHENGJIU SIWANG

责任编辑　陶永学　汪昊宇
装帧设计　马佳雯
出版发行　西苑出版社 XIYUAN PUBLISHING HOUSE
地　　址　北京市朝阳区和平街11区37号楼 邮政编码：100013
电　　话　010-88636419 E-mail：xiyuanpub@163.com
印　　刷　三河市嘉科万达彩色印刷有限公司
经　　销　全国新华书店
开　　本　710 毫米 ×1000 毫米 1/16
字　　数　238 千字
印　　张　19.75
版　　次　2020年6月第1版
印　　次　2020年6月第1次印刷
书　　号　ISBN 978-7-5151-0755-4
定　　价　60.00 元

总论

19 世纪末 20 世纪初是俄罗斯文学史上承前启后的时代（被称作“白银时代”），以象征主义、阿克梅主义、未来主义为代表的现代主义文学运动蓬勃兴起，在文坛上刮起了一阵强劲的风潮。这终结了俄罗斯文坛中传统现实主义一统天下的文学格局正式，一个流派统领一个时代的局面已一去不复返。各种思潮和流派多元共生的时代已经到来。作为这一时期最强大的两股文学思潮，相互排斥、相互斗争，现实主义与现代主义同时又相互汲取对方的优点，相互影响，相互渗透，构成了 19 世纪末 20 世纪初俄罗斯文学多声部交响曲的主旋律。①

现代主义文学摒弃了传统现实主义文学以“反映论”为中心的创作原

① 张建华，王宗琥．20 世纪俄罗斯文学思潮与流派 [M]．北京：外语教学与研究出版社，2012.

则，不主张用作品去再现生活，而是提倡对人的心理机制进行探索，从人的心理感受出发，表现现代人在荒诞世界中的异化，试图建立起以“表现论”为中心的新规则。从现实主义到现代主义的过渡，表现了文学由注重外在的真实转向了注重内心的真实。现代主义作家不再热衷于环境描写或创作跌宕起伏的故事情节，而是把重心转向了描写人物复杂多变的内心世界。与此同时，这一时期的俄罗斯现实主义文学也出现了转型。传统现实主义文学在新的文化语境下不断寻求自我调节和更新——一方面延续自身传统；另一方面广泛吸收其他艺术类型思维的长处——仍然是强大而富有影响力的文学流派。如托尔斯泰、契诃夫等老一代批判现实主义作家仍在从事创作。以高尔基为代表的新一代现实主义作家（包括安德烈耶夫、库普林、蒲宁、什梅廖夫）恪守现实主义文学的创作原则，不断创造新的主题、主人公、情节，探索新的体裁，寻求与读者对话的新方式，以自身卓越的创作才华为俄罗斯现实主义文学的深化与现代性转型起到了至关重要的作用。

与此同时，这一时期的现实主义文学在形式上也趋于复杂化和精细化，创作视野不断扩大。例如，蒲宁、库普林、安德烈耶夫等现实主义作家对人的潜意识投以极大的关注。现实主义文学在创作形式和创作手段上的丰富与多样，对非现实主义流派形式和手法的借鉴与吸收，绝不是现实主义本身的异化和危机，而是现实主义的发展和与时俱进。同样，活跃于 19 世纪末 20 世纪初的现代主义作家不但没有完全摒弃现实主义传统，而且或多或少地传承了现实主义文学的创作经验。例如，象征派代表作家勃洛克就借鉴了同时代的现实主义作家的创作经验。这一时期，很多现代主义作家的创作中都出现了现实主义和现代主义交融与过渡的特征。例如，安德烈耶夫早期作品的现实主义倾向就极为明显。他的小说《红笑》反映出现实主义、象征主义、表现主义等多重艺术特征，成为一种独特的文学现象。而契诃夫在世纪之交的创作理念却更接近于象征主义和印象主义，充满了各种现代主义元素，因此，其现实主义是高度透明的、无意识的、与象征主义融为一体的。

这一时期俄罗斯文学多种体裁和形态的并存反映了俄罗斯 20 世纪文学的基本走向和趋势，涌现了一大批具有独特艺术个性和才华的诗人、小说家、文艺理论家，如梅列日科夫斯基、吉皮乌斯、勃留索夫、巴尔蒙特、勃洛克、别雷、曼德尔施塔姆、帕斯捷尔纳克等人。他们在文学语言、诗学和诗歌技巧等方面都取得了巨大成就，创作了大量内容独特、形式新颖、风格多样的抒情诗和别开生面的叙事作品。

作为表现作家心灵世界的艺术，文学总是以不同的形式和方式来表现人的内心情感，再现一定时期和地域的社会生活。世纪之交的俄罗斯文学的现实主义和现代主义在创作上的分道扬镳，从表面上看是各个文学流派和团体之间的斗争，而深层次的原因则在于各个流派对于文学的功能持相对对立的观点，并由此形成了对人在世界中地位的不同看法。尽管现实主义和现代主义属于两种相互独立甚至对立的文艺流派和美学体系，但在一定条件下，它们是相互影响、相互交叉的。特别是在 20 世纪初各种思潮和流派纷至沓来的时期，一位作家同时倾向于几种思想流派或辗转于各流派之间的现象也时有发生。因此，这一时期的作家们无论属于哪个流派，都以各自不同的视角、不同的方式，反映出那个时代社会生活的各个侧面，共同描绘出 19 世纪末 20 世纪初俄罗斯文学的全貌。

20 世纪 90 年代以来，我国学者对 19 世纪末 20 世纪初的俄罗斯白银时代文学，特别是诗歌，进行了比较系统的译介和研究，相比之下，对白银时代中短篇小说的译介和研究则较少。例如，1998 年由吴笛编译的《对另一种存在的烦恼——俄罗斯白银时代短篇小说选》，被收入“俄罗斯白银时代文化丛书”，由云南人民出版社出版。作家出版社在1998年也出版了一套“白银时代丛书”，包括扎米亚京的《我们》和别雷的《彼得堡[①]》。2006—2007年，新星出版社出版了一套“俄罗斯文学经典”，包括索洛古勃的《创造的传奇》、安德烈耶夫的《撒旦日记》、库普林的《士官生》和阿尔志跋绥夫的《绝境》。2014年，河南大学出版社出版了吴笛修订编译的《街上的面具：俄罗斯白银时代短篇小说选》，这本译著新增了波塔彭科、谢苗诺夫、阿尔志跋绥夫、苔菲、吉皮乌斯等重要短篇小说家的作品，共收集翻译了40部俄罗斯白银时代的短篇小说作品，力图展现出俄罗斯白银时代短篇小说创作的全貌。

但是，作为俄罗斯文学史上的繁荣时代，19世纪末20世纪初的白银时代文学由于世界大战、革命、国内战争等非文学的原因而过早地结束。相对于这一时期取得较高成就的现代主义流派的中短篇小说这一巨大的艺术宝库而言，我国国内仅有的这些译作出版物，对于了解在过去相当长的时期内在俄罗斯国内并未得到足够重视的白银时代作家的全貌来说，是远远不够的，对于中国读者全面了解代表20世纪俄罗斯文学走向和趋势的白银时代现代主义文学流派来说，也是远远不够的。

因此，长春大学叶赛宁文化教育研究中心俄罗斯文学研究团队在俄罗斯世界基金会基金项目（项目编号：№1901Гр/Ⅱ-348-18）的经费支持下，携手江苏科技大学、西南大学、东北师范大学、江苏大学、四川大学等高校的19位俄罗斯文学研究者，经过反复研讨，集中对这一时期20位不同流派的代表性作家的73篇中短篇小说进行了解读、翻译，力争使译文能

① 彼得堡是圣彼得堡的别称，本书统一使用“圣彼得堡”称谓。这里为了尊重别雷的作品名，仍保留“彼得堡”的说法。——编者注

真实再现原作者的思想意图和情感，再现原作的主题和意境。这些作家中有属于象征派的德米特里·梅列日科夫斯基、瓦列里·勃留索夫、亚历山大·勃洛克、费奥多尔·索洛古勃、安德烈·别雷、季娜依达·吉皮乌斯；有属于前阿克梅主义和阿克梅主义的米哈伊尔·库兹明、尼古拉·古米廖夫、奥西普·曼德尔施塔姆；有擅长写讽刺幽默小说的阿尔卡季·阿韦尔琴科、娜杰日达·洛赫维茨卡娅（苔菲）、萨沙·乔尔内；还包括世纪之交在俄罗斯文学进程中起过巨大作用的伊万·蒲宁、列昂尼德·安德烈耶夫、亚历山大·库普林等作家的作品。上述作家对世界、对人在世界中的位置所持的观点可能各不相同，但处于世纪之交的危机意识，俄罗斯即将被带入新的社会发展阶段的时代转换意识，“精神和物质统一的思想，对洞察人生、生与死的永恒秘密的向往”[①]，在某种程度上把他们联结在了一起。

希望这套“19 世纪末 20 世纪初俄罗斯文学作品选读”的翻译成果为我国学者深入研究这一时期俄罗斯文学的创作特点，了解这一时期现代主义小说创作的全貌，提供重要参考，以求让更多的读者和俄罗斯文学爱好者了解白银时代的俄罗斯文学，更加准确、全面地了解 20 世纪俄罗斯文学的发展脉络和进程。本项目团队希望通过这套书的出版，与更多的国内俄罗斯文学翻译研究者交流翻译经验与技巧，让更多的俄语语言文学研究者加入俄罗斯当代文学的翻译和传播队伍中来。同时希望这套书能为我国读者重新认识这一时期的文学成就，重新审视这一时期的文学遗产，促进新时代中俄关系背景下的中俄文化交流做出贡献。

---

① 弗·阿格诺索夫. 白银时代俄国文学 [M]. 石国雄，王加兴，译. 南京：译林出版社，2001：3.

前言

20世纪的俄罗斯文学，如果以现实主义为基本的参照，那么还存在着一条非现实主义的流脉。这就是现代主义文学。俄罗斯现代主义文学受到西欧，特别是德国的非理性哲学思想的影响，比如康德的不可知论和“美不涉及欲念和利害关系”的观点，谢林的“理智直观在诉诸直接经验时就变成了艺术中偶发的美感直观”的思想，叔本华的《作为意志和表象的世界》，尼采的超人哲学和个人主义的观点。其中，叔本华认为“人受意志的支配与奴役，无时无刻不在忙忙碌碌地寻找什么。每一次寻找的结果无不发现自己与空洞同在，最后不能不承认这个世界的存在是一大悲剧，而世界的内容却全是痛苦”[①]。因此，人们对世界的把握只能依靠非理性的直觉。尼采是叔本华非理性主义思想的继承者，也是对俄罗斯象征主义文学影响最大的哲学家。俄罗斯现代主义还根植于浓厚的本民族文化传统，继承了本民族诗人丘特切夫、费特等人的“纯艺术”文学主张，关注人

① 叔本华．爱与生的苦恼 [M]．金玲，译．北京：华龄出版社，1996.

的深层意识和超验感觉。与此同时，俄罗斯现代主义与同时代的思想家索洛维约夫、别尔嘉耶夫、布尔加耶夫、舍斯托夫等人的宗教哲学思想有着密切关系。[①]1892 年，哲学家、思想家梅列日科夫斯基发表的《论当代俄罗斯文学衰落的原因及其新的流派》一文揭开了俄罗斯现代主义文学发展的序幕。

俄罗斯象征主义的先驱是哲学家弗拉基米尔·索洛维约夫。他创立了“万物统一哲学”的体系，主张把个人主义与神秘色彩相结合。梅列日科夫斯基和他的妻子吉皮乌斯、索洛古勃、勃留索夫等人被称为第一代象征主义者。20 世纪 20 年代开始，别雷和勃洛克等人参与进来，被称为第二代象征主义者。他们以带有神秘色彩的诗歌体现着个人对自然和生活的感受。阿克梅派脱胎于象征主义，是古米廖夫和戈罗杰茨基为首的一批年轻诗人发起的。古米廖夫等人一方面注意向象征主义诗人学习技巧，一方面又试图避免他们诗作中的玄奥和神秘，而致力于以完美、简洁的形式来展示自然生活和个人感受。不久，曼德尔施塔姆和阿赫玛托娃也加入了象征主义流派。20 世纪 20 年代开始，布尔柳克、卡缅斯基、马雅可夫斯基等人接受了意大利诗人菲利波·托马索·马里内蒂的未来主义主张，组成了一个未来主义小组。帕斯捷尔纳克则属于另外一个未来主义团体。他们全面否定了传统文学的价值，提倡全新的内容和形式，并大胆采用错位、造词等手段，和艺术创作联系紧密。

象征主义作为世纪之初最主要也是最有成就的文学流派，其在艺术上的建树不仅局限于诗歌的艺术。俄罗斯象征派诗人所建立的小说诗学、戏剧诗学、理论诗学与其诗歌艺术共同构成了俄罗斯象征主义文学的艺术个

---

① 余芳. 20 世纪初俄国现代主义与现实主义文学的辩证关系 [J]. 复旦外国语言文学论丛，2016(01).

性，使俄罗斯象征主义文学与其他民族的象征主义文学区分开来。俄罗斯象征派的小说艺术成就大概是西欧的象征主义文学家望尘莫及的。梅列日科夫斯基、吉皮乌斯、索洛古勃、别雷等象征主义诗人，在特定的历史时期内和特定的文化背景下，创作出一系列传统体裁诗学意义上的短篇小说、中篇小说和长篇小说，以及非传统体裁诗学意义上的“交响曲”和“剧体小说”。这些作品都是象征主义诗人在象征主义文学运动中根据象征主义的诗学原则创作出的叙事文学。

在典型的俄罗斯象征派小说作品中，作家的审美对象已经不是折射于心灵中的世界，而是直接包含着世界投影的心灵；作家的审美取向已经不再局限于横向地观照人生，即人在社会关系网络中的政治、社会、伦理、心理、意识形态等层面，而更多的是透视人生，即考查人的“类本质”，心理与生理机制，意识系统（显意识与潜意识诸层）在特殊情境中的状态，情感世界的非正常或“超常”状态，以及理智世界的形而上的层面；作家的叙述不再是或不仅仅是以社会现实生活风云为主要客体，甚至也不再以对人物内心的心理活动的详尽描写为首要任务。这样，生活与生存，外在世界的万千气象，内心生活的风雨波涛，都融汇于“半明半暗”的象征形象的迷离梦幻之中，在象征派的小说世界里构成一种令人神往与回味的特别景观。作家有意识地裸露自己编织情节、描写场景和显现情境的匠心，不时地向读者提醒艺术世界的虚构性，让读者感受到自己是在接受文学作品，让读者体味出对存在的审美观照本身的愉快和娱乐。作家在叙述方式上不再以塑造典型环境与典型性格为目标，而是有意识地“打碎情节”“弱化性格”，以呈现某种“超常情境”，渲染某种特别的“情绪氛围”。至于文学创作中最根本的“写什么”和“怎么写”的问题，在俄罗斯象征派的小说艺术探索中得到了一次自觉自为的革新。安德烈·别雷的象征主义小说创作，就是这种艺术革新实践的一个典型。在西方，别雷被看作是20世纪俄罗斯小说家中最杰出的天才。一些国外文艺学家把别雷的小说视作“划时代”的现象，而别雷本人是现代小说的改革者。[①]

在象征主义的小说中，神话与现实常常融为一体，体现出典型的魔幻性和虚幻感，现实世界与神秘的另一个世界时而对立，时而交织在一起，发展出一系列的神话元素，包括人类最古老的神话原型。神话在象征主义小说中获得了本体意义。例如，索洛古勃的创作本质上是神话化的，一方面体现在作品中人类古典神话（如古希腊神话和圣经神话）的潜文本，另一方面体现在他个人自创的神话成分。本卷收录的《摆渡灵魂的小精灵》一文中时常出现和纠缠主人公的小鬼正是主人公卑鄙天性的象征，这不仅反映了现实，而且超越了现实，是幻想现实主义传统的再现。实质上，一切真正伟大的艺术都是象征性的，象征是连接可见和不可见世界的桥梁，因此它是更加深刻的，也是真正意义上的现实，也就是最高意义上的现实。在象征主义作家的作品中，人类的现实和另一个世界的现实都是真实的，它们共同构成一个统一的神性世界，在这些作品里，隐喻和象征无处不在，透过可见的世界观照出另一个世界的真实，是俄罗斯象征主义流派作家的主要特征和基本准则，也是象征主义的创作原则和终极目的。

弘扬新宗教精神是俄罗斯象征主义文学的主要特征之一，这与当时的精神氛围密切相关。当时的俄罗斯社会，神秘主义进入了日常生活、社会思想和哲学之中，象征主义作家把艺术创作与神的启示和神学探索等同起来，哲学家开始进行文学创作，个体的精神冲突、人神和神人的对立是象征主义作家创作中永恒的主题。在对个体本质生命的思考方面，象征主义

① 周启超．俄国象征派文学研究 [M]．北京：社会科学文献出版社，1993．

作家或者突出人身上的魔鬼力量或异教因素，或者强调人的神性力量。例如，梅列日科夫斯基的象征主义具有独特的宗教内涵，象征是他的一种思维方式，他总能从独特的视角，从人类精神文化和俄罗斯现实出发，把对基督教的思考和异教精神联系起来，经常把那些在对上帝的信仰与否之中徘徊痛苦的主人公作为宗教思考的载体，揭示出一个作家、一部作品乃至整个艺术思想体系的精神实质，他们在历史的洪流中消逝和毁灭了，但他们的探索精神将引领人类通过基督教走向真正的圣灵的王国。

人格的双重性是象征主义文学创作的又一重要特征。作品中人物孤独冷漠的生存状态、高度紧张的精神冲突以及狂暴的情欲作为人性斗争的两面中负面一极的病态表达，是象征主义作家极力彰显的。在象征主义作家的笔下，魔鬼已登堂入室，成为文学审美和精神探索的主导因素。

总之，艺术神秘化、象征和艺术感染力的扩大化是象征主义的突出特征，本卷中收录的象征主义作家作品展示了不同作家在象征主义共性特征的背景下的不同创作风格，展示了 20 世纪俄罗斯象征主义流派创作上的神秘化全貌。

译者

刘志强

刘志强，1987 年 9 月生。博士，副教授。现就职于江苏科技大学外国语学院俄语系。主要研究领域：俄罗斯文学、比较文学、中俄文学关系、俄罗斯汉学等。在俄罗斯 BAK 期刊、CSSCI、ESCI 等期刊上，以第一作者或独立作者发表外文论文 20 余篇，如《切尔卡斯基在中国》《切尔卡斯基翻译中国诗歌标题的变异研究》《切尔卡斯基翻译中的民族传承特色研究》《切尔卡斯基的译诗原则与艺术追求——以徐志摩诗歌“我不知道风是在哪一个方向吹”为例》等。出版外文专著《俄罗斯汉学家切尔卡斯基之“明星”：二十世纪初中国诗人俄译研究》。

赛　纳

赛纳，1989 年 6 月生。博士，副教授，现就职于江苏科技大学外国语学院俄语系。主要研究领域：俄罗斯 19 世纪文学、中俄比较文学。以独立作者在俄罗斯 BAK 期刊、ESCI 等期刊上发表论文多篇，如《屠格涅夫创作在中国的研究状况》《鲁迅与屠格涅夫散文诗》《孙犁创作中的屠格涅夫传统》《丽尼与屠格涅夫散文诗中的“死亡”意识》《丽尼文学翻译中的屠格涅夫长篇小说》等，其中论文《巴金在中国屠格涅夫学中的作用》获俄罗斯奥廖尔国立大学颁发的青年学者屠格涅夫研究原创奖。出版外文专著《屠格涅夫文学传统与中国二十世纪文学》。

赵 雪

赵雪，1989 年 12 月生。博士，讲师。现就职于四川大学外国语学院俄文系。2018 年 4 月在托木斯克国立大学获得副博士学位。主要研究领域：当代俄罗斯文学、比较文学。在国内外发表期刊论文 10 余篇，其中《当代俄罗斯文学在中国接受的方法论研究》《当代俄罗斯文学在中国：纠正错误》《传统和当代视阈下中国对当代俄罗斯文学的接受》和《柳·乌利茨卡娅在中国俄语学界的研究：流行原因及研究方向》发表在俄罗斯 ВАК 期刊。主持四川省社会科学研究“十三五”规划项目“郭沫若在俄罗斯的研究”。

艾绘荣

艾绘荣，1987 年 11 月生。博士，2017 年毕业于远东联邦大学，并两次获国家留学基金委资助在俄留学。现就职于江苏大学外国语学院。主要研究领域：俄罗斯文学、俄罗斯戏剧。研究的作家有阿尔布卓夫、陀思妥耶夫斯基、莱蒙托夫等。多次参加学术会议，已发表 10 多篇学术文章，涵盖戏剧、叙事学、文化等方向。出版译著 2 部，分别为《探访被上帝遗忘的角落：萨哈林旅行记》和《森林报》。参与俄罗斯基督人文科学学院主持（俄罗斯人文科学基金会资助）的文学评论项目“pro et contra”，主要负责陀思妥耶夫斯基和列宁在中国的研究状况。

冯 宇

冯宇，1985 年 6 月生。2017 年 4 月于乌拉尔国立师范大学以全票通过论文答辩的成绩获得博士学位，同年 5 月回国。现就职于长春大学。主要研究领域：俄罗斯语言文学。读博期间，以第一作者或独立作者发表外文学术论文 10 余篇，其中 3 篇刊登在俄罗斯核心期刊 ВАК 上，1 篇收录于斯高帕斯数据库（Scopus），并先后参加 7 次国际性研讨会。最终完成博士论文《中俄边境地区心理语言学维度的价值概念的功能研究》。

吴 涵

吴涵，1988 年 5 月生。俄罗斯文学博士。现任长春大学中俄学院俄语教师。主要研究领域：外语教学法、俄罗斯文学、比较文学和文学翻译研究。2018 年 9 月，由国家汉办委派至俄罗斯梁赞国立大学孔子学院任教两年，在俄工作期间主要教授俄汉 / 汉俄翻译课程。参与吉林省长白山学者“特聘教授”王金玲团队与外研社合作的横向科研项目“‘一带一路’战略背景下高加索地区国家的国情文化及法律制度的翻译与研究”（亚美尼亚部分）、国家社科外译项目“中国社会学：起源与绵延（俄文版）”等。

刘 阳

刘阳，俄语语言文学博士。现任江苏科技大学外国语学院俄语系教师。本科和硕士研究生就读于东北师范大学俄语系，2008 年毕业于上海外国语大学，并获得文学博士学位。主要研究领域：俄语语言学、对比语言学、俄罗斯社会与文化等。热爱俄语和俄罗斯文化，曾于大学期间赴俄罗斯国立圣彼得堡大学留学。热爱文学和翻译，2009 年在第一届全球俄汉翻译大赛中获三等奖。在从事俄语一线教学的同时认真钻研，发表论文 20 余篇，主持和参与各级、各类课题 10 项，发表句法语义学方面合著 2 部。

王 宁

王宁，1970 年 10 月生。硕士，副教授，现任长春大学外国语学院俄语系主任。主要研究领域：文学作品翻译及应用翻译。主持在研国家社科基金中华学术外译项目《全球产业演进与中国竞争优势》（俄文版）、社会科学文献出版社横向翻译项目《乡路漫漫：20 世纪之中国乡村（1901—1949）》（俄文版）。作为主要参与者，完成教育部专项研究项目"'一五'时期苏联援建项目的史实研究（吉林卷）"、国家出版基金项目"俄罗斯侨民文学整理与研究"等项目的翻译工作，并完成叶赛宁诗歌汉译著作 1 部、俄罗斯当代小说作品 8 部的汉译工作。

张婵

张婵，1984 年 4 月生。俄罗斯普希金俄语学院对外俄语教学法方向硕士研究生，后于伏尔加格勒社会师范大学获得语言学博士学位。现任长春大学中俄学院讲师，承担本科精读课及研究生文学翻译课。主要研究领域：比较语言学、俄语教学法。参与教育部计划项目“‘二战’后期中苏联合解放中国东北的史实研究”及“‘一五’时期中苏工业化项目合作史实研究”，完成《东方战场的伟大胜利》一书部分章节的翻译工作。参与外研社“一带一路战略背景下高加索地区国家的国情文化及法律制度的翻译与研究”项目，承担亚美尼亚知识产权法及环保法规的翻译工作。参与中俄作家协会合作框架下的中俄当代小说互译项目，翻译 3 部俄罗斯小说，分别在《作家》杂志 2016 年及 2017 年俄罗斯文学专号发表。

目录

安德烈·别雷

寻求金羊毛的勇士 刘志强 译 / 003

灌木 赛 纳 译 / 011

光的故事 赵 雪 译 / 027

人（又名《25世纪大事记》 前言） 艾绘荣 译 / 039

亚历山大·勃洛克

玫瑰姑娘和蚂蚁王 冯 宇 译 / 049

我们都是公民 冯 宇 译 / 063

瓦列里·勃留索夫

为谁复仇? 吴 涵 译 / 069

守护 吴 涵 译 / 079

夜游 吴 涵 译 / 087

老桥下 吴 涵 译 / 093

十五年后 吴 涵 译 / 109

艾路里与他的儿子 吴 涵 译 / 121

季娜依达・吉皮乌斯

杜撰的故事（围炉夜话） 刘 阳 译 / 133

我的初恋 张 婵 译 / 163

心儿啊，安歇吧…… 张 婵 译 / 175

安静的，可怕的 张 婵 译 / 187

德米特里・梅列日科夫斯基

爱能拯救死亡 冯 宇 译 / 197

圣者萨提尔（译自佛罗伦萨神话） 冯 宇 译 / 215

费奥多尔・索洛古勃

饥饿的眼神 王 宁 译 / 237

狗 王 宁 译 / 249

摆渡灵魂的小精灵 王 宁 译 / 257

以兽为王 王 宁 译 / 271

少年利恩的故事 王 宁 译 / 283

安德烈·别雷

寻求金羊毛的勇士

灌木

光的故事

人（又名《25世纪大事记》前言）

安德烈·别雷

安德烈·别雷（1880—1934），原名鲍里斯·尼古拉耶夫·布加耶夫，俄罗斯现代主义和象征主义的代表诗人、作家、文学评论家。别雷从1901年开始发表作品，长诗《交响曲》（1901—1908）开启了将词语和音乐结合的诗学创作之路，他还参与组建了文学小组“寻求金羊毛的勇士”。十月革命之前，别雷先后创作了几部最具代表性的作品——评论文集《象征主义》（1910）、长篇小说《银鸽》（1909）和《彼得堡》（1913—1914）、自传体小说《柯吉克·列达耶夫》(1915—1916)等。十月革命之后，别雷写有《莫斯科》两部曲（1926）、长篇小说《面具》（1932）、《勃洛克回忆录》（1922—1923）、《两个世纪的交接点》三部曲（1930）、《韵律即辩证与〈青铜骑士〉》(1929)、《果戈理的艺术》（1934）等作品。

寻求金羊毛的勇士

刘志强 译

一

乌云席卷着秋叶。风先将散落在地上的叶子吹成一堆，然后再把树上这些零星的红叶吹掉，把它们一同冲向大海。一切都在沙沙作响，一切都被金色笼罩。

一个蓄着灰胡子的、身材高大的老人来到了海边。他的卷发有些蓬乱。这是一位追随太阳的伟大作家，就像一位寻求金羊毛的勇士。他的同伴是一个驼背的、寡言少语的人，这个面色苍白的陌生人勉强能跟上他的步伐。他的山羊胡子长长的，像一把小扫帚，他的眼睛低垂着。在那个皮肤松弛、脸色苍白的脸上，一张大嘴张开着，喘着粗气，嘴唇红润却布满褶皱。

两个人都朝大海的方向奔去。“勇士”一边转动着手里的手杖，一边说出了自己的计划：“我要创办一本《金羊毛》杂志[①]。我的同事们将成为寻求金羊毛的勇士，而太阳将成为我们的旗帜。我将以最通俗的语言阐释世界存在的基础，我将以最通俗的阐释点亮人的心灵。我要让整个世界镀满金色。

“我们将在液态的太阳里憋住气。我们将把切薄的金色蜡烛片放入酒窖和地下室。在那里，我们将锻造太阳铠甲。哪怕用赭石将我的白发染成棕红色，哪怕用干草为自己编织衣服，我也绝不放弃自己的计划。

“很快我们将开设一个‘文学创作金手’进修班。您答应过管理这个培养‘金黄色战舰’的阵地。带翼的‘阿尔古号’战舰将穿越宇宙空间奔向太阳。我们将负责地球人的移民迁徙。地球上将空无一人，而人类将占据太阳的宫殿。”——“太阳阴谋家”就这样说完了自己的计划。他同伴的脸上红润的、布满褶皱的嘴唇颤动起来。同伴没有回应他的话，而是睁大眼睛朝向这个激情泛滥的梦想家。他的眼眶里显现出灰色的深邃感和空洞感：因为他是盲人，他也从未看见过任何人。

太阳如同一颗金色的核桃悬挂在海面上，散发着光芒。日落的余晖照在这位老“勇士”的脸上。他指着太阳说：“多美的小核桃啊！我宁愿用赭石将自己的白发染上棕红色，也不愿放弃把人类迁移到那里的想法。”

一道液态金柱溅在溪流上，它们是由多道颤抖的闪电编织而成的，最后一道闪电在海岸的石头旁跳起了舞。梦想家站在海边说道：“我的‘阿尔古号’的护板将由这些闪电编织而成。我的‘阿尔古号’就是由地面射

---

① 这是作者别雷虚构出来的故事标题，后来被该出版物的创始人之一 C. A. 索科洛夫用来命名其象征主义文学杂志《金羊毛》（1906—1909）。——译者注

向太阳的金箭。充足的阳光沐浴着来自地球的客人们。现在，太阳，请你亲自迎接这些最亲爱的客人吧！我的‘阿尔古号’将刺入并穿透宇宙空间，在地球万物的注视下，像火花一样射出、熄灭……”

先天聋哑的驼背同伴再次朝向“勇士”睁大了眼睛，因为他是盲人。

二

在岸上，他们告别了。夕阳的云彩洒出了金色的雨珠。一个面色苍白的陌生人，打开雨伞，立起衣领，穿着胶鞋，踩着水洼，疾驰在城市之中。他的脸被遮住了，只能看见衣领下露出的扫帚状的胡须。房屋的门牌号已被焚毁。太阳的光柱在翠绿色的气浪中翻腾着，这是太阳的光线在跳舞。这些都是金色的蠕虫。紧接着，蠕虫就变成了红宝石。泛起红晕的玻璃变成了紫金锭，夜晚的房间充斥着充足的阳光，仿佛可以用提桶将其舀起。傍晚时分，头发染成了琥珀色的梦想家站在窗边，他的一只手紧按住自己的胸口。

三

五年过去了。新的报社机关传出了警报：这个城市正在被淘金热吞噬。《金羊毛》杂志拥有数千名订阅者。报社里来了一些穿着得体的礼服并在襻儿[①]上佩戴着金色徽章的白种年轻人。他们称自己是“金羊毛勋章”的获得者。他们在社会上被称为“勇士”。

① 旧称，指男士外衣衣襟上别勋章等用的。——译者注

获得勋章的首领——《金羊毛》杂志编辑的名字闻名遐迩，关于建立“国际行星交通学会”大型工厂的讨论也收获了不少成果。在这里，根据一位聋哑工程师的计划，人们建造了一艘巨船，命名为“阿尔古号”，它可以将勇士们运送到太阳上去。金色光线的能量将被转变成太阳能电容器。这里空气的光泽将转变成液态的光芒，进而会凝聚成“阿尔古号”的金铸护板。

一旦停止隔离，护板就会借助于“阿尔古号”和乘客穿越宇宙空间，将奔向太阳时所需要的热能升高而慢慢转变为辐射光。“勇士勋章团”首领与“阿尔古号”的发明家理应是第一批冲向太阳的人。随后将会开启人类向太阳迁徙的正确方向。

在 23 世纪初，历经了两个世纪的质疑之后，宗教如泉涌般复兴起来，宗教本身就具有特殊性。这是朝圣者的宗教。太阳代理人四处奔走。他们谈及太阳学大会。《金羊毛》编辑部成为社会精神生活的中心。“金羊毛骑士团”组织了宗教游行队伍。

四

出发的时刻已来临。张开双翼的金色飞龙在绚丽夕阳的映衬下浮出水面。它被固定在了编辑部的平顶之上。巨大的看台竖立在广场上，来自世界各地的媒体代表在那里观看了飞龙离开地面的那一刻。第一批不怕死的、告别地球的“勇士”的画像已被地球人买空。人们把勋章团首领比作带领人类奔向太阳的新摩西[①]。

① 摩西，《圣经》故事中犹太人的古代领袖。——译者注

灯火辉煌的会议大厅挤满了人，聚集在这里的都是社会上的优秀分子。人们为勇士们举行了晚会，即将起飞的神之佑者穿着佩戴有勋章的制服，他的铠甲耀眼夺目：这是阳光制成的铠甲，散发着金色麦穗一般的光线，灰白的胡须发着银光。他与周围人一一握手，真诚地一遍又一遍地重复道："是的，我要起飞了……地球上已没什么可做的了……"

穿着骑士服的勇士们与女士们共舞。小号手不时地将他们会集于首领周边。此时他们聚集在首领的周围，佩剑嘎嘎作响，试图用自己的胸膛保护他免受攻击。这只是一种仪式，每个人都明白这一点。

当晚会进行得如火如荼的时候，所有人都注意到一队穿着多米诺服，风帽上画有头骨图案的人不合时宜地出现在晚会上。他们没人敢将这些人从这个交际活动中赶出，因为前来参加晚会的都是被挑选的人物，且都是凭票入场的。但是他们很惊讶，不明白是谁在背地里捣鬼。穿着多米诺服的一队人欢快地与勇士们共舞起来。

与伟大的首领一同飞行的聋哑同志并没有在人群中崭露头角。他的苍白的脸和低垂着的眼睛很少引起周围人的注意。但是在他经过的地方，人们都会不由自主地感到一阵寒意袭来。有时，当勇士们的司号员发出警报的时候，披甲兵便会急忙跑过去保护他们的领导者，每当看到这种虚伪的保护仪式，红润而褶皱的嘴唇都会在他冷若冰霜的脸上讥讽地颤动起来。

夜已深，东方绽出朝霞，固定于编辑部屋顶上的龙之太阳翼出现了，散发着红宝石般的金色光芒。勇士们的号声传来了。披甲兵围在首领的身边。突然一声哨响，穿着多米诺服的队伍急匆匆地排在了勇士们的对面。墙边挤满了受惊吓的人们，只有勇士们和穿着黑色多米诺服的队伍仍停留在大厅中央。身着黑色多米诺服的队伍挥舞着军刀，锋利的刀刃上仿佛流淌着银色的光流，他们从一个大厅冲到另一个大厅。当队伍将军刀插回刀鞘，刺眼的银光瞬间消失了，但是所有在场的人都感受到了银色光流的寒意。有那么一刻，似乎没有比这种流淌在陌生人军刀上的寒意更让人惊悚的了。此时，人们感到这里的一切都是庄重的，因为就连勇士们也都在这寒意之下凝固成了炫目的雕像。

刹那间，周围都发生了改变。戴着面具的人们开始亲切地邀请女士们跳舞。他们的长袖也跟着翩翩起舞，画有头骨图案的风帽随着女士们欢快的舞姿而不停地跳动。勇士们对化装者这突如其来的玩笑报以礼貌性的微笑，一切都很正常。

清晨的艳阳透过窗棂照射进来。

五

伟大的首领站在龙翼中央，他神采奕奕，散发着金色的光芒。面色苍白、满目狰狞的哑巴工程师深鞠了一躬，坐到掌舵下，并向拥堵在广场上的成千上万的人告别。突然，“阿尔古号”翅膀一振，冲向了蓝天。

首领站在“阿尔古号”的翅膀之间说道：“飞吧，我的鸟儿。海上升起了金色太阳…… 翱翔吧，我的鸟儿……我要享受那金色太阳！”不久后，他们在海上翱翔，“阿尔古号”的影子映照在翠绿色的海上。若向下看，当“阿尔古号”向远方深处纵跃时，它的身影在波纹中逐渐减弱。忽然间，乌云遮住了太阳。阳光透过乌云照在海面上。此时，刺眼的闪电在海浪上跳起舞，勾勒成一条巨大的、闪闪发光的长龙的图案。掌着舵的沉默的聋哑同伴凝视着首领：他眼口射向首领的是无底的空洞，因为他没有眼球。

当金色的“阿尔古号”借助羽翼在蓝天中翱翔，化作光点消失得无影无踪的时候，身着多米诺服的化装者跳到了《金羊毛》编辑部的屋顶上。他们围成一团，牵手起舞。当他们跳起舞的时候，黑色袖子和帽子也跟着翩翩起舞，摇晃着屋顶上的铁皮。然后他们立刻撕下面具喊道：“万岁！”面具下面浮现出了一张张熟悉的面孔。坐在看台上的母亲认出了她的儿子，妻子认出了自己的丈夫。原来这只是一个玩笑……

向天空望去，他们发现曾有金色光点的地方只剩下一片蔚蓝。戴着面具的人群已撤离了编辑部屋顶。那里只剩着一些人，他们没有戴面具，而是站在那里沉思，他们对这个玩笑感到困惑，又不知不觉地感到难过，离别时的狂喜消失了。

六

虽然还是中午，但冰冷的暮色已经开始笼罩着“阿尔古号”。刺骨的寒风呼啸着。冻僵的同伴盯着首领。他们快速地冲向虚空，因为那里不可折返。在这里，在陆地上空，此时首领的思想变得异常清晰。“飞天项目”的所有弊端都显现出来，但他们已经无法改变了。预计航空家和所有追随他们的人都会被毁灭。在不久的将来，人类应该会建造出许多太阳能航空船，但是他们都将注定失败，因为只有飞到距离地球很远的地方，这些在地面上无法预估的事故才会显露出来，但那就为时已晚。这位伟大的首领惊恐地意识到，虽然他被冠以位于太阳之上的“新上帝”的称号，但几个世纪以来，人们都称其为“人类摧残者”。当他痛恨地抓住他同伴的手臂时，他突然陷入惊恐——被他抓在手中的工程师的手是一个装满干草的手套，沉默的工程师是一个戴着面具、插在木棍上的稻草人。

他们在虚空中穿梭而过。前方是空洞的，后方也一样。镇静的勇士已经看到了欣喜的景象：在不久的将来，人们会知晓，通向太阳的道路是存在的。在死亡面前，这将带来前所未有的喜悦。但现在，平静的他清楚在遭受厄运时刻来临的喜悦会使人摆脱无休止的、不相信美好未来的浑噩。但这种喜悦的欺骗终将结束。当他在虚空中冷静下来，便低声说道：“是的，让我成为他们的上帝，是因为世上再没有另一个人能够想出其他拯救人类免于痛苦的欺骗了……”

“阿尔古号”的金色羽翼间躺着一具僵硬的尸体。前方是一片虚无，后方亦然。

七

一百年过去了。

太阳的波纹在翠绿色的水波上跳跃，这是太阳光耀的舞蹈。这些都是金色的蠕虫。然后蠕虫变成了红宝石。闪闪发光的房屋玻璃变成了紫金锭，夜晚的房间充满阳光，甚至可以用盛器将其舀起。在夜晚的窗口，梦想家的手按在胸口。远处，在镜子般的红色地平线上，一束火线突然插入天空。那是金色的箭矢，是太阳战舰射入了高空，将人类送向太阳。

灌木

赛纳 译

嘿，您上哪儿去，伊凡·伊凡诺维奇？

但这里只有一个傻瓜伊凡诺什卡[1]。牛蒡在风中轻快地跳动；傻瓜的白色长罩衫随风隆起，又缓缓落下。这时候，空中的长罩衫飘散开来，如同高举着的乞求的双手，使天空和飞驰的流云都笑了起来。主人脚下的一只旧鞋因潮湿而发出啪叽啪叽的声响。他的两条腿陷在红色火焰般的砂岩中。在风的吹拂下，拂子茅跳了起来，洋甘菊开始乱转，风铃草紫色的穗子垂向了地面。石竹像喝醉了一样来回摆动，它炙热的、紫红色的花洒落在伊凡诺什卡的眼睛里。伊凡诺什卡一边脸色煞白地压抑着自己那颗疲惫的心，一边在花海中连蹦带跳地跑来跑去。

① 伊凡诺什卡是伊凡·伊凡诺维奇的昵称。——译者注

他在各个城市里做着用音乐超度亡灵的工作，那些尸体随着一股湍急的气流跑出来。但是他们实在无法忍受如此有力的气流，所以往往又跑回到自己的棺材里。伊凡疲惫了，于是他放弃了城市，逃向田野。

鞭炮似的不间断的话语使他感到乏累，所以他的双唇不再抛出这些连珠炮。说着说着，就突然沉默，然后立即逃走！此刻，当他奔跑时，风的透明花瓣犹如白色玫瑰，温柔地吹拂着他。

伊凡诺什卡沉思着。

像过去一样，崇拜他的人经常盗用他漂亮的言辞。这些敌人一边偷，一边往他的口袋里填满各种垃圾，然后再把这些垃圾从他的口袋里拿走，就这样如此反复地取笑他。

傻瓜思索着。

他戴着尖顶帽子，迎着风，像折断的木棒一样飞奔过土墩和坑洼。

他回忆着。

唉，他过去还穿着黑色的燕尾服登上演讲台，还在台上将自己从心底采摘的无名之花抛掷给观众。那时候是登上演讲台，而现在却是爬上长满鲜花的土质棺材。

好吧，伊凡诺什卡！

有一次，有人用臭鸡蛋砸向他，打中了他的额头，他穿着被弄脏的燕尾服从台上走了下来。从那以后，当他再来时就穿着一件夹克，腋下夹着书。他用手指在书页上比画着，把书凑到他那厚鼻子前："这里都写着呢！"但有一天，一个长着大鼻子的人用手拍了一下他的膝盖，鼻子下面的东西向着他的耳朵抱怨道："该死的，在我们这群不爱说话的人中还要宣扬安静……"然后他慢腾腾地把自己隐藏在礼服中，礼服中的身躯也紧紧地靠在椅子的扶手之间。

真是个傻瓜呀!

他的学术事业以别人对他的谴责和不堪入耳的下流话而结束。当时在广场上，他一边抵抗着警察的威严，一边在台上高声唱道:“我们将摒弃旧世界!”[①]但最终他的言论还是被否定了。四面封闭的墙成了他的新世界，从窗外望去，在那温柔的蓝色背景下，飘过乌云，飞过鸟儿，更替过黑夜与白昼。但是门一打开，刺眼的阳光顿时使他感到痛苦。他尖叫着，怀揣着一颗受伤的心，沿着火热的砂岩奔走着。那早就被打湿的、破旧的尖顶帽子笨拙地从主人头上跳了下来，不负责任地滚进了沙坑中。

伊凡诺什卡看着远处荒地上随风舞动的灌木。它那像耳朵状的干树叶、干红的脸和被晒黑的树皮，一直在敏捷地晃动着。有时，它的树冠和那像从脖子处笔直伸向空中的棕色右臂，沉默又悲伤地直立在红色的砂岩上;有时，又鞠躬似的向田野伸展，不由自主地、热情地亲吻着地面;当叶子在它厚实的手指之间愤怒地发出嘶嘶声时，它的左臂在草地上痛苦而又贪婪地划着地面。

傻瓜苍白的身体安静地倒在灌木丛中，面朝沙地，倒在这些绿色的灌木之前，仿佛俯首在废墟地的统领者面前;这里的石头像是报复似的，把自己锋利的棱角扎入地面，那片搁浅的炽热砂岩将这个苍白的身体染成了深红色。

灌木与石头并排高耸着。右侧立着统领者的王座。当傻瓜在统领者面前摔倒时，旁边的牛蒡惊呼道:“不要抬起你的脸……”[②]在这个不幸者的上方，灌木骄傲地抬起它的绿色树冠，将其伸向旷野，它的姿态就像正在

① 拉夫罗夫按《马赛曲》的旋律创作的《新歌》里的第一行(“我们将摒弃旧世界!”1875年)。——译者注

② 《大圣经》第一句话的改编，《大圣经》是在有关上帝的大型节日上圣徒们读福音书之前，由诵读者或辅祭朗诵的诗歌和唱诗班多次重复的歌曲。——译者注

接受一场隆重的风中敷圣油仪式。橄榄油洒向了风，洒向了绿叶，洒在了关于黎明的美妙歌曲上。被油洒遍了的风和一群年轻歌手似的牛蒡大声而惊恐地吹着口哨，并呐喊道：“哈利路亚，照耀你！……”

扬起的一片金色灰尘轻轻地飘落在傻瓜疲惫的身体上。灌木悄悄地将他裹进自己黑色的阴影中：忏悔者赎罪过后，这些罪恶被安静的长今[①]悄然地掩盖了，同时隐藏在罪恶下的那颗灵魂也变得衰弱了。之后，灌木抓住飘在风中的香炉的银丝带；它的树叶之手伸向空中，又落在附近，风吹拂着，发出悦耳动听的声音，香炉冒着潮湿的烟雾。在这样潮湿环境的滋润下，灌木生长得出奇地茂盛，以至于路过它的人们都会发出惊叹，并在胸前画着十字：

“呃，这生长的是多么丑的怪物！呃，还是祈祷吧！”

周围的一切在阳光的沐浴下开始散发活力。白日如此充实，就像饱满的金色麦穗。清晨，逃亡者一边用带有尖锐棱角的石子梳理着头发，一边打量着周围的空地。现在对他来说，一切都很简单。加冕了的灌木在冲沟上坐着，并用树枝将烟雾编织成袜子。但它一旦发现客人睡醒，就立马把那烟雾袜子丢进冲沟，随后便轻轻地摇动着客人。灌木没有从田地里逃走，也没有逃向城市，而是稳稳地生长在被霞光照热的空地上。它从那些年轻的灌木丛的上方伸出一根树枝，夸口说道：“周围的一切都是我一个人播种的，我才是这里的主人。”

灌木用浸在水中的绿色枝条勾住一只小桶，将其笨拙地移动到小溪边，随之泛起银白的波光：“沐浴吧，休息一下吧，住我这里吧。但黎明来临时，就别看我们了。”

① 神父法衣的一部分：带有刺绣图案，戴在脖子上，穿在长袍下面。——译者注

在枯枝的上方，它动了动自己的树枝，火花似的东西洒落了下来，红色的公鸡站了起来，开始贪婪地啄起枯枝。

日复一日，荒地散发出自由的醉态，像酒醉的人一样，饮尽了由玥星、青草和空气混合而成的酒酿。它的心在寂静中化成了酒皿，它的思绪变成了一群嗡嗡的蜜蜂。它们不断积累并扩大着甜蜜的蜂房。傻瓜与沙砾、刺球进行着演讲，芳香的蜂蜜从他的嘴里滴落到花儿上。鸟儿已经与他熟悉了，为了填满自己的巢穴开始拉扯他的头发。他曾在郊区的菜园中偷胡萝卜和白菜。一旦被菜园的主人发现，他们就会像撵狗一样朝他扔石头。

唉，菜园主的女儿不止一次见过他，她是一只每晚带着扁担浮游取水的白天鹅，她是如此洁白、可爱，如此令人着迷，就像被雨水洗涤过一般。从她的太阳裙下露出的小腿，犹如刚刚被圣母的泪水洗刷过，挂满了蜜香的露水。花儿的圣油[①]不断地滴在她的脚上。她那带着紫色补丁的白色连衣裙紧紧地贴在她均匀起伏的胸脯上。她的红唇微微张着，这充满着激情、带有桃色绒毛的双唇一直朝向挂满星斗的、透明的蓝色天空，悄悄地说着自己内心的秘密。浓密的眉毛，粉红的脸蛋，淡淡的犹如粉红色苹果的红晕和星星似的眼睛，都以温柔的、陶醉似的状态触动着那颗灵魂，向他展现出一种美好的期待——在芬芳的气息下，她那美人鱼般的冰冷而魅惑的金绿色的辫子使人迷醉。而目光呢？当她充满诱惑的笑容以及像杏仁似的双眼灼伤他人时，她自己那颗满是愧疚的心，也无法移动她那深色睫毛下蓝色的、犹如铅一般沉重的目光；如果一只野燕迅速地划破天空，以刺耳的尖叫声燃尽您的灵魂，那没办法，您一定会摔落在她的脚下，也会亲吻她那因露水而变得冰冷的腿。她在您的胸前会大声呜咽，因为那些尖叫声

① 基督教仪式中使用的芳香的树油。——译者注

也灼伤了她的心；之后，她会倒在柔软的嫩草甸上，双手像微风一样温柔地抹去内心极度的疲倦。然后，自己轻轻一笑，带着扁担，顺着布满绿松石的溪流，消失在静谧的夜色中。

这就是菜园主的女儿！

逐渐伸展的冲沟，像用钳子腐蚀土壤的龙虾一样，一年比一年接近灌木。灌木是一个热情好客的主人。为了让客人整晚躺在冲沟中，它把自己树枝上的白色鸟蛋大方地赠送给了客人，因为它不愿意让客人知道自己与黎明的关系，也不愿意向黎明引荐客人。把客人藏在冲沟中后，它通常站在绿荫女巫的领地范围内，沿着广阔的荒地，拉出自己的黑影，崇拜着山谷，用自己的影子舔舐着甘甜的嫩草。但伊凡诺什卡却期望看到黎明。冲沟在一旁唆使他不要服从荒地的主人，因为多年来，冲沟在灌木之下已经遭到了毁坏。一天，在好奇心的驱使下，伊凡诺什卡躺在山沟边缘，透过牛蒡和石头的缝隙看到灌木正卑躬屈膝地召唤着黎明：灌木虔诚地站立着，从脖子处抛出的那只骨节粗大的手伸向天空，久久地呼唤着美丽的黎明。

经过紫色香炉的洗礼，灌木全身发起光来。它的手像在施着法术，没有目的地在空中比画着。莠草是那样崇拜着巫神，牛蒡也惊恐地叫道：“它在召唤，它在召唤黎明！”

伊凡诺什卡在冲沟的边缘稍稍抬起身，他看到干燥的灌木用手召唤出清澈的黎明的样子。但出现的不是黎明，而是美丽的姑娘，从田野间走来的姑娘，她的长发像金黄的蜂蜜一样流淌下来垂到肩部；她红唇微张，仿佛要把自己的疯狂发送到傍晚天空中的第一颗明星上。她的目光呢？伊凡诺什卡实在无法抵挡这从杏仁般的眼睛里射出的、带有诱惑力的、闪耀的蓝色目光。于是他两手一合，向后倒在冲沟里，在那里为自己失去的睡意独自恸哭了许久。疯狂的野燕在他的上方迅速地划破天空，那刺耳的尖叫声灼尽了他过去所有的记忆。他意识到了——灌木用巫术召唤的不是黎明，而是某个人的灵魂。而这个灵魂正是他那被迷住的灵魂！就是因为这个灵魂，在城市里，他平静的心变得躁动不安，在广场上和房屋里，他维护的正是这个灵魂。他的灵魂——他被俘虏的灵魂啊！为什么把她召唤了过来？难道灵魂不喜欢这个成功俘获了她的怪物的爱抚吗？不，她喜欢！

她喜欢，她喜欢将自己的那双白皙的手轻柔地搭在灌木丑陋的肩膀上，在叶子的拥抱中，她把头向后一仰，蜂蜜般的辫子垂落在地面，灌木粗糙又兴奋的嘴唇亲吻着她雪白的、天鹅般的脖子；没有人听到她神秘地微笑着说了什么，谁也不知道她喜欢什么，不知道她为什么叹气和悲伤；亲吻她的灌木也没听到，也不知道。

她摔倒了，这片荒地的主人在她面前站了起来，庄重地伸出自己的双手，握着帝王般的权杖，而她现在俯首在它面前，贪婪地亲吻着那双粗糙的绿色手掌：

“亲爱的……”

“伊凡诺什卡！”

清早，灌木呼唤着他。傻瓜转过身，背向灌木，还有什么可以与巫师交谈的呢？灌木移动着它的残株，蹒跚地爬了过来，开始温柔地与傻瓜交谈，并把绿色的手伸向他；它手上的叶子搭在伊凡诺什卡的肩膀上，露水不断地滴下，打湿了傻瓜的肩膀。灌木仿佛在他面前哭泣着：它好奇又怜悯地偷偷朝傻瓜看了一眼。

“哎哟，伊凡诺什卡——你看到了黎明——你的灵魂，我是多么喜欢她啊。”“别，灌木，请你放过她吧。她是我们大家的黎明。不，还是把我的灵魂还给我吧。她对所有的人来说都是温柔的黎明，是我们的姐姐。”

就在伊凡诺什卡说话时，一束寻求自由的、珍珠般的光芒投向了傻瓜。灌木无奈地吹散了自己的绿冠，伏倒在傻瓜的脚下，嘟嘟囔囔地说：“趁着还不晚，我放你走。”伊凡诺什卡随即转身离开了灌木——他不想再与这样无信誉的人交往了。

灌木一整天都在紧锁眉头思考未来，当他把干净的、细小的露水奖赏给地面时，以这些露滴为食的草木便扑哧扑哧地发出声响。

到了晚上，灌木更加讨好似的，不断地在乌云下跳跃。

“你好啊，雷声沉重的、暴躁的乌云，你快用冰雹击打那个傻瓜，用你的怒号声震聋他的耳朵，用你金色的长矛刺穿他的心脏。”

但雷声沉重的乌云从旁边飘走了。

生长多年的蒿草又干又有刺。别抱它，它会同时用几十根毛刺穿透你的身体，你会因为疼痛难忍而痛苦地尖叫。这又干又刺的蒿草！

当月亮如肥胖的深红色蛤蟆跳到天空时，蒿草变得更加可怕。你难道没看到它弯曲的棍棒吗？难道不知道狂怒的呼啸声在久久回荡吗？蒿草无情地刺进了伊凡诺什卡的胸膛，伊凡诺什卡密藏在心中的想法都被听见了，接着又被风吹散了。风儿扰乱了他的思绪，乌云为他而流泪，同样也为在怪物主人的命令下创造出的、安静又忠实的枷锁而哭泣。没有了灵魂，就无法使自己重生。就这样，寒冷的荒地召唤着我们去同巨大的怪物决斗！喔唷！我们挺着破碎的胸膛投入战斗！铭记那个召唤！走上那条通往禁区的路就无法回来。不可能。算了！（嘿，心房，跟你说话呢，我们暂且缓一下吧！）哎呀，还能说些什么呢？哎……那里还在拖延什么？向我们施加魔法的怪物和被迷惑住的灵魂挡住了我们的去路。即使那个已被迷惑的灵魂不需要自由，即使她陷入了被操控的爱情，这算什么呢？为自己的灵魂而战是多么甜蜜，夺取灵魂，就是从死亡手中夺取永生。

天哪！那边，在冲沟的上方，在一切被月光照射成黑影的地方，在万物都放声大笑的地方，在因恐惧而变得面目狰狞的地方，伊凡诺什卡大声地哭喊着。这时，小小的、带刺的牛蒡从石头后跳了出来。这个带刺的、披着银白月光的灰色牛蒡，伤心又孤独地飘荡了一阵。它并不知道这苦涩的眼泪为什么而流，随后便飘落在小溪上方的陡峭斜坡上。

此刻，蒿草中出现了谣言和低语。伊凡诺什卡，你别去拥抱那些生长多年的蒿草，它们的刺会刺穿你的身体，因为那些蒿草很干且很不老实。

那个时候，他不止一次看见了灌木对黎明的不善爱抚。而每天年轻的黎明却身穿由深红色、烟青色、深黄色、鲜黄色交织而成的彩色连衣裙如期而至。灌木一挥动起自己的树枝，黎明就来了。那弯曲眼缝里充满着爱的灌木在潮湿的晚上折磨的不正是红色的她吗？是不是为了涂满胭脂的她而张开了嘴巴一样的黑暗树洞？如果她沿着荒地来回走，那丰满又多节粗大的手就会伸向她，用绿色的刺刺穿她。但她却把土地中的根扯掉，干干净净地洗好，擦干，把燕麦粉放在蜂蜜杯里，然后递给灌木。有时，她用砂岩中的生锈水桶舀取银色的水流，灌木就从石头下面拿出已准备好的小水壶；春天时，它便整宿地用茶款待黎明；而秋天，黎明来得又少又短；到了冬天，在浮枝愤怒的颤抖声中，黎明通常会在凋谢了的灌木的肩膀上恸哭许久。

一天，当伊凡诺什卡正在认真思索时，一匹银白花色的马一瘸一拐地来到了荒地，苍蝇围绕着它飞来飞去。当它把温暖湿润的鼻孔凑到伊凡诺什卡的身前，又一瘸一拐地准备离开时，傻瓜向它点点头，示意它来到自己跟前，因为这个被施了魔法的小牲畜同样也期盼着充满爱的灵魂。伊凡诺什卡跟着它朝着远处菜园主屋顶的方向走去。有时，你会在那里看见逐渐变淡直至消失的黎明，还有一群借助黑色气流而飞起的白嘴鸦和一片随风飘逸的、发干的白柳。

菜园主的女儿跟傻瓜见了一面。她一边走，一边向房屋膜拜。她那被白色紫罗兰香气[①]深深陶醉的金色的头朝伊凡诺什卡抬了起来，无力但温柔地向他看了一眼。她用锋利的牙齿轻轻地咬着麦穗；当她微笑时，眼睛上方的两道弧形浓眉便紧紧地连在了一起，这微笑的样子使傻瓜异常激动不安；她用红酒把强大的魔法倒在了傻瓜已经暗淡无光的胸口上。他因为她的魅力受尽折磨，疯狂地趴在地上，亲吻她因露水而变得冰凉的、苍白的腿，双手搂住她隐藏于紫色长裙中的柔韧的膝盖。哎哟！这已不受控制的脑袋，见鬼去吧！

他晃动着自己淡褐色的鬈发，把头往后一仰，目不转睛地望着她因害羞而发红的脸蛋儿。突然，她的脸变得通红，开始急促而艰难地呼吸，仿佛正在向他散发出狂热的激情，她蓝色的眼睛犹如熊熊燃烧的炭火，越来越亮；而蓝色眼睛上方的乌黑眉毛开始皱了起来。她向傻瓜挥了挥麦穗，又把脸埋进手中，从她白色的手指间闪烁出水晶般的眼泪，宽阔的肩膀因哭泣而颤动了起来，她悲伤地哭泣了很久很久。

“我亲爱的，我被俘虏的灵魂！我的心，我的灵魂，在疼痛，在煎熬。黑暗的血涌了出来，她必将因失血过多而变得衰弱，可怜的我，带着破碎的心躺在你的脚下，我亲爱的。如果顽固的敌人没有把我们分开太久，我们将会永远在一起。就是因为它，就是因为可恶的它，我的灵魂和肉体痛苦不堪，从那时起，我白色的、勇敢的身体失去了吸引力，精神变得空虚。就是从那时起，我的灵魂已不复存在，她变成了寒冷天空中的黎明。哎呀，

① 香气（教堂）——气味，比较浓的香气，宜人的气味。（参见《达里词典》，第一卷，第 240 页）——原书注

积石压碎了我可怜的心！”

“难道灵魂自己不知道吗？难道她忘了吗？我不相信，不，我绝对不信！想起我吧，嘿，想起我。就是我，我找到你了！”

菜园主的女儿怜悯地俯下身，贪婪地呼吸着，用洁白的双手搂住了这勇敢的白色身体，就像怀抱着襁褓中的婴儿。她用含有泪水的、明亮的双眼温柔地注视着伊凡诺什卡，随后，一股气流吹拂过来，那不是风，而是从她胸口飘出的温柔气息：

“我记得，亲爱的！”

现在他们之间有了不为人知的秘密。

太阳落山了。沼泽上升起了白色的雾，灰鸭子哀怨地嘎嘎叫。昏暗中，一团巨大的黑影突然笼罩住了他们。

荒地的统治者生气了，它嫉妒地在旁边向傻瓜发出了挑战，重新激动地用温柔的歌声诱惑她、呼唤她。在被风刮起的树冠上，它的每片叶子都在发出美妙的簌簌声：“被树枝缠绕着的是否是你，被流沙灌溉的是否是你？”

“我的衣服是用绿宝石编织的，我的床铺满了砂岩的鲜红色丝绒。我，灌木的王冠，是多么璀璨绚丽！那为什么你忘了我？为什么你不再爱我了？”

她乖巧地直起身，冷冷地朝伊凡诺什卡看了一眼，并狠狠地将他从自己身边推开：“我不是你的灵魂，而是它的，是灌木的黎明！”

远处的狂怒将恐惧和痛苦都刻在了她稚嫩的脸上。

统治者不断地用歌声迷惑着她：“少女的心不幸地被乌云紧紧缠绕，但在我的树枝上有地方可以悬挂，有地方可以摇荡。我用长长的树枝将雪白的脖颈鞭打。哎呀，红酒——深红的血——会使头脑发昏！”

“你为什么忘了我？为什么你不再爱我了？”

“别走！别生气！”伊凡诺什卡此时疯狂地抱住她，想立即离开这个疯狂的巫师灌木。灌木勃然大怒，它的怒气使周围的一切都旋转了起来。但少女的脸已经开始发绿，像一只被捉住的鸭子，在伊凡诺什卡的手中拼命挣扎。

突然，她伸出了双臂，向后弯成拱形，随即闪出一道耀眼的光，然后就消失不见了，傻瓜的手里只留下一缕清风。

伊凡诺什卡一个人在空旷的野地上四肢张开地躺着，他的泪水浸湿了沙土。黎明时，他看到了远处荒地上沙沙作响的、舞动的灌木。

不！

那不是黎明！不，少女痛苦地伏倒在灌木下的石头上。统治者是如此威严，谁可以被允许肆意于黎明之上？

她悲痛万分。

红色的灵魂向着伊凡诺什卡笑了起来：伊凡诺什卡板着白色的、变得僵硬的脸，愤怒地靠近了灌木。一股力量突然从他的胸膛里疯狂而有力地挣脱出来。这股力量如此强大，以至于可以将锋利的刀磨薄，耀眼的刀光会从刀鞘中射出。壮士发出来的这股巨大的、来自内心的力量，像是镜子反射出的强光，看不到，也听不见。他一旦把手伸向谁，谁就会遭受这种猛烈的火焰[①]；不幸的鸟儿会被直接击落在石头上，树上的叶子会被震落。那人呢？人的胸腔会像被硫酸灼烧一样而爆炸；而扑灭爆炸引燃的火焰也将会是徒劳，人会因此而疯狂奔跑，并最终崩溃倒下。这就是现在伊凡诺什卡胸中的强大力量。

---

① 火焰——火，热。（参见《达里词典》，第二卷，第644页）——原书注

但她还是痛苦着。

灌木注意到了他，从美丽的少女旁侧身经过，朝着勇士走去。它的被激怒的左手狠狠地鞭打了一下土墩，飞石四溅，随即迸出一团草木。他的脸被草木席卷，粗壮的左手病态似的落在勇士碎裂的肩膀上。此刻，勇士一把锁住了它的喉咙。

这张发狂的脸带着被遗弃的鼻子和被暴风雨撕裂的嘴巴，顶着浅绿色的荣耀光环，同伊凡诺什卡发起反抗，恶魔般的脸在伊凡诺什卡倒下的身体上晃动。灌木从这场激战中得到了极大的满足。

“反抗国王？你，这个奴隶，怎么敢反抗国王？啊啊……”

绿色的长毛怪疲惫地站了起来，准备离开战士。这个时候，蓄满雨水的乌云移动到了伊凡诺什卡附近，小矛般的闪电在他上方不停地闪现。忽然，伊凡诺什卡举起金色的矛，朝着那烟灰色的脸刺了过去，矛的尖端顿时冒出了火花——矛断了，矛头刺进了巫师的脸颊。

但是灌木没有放弃。当它的左臂无力地蜷缩向已被挤压出腐蚀碎屑的脸颊时，它举起粗壮的手，开始在空中比画起来，嘴里发出召唤的咒语。

远方掀起了滚滚尘埃，那是凶猛的暴风雨作战队伍，它们迅速地赶来援助它们的统领。这些骑兵震撼住了四周。嘿，好汉，不要放弃！

醉心的花使伊凡诺什卡昏迷，有毒的气味令他神志不清：傻瓜眼前仿佛浮现出一位红衣少女，她从远方炽热的石头处走来，她温柔地把脸抬起来看向他；少女的脸上充满着无限的期待。她闭着的双眼上露出乌黑的睫毛，在这片丝绸般柔滑湿润的睫毛下闪耀着蓝色的光。

“想起我吧，想起我！啊，是我呀，是我！”

“你好啊，好汉，小心点！”

被暴风雨折断的灌木怒吼着冲向空中。它用自己的长树枝鞭打砂岩，顿时扬起了干砂。此时，英雄眼前出现了一片黑夜，万物都被黑色笼罩了。

这一晚，只剩下某个人的可怜意识还在为了永生而坚持战斗。

“这里是墙，您上哪儿去呀，伊凡·伊凡诺维奇?”

哎哟，他又陷入了幻想。一分钟前，他全神贯注地看着墙上那个黄绿色的污点。他把这个污点当作了灌木。可见，他确实病得很严重。所以他待在这里，待在这个安全的避难处，不是无理由的。都是真的，关于他的很多言论都是真的。关于他的流言有很多，有这样的传闻：他从羁押解送犯人的监狱里跑出来，满身是血，最终被人在灌木下发现。在那个地方，他感到无比安静，无比享受。那里没有人对他进行教唆，没有人安排预约，没有人参加群众大会，要做的只是拒绝自己的医生。但是，请你们告诉我，谁会相信这里的医生?

有些时候，他一陷入幻想，就开始悄悄地讲述关于解救黎明的故事。他穿着白色的长袍，坐靠在窗户下很长时间，无奈又忧郁地给他的朋友指着黎明：“我见过她，离得很近，但是她溜走了。你们要明白为什么我是红色的!”

所有人都拒绝与伊凡·伊凡诺维奇单独会面。但是，有一天，一位脸颊上带有淡紫色灼伤斑点的漂亮男子走进诊室，对伊凡·伊凡诺维奇的身体做了很久的检查：“我在不同的场合下知道了他。在这儿跟他见面，我感觉很难受。”

这位漂亮男子跨过安静小屋的门槛，向病人伸出了手，但是伊凡·伊凡诺维奇并没有理会。平常安静的漂亮男子，这一次却很严肃地说：“请您记住，我什么也没有忘记。我下次还会再来的，并会达到我的目的。但是现在请让我留下。”

之后，这位漂亮的拜访者在前厅与医生交谈了很长时间。

在他的窗口前面有一个宽敞的广场。不久之前，那边举行过游行示威。广场上攒动着数千个人头，在石墩上站着一个高举红色旗帜的人，一只手指向黎明的方向。从远处听不见他说什么。唯一能听到的一句话就是：“我们将带领你们追求永恒的幸福，永恒的自由。”在他的话语结束时，他要求人群向为解放而牺牲的战士致敬。然后，人们开始脱帽，并唱道：“你们为这场激战而牺牲。”①

因为那时门没有关，一个穿着白色长袍的人走进了两层楼房子的阳台上。他把两手交叉在胸前，认真地唱着歌，并突然深深地鞠了一躬。

他认为这场示威与自己有关。

这就是伊凡·伊凡诺维奇。现在，他恢复了意识，认为自己在这场为自由而战的斗争中没有白活，因为黎明曾离得很近。

喜悦的泪水从他消瘦的脸颊旁滚落下来。

但一瞬间，他的目光落到了有黄绿色斑点的墙纸上。他觉得那不像是墙纸，而像是红色的砂岩。关于诊所的事情只是伊凡·伊凡诺维奇临时陷入的一场梦。

墙体又分开了。等等，伊凡·伊凡诺维奇，您去哪儿？

他脚下的牛蒡随风轻快地跳动，在田野中四处奔跑。草木随风摇曳着，花色蝴蝶摆动着深红色的、天鹅绒般的翅膀，在草地上飞舞。

他看到远处风中舞动的灌木。它的叶子耳朵和干燥的、红红的脸兴奋地颤动着。有时，它的叶冠像从脖子处伸向空中的、褐色干燥的手，沉默

① 阿尔汉格尔斯基的《送葬曲》的第一行。——译者注

而悲伤地在红色的砂岩上扬起；有时，受伤的灌木弯腰伸展，不由自主地朝着田野叹气；它的叶子还唱着关于黎明的甜蜜歌曲。

在那里……他见过菜园主的女儿，一只每天晚上为了取水带着扁担浮游的白天鹅，从太阳裙下露出带有蜜露的洁白的腿。

周围全是花儿。洋甘菊乱转，紫色的风铃草垂向地面，紫红色的石竹花炙热地洒落在人们的眼睛里。

杰多夫[①]，1906 年 5 月 29 日

① 谢尔盖·索洛维约夫的奶奶科瓦列娜斯卡娅的领地，在莫斯科郊外的“尼古拉夫”铁路、科留可娃火车站附近。别雷于 1906 年夏天在那里待了一段时间。——译者注

光的故事①

赵雪 译

一

时间在奔跑着。映像一闪一闪。世间万物都在快速飞逝。生命的奔放是伟大的。群星在星座里无休止地转动着，飞呀，飞呀……

这是火的眼泪。很久以前，无人管理的火曾大哭起来。泪水喷溅的火花在广阔的天空中一边燃烧，一边冷却，群星的和弦在唤起心中早已忘怀的悲乐。

这是星辰，是永恒的烟火喷发出来的红色的火花。它们一边燃烧，一边冷却。它们穿越空间的混沌，彼此射击着一束束金光——宛如飞舞在故乡上空的战火。

于是，飞舞着的金光渐渐熄灭，穿过深渊扑向大地。冰凉的大地紧紧

① 此部作品于 1904 年首次刊登在《格里夫》文选上，并发表了该版文本。小说写于 1903 年秋，收录在《世纪初》文集中，这其中还收录了 1903 年秋别雷从农村返回到莫斯科后的一些文学作品。有写给《艺术世界》杂志的，有诗歌《神圣的爱情》，有给《格里夫》写的短篇小说《光的故事》。——译者注

地抱住像雪白色银鼠一样颤抖着的、炽热的白金色星辰。白金色的、光滑轻盈的、炽热到疲惫的、已冷却了的星辰表面出现了光线交织的影子。

“太阳之家”的孩子们在歌颂着太阳,互相注视着,在黑暗中寻找着光影。他们认为生命的意义就是寻找光明。

金色轻盈的光穿过几百年的混沌，穿过现实的深渊，向他们飞去，飞到他们身边，爱抚着他们，温柔地亲吻着他们。

时光中总是闪现着映像，一切都将在生命的奔放之中慢慢消逝。“太阳之家”的孩子们在努力穿越无尽的深渊，扑向太阳的怀抱。

他们像蜜蜂采到金蜜一样，如获至宝似的把太阳的光辉珍藏到心里。他们的内心充满了正午时的喜悦，因为他们的心像一个蓄水池一样在不断扩大，而他们的心灵会成为一个能折射出太阳射线的巨大镜子。为了延续光的秘密，也就是为了传递这些明亮灿烂的符号，她们诞下了一代又一代的“太阳”的子孙。这些灿烂的符号开启了宇宙。

就这样，一代又一代的人都学会了回忆不同寻常的现象，并且把这些期望实现的、不同寻常的现象称为“科学”。

人们在收集着阳光，积攒着光芒——金色的、轻盈的、耀眼的光芒。这是“太阳”的子孙们在积攒着光芒。

终有一天，他们的内心会充满火光的泪水，这是每个时代的烟花燃尽的泪水。

二

我出生了。黑暗曾笼罩着我的童年。两个黑色翅膀在婴儿身体的上方摆动着。黑色夜晚的大口悬挂着，呼着冷气。这是我在窗边的第一次记事。冰冻的窗玻璃被太阳的火光融化。我特别希望乳娘能够把这些火光都收集到木碗里。

有个头发斑白的人忧伤地坐在桌旁，灰色的眼睛凝视着一处。他双手不断地揉搓着膝盖，时而擤着鼻涕。两只蜡烛像举行丧葬般照着他的脸，泪水使他的夹鼻眼镜上黑色的宽链子不断地从他忧伤的脸上滑落下来。他坐在黑暗处有光亮的地方，而黑暗残忍地冲向被照亮的空间。咧开的大口威胁着要吞噬我们，但是忧伤的老头儿站起身关上了门。大口合上了。

而他继续呆坐在那里，凝视着一处。我似乎不认识他，但是他的一根粗糙的手指伸到了我的面前，这时，在我的耳朵上方传来乳娘的声音："这是爸爸……他和我们在一起……"从此，我认识了他。屋外传来了阴郁的歌声。佝偻的父亲走到我旁边，一边胳肢着我一边说道："这是冬天的风。"

窗户上有一个黑色的大口大张着嘴，呼着冷气。他们告诉我，窗外是天空。

我被哄去睡觉了。

三

我喜欢墙上跳动的光斑。那东西太神奇了，以至于我每一次见到它都会喊："这是什么，这是什么？"每一次大家都笑了。我也笑了，但是在我的胸膛里却跳跃着一对翅膀。

我喜欢金色轻盈的光线和那白金色的温柔。春天的时候，我们搬到了别墅，我沿着园子的小路奔跑着去寻找小伙伴们。他们都是长着蓝色眼睛的男孩和女孩。我们玩着“太阳孩子”的游戏。雨后的水洼金光闪闪。我提议收集一小撮金色的水带回家中。但是，当我们把金水带回家时，金光却不见了，水也变成了浑浊的泥浆。因为这个，我们遭到了大人的训斥。有时候，我们身着带有红锚图案的蓝色水军服跳水坑玩，一边拍着手一边齐声唱着：“小太阳——小木桶。”

光彩夺目的水花四处喷溅，但是当我们回家的时候，大人们却说，我们浑身都脏兮兮的。我们隐约感觉到，一切远比我们想象得更神秘。

而那金色轻盈的光线穿过几百年的混沌，在我们周围织就了白金般闪耀的正午时光。我们看起来好像是光芒四射的，就连住在别墅的头发斑白的老人每次送我们的时候也总是在嘟囔着：“童贞的天使们……”

“太阳”的孩子们总是憧憬着太阳。他们像蜜蜂采蜜一样，收集着金黄色的光斑。我并不知道我们想要什么，但是有一次我向爸爸要了金色的葡萄酒，以为这是太阳的饮料。

他们告诉我，小孩子喝酒还太早。有一次，我们这些“太阳”的孩子聚集到一棵老接骨木树前。这是我们的飞船。我们坐在枝干上，飞向了太阳。我来指挥起航。音乐在我的心中扬起，仿佛电流的沙沙声响起。而树在狂吼，枝干弯下了腰，摇动着奔向“太阳”的孩子们。白金色的光束穿透了绿叶，温暖着我们的身体，于是我们就像光芒四射的小苹果一样在沙滩上摇曳。①

① 关于儿童游戏的描写，可以恰当地引用安德烈·别雷之后的文章《为什么我成为象征主义者》（1928）片段，这篇文章在一定意义上是《光的故事》自传体的理论注释。“关于我什么时候、怎样成为一个象征主义者的问题，我摸着良心说，‘我从来都不是，也从未成为过，因为我一直就是一个象征主义者（这指的是在“象征”“象征主义者”这些词出现之前），在四岁孩童的游戏中有意识地感知象征主义是儿童意识的客观存在’。对象征主义的感知是我们童年游戏的神经，是我内在意识的某种东西。成年人永远不会触及我的这种神经，正好相反，他们用已有的事物从外部理解它，这样的阐释不会引起孩童内心世界的一丝波澜。我不得不隐藏这些行为，当然，当我试图弄明白这些的时候，我根本找不到任何词语。这些词语和思想是我从外部学到的。然而，我的‘某些东西’是那样的真实，无论成长与否，它都无法用词语和形象表达，它融在‘我’本身之中。我感觉自己淹没在莫名的经历中，而且是在一个我所知道的特殊游戏里，我既游不到外部，也游不到内部。这就是我后来发现的符号世界。（不是认知，不是感受，不是理性中某些事物的消极反应，不是符号世界的创作，但是，应该说是创造性认知。）”——译者注

四

有一天晚上，响起了叮叮当当的声音。金黄浓稠的蜂蜜就像胶水一样延伸开来，似乎想从蜂蜜中拉出金黄色的、光芒四射的线。有时候我觉得，这是液体的太阳荡出的水流。但是这并不是太阳：旁边别墅的阳台上坐着一个穿着红色长衫的跛脚大学生，他不时抖动着鬈发，拉着小提琴。

我仿佛听见金光吱吱作响，拉成丝线。这时，有人笑着把它们缠绕成金色的小球，然后将小球一掷，就像投掷了光芒四射的斑点。

我听了大学生的演奏许久，然后自言自语道："太阳会发出声音，金子会发出声音，但不是所有的金子都会发光。"

这是我学过的东西。

五

日子一天天飞过。我进行了一系列试验。我把金色的秋叶弄得沙沙响。

我给一些画面粉饰上了金色的颜料。我把沙沙作响的金色干燕麦洒在指间。

有一次，月亮照亮了房间。我从床上跳下来，跑到镜子旁。一个活泼的男孩从镜子深处冲向我，双眼发着光。从隔壁的别墅里传来了太阳的声音。声音像缠成光芒四射的线球一样穿越过来。或许是那个大学生在拉小提琴吧。

我用镜子捕捉到了月光。然后我把镜子推倒在地上，幻想着自己站在小池塘的边上。金色的、亮晶晶的水面若隐若现地闪着光，我想在池塘深处游泳。我跳到镜子上，发出了破裂的声响，不知什么东西咬了一下我的脚。

大家朝着哭喊声跑了过来。看见我在破碎的镜子旁。

之后我们召开了家庭会议，大家决定给我找个老师。叔叔和婶婶争先恐后地讲道："敏感的孩子总是想要寻找东西来满足自己的好奇心。用丰富的学识来满足他的好奇心总比用幻想满足好。"只有老父亲一个人忧伤地沉默不语。他不时地看看我。泪水使他的夹鼻眼镜的宽链子不断地从他的脸上滑落下来。只有他理解我。但是他沉默不语。

从那天起，这个跛脚的长发大学生开始经常到我这儿来。我徒劳地希望他能带着他的小提琴来。但是他却给我带来了金闪闪的小昆虫和干草，他说这是太阳能的产物。

后来我才知道，他成了一个"通灵者"[①]。

很多年过去了。

六

我中学毕业了。有时跛脚老师会来找我。我经常能听到他清脆的声音："时间在奔跑。映像一闪一闪。世间万物都在快速飞逝。思想的奔放是伟大的。记忆是一张灵敏的光板，它能映出所有的事情。映像快速地折射回来，再次留下痕迹。但这一次它的细节已变得模糊不清，只剩下一个整体

① 通灵术产生于 19 世纪中叶美国的神秘主义理论。它信奉死人的灵魂存在于阴间，活人能够与其交流（通过所谓的通灵者来招魂等）。——译者注

轮廓。这时，观念正在形成……”

他说话时，一边用手指打拍子，一边教我这首歌的歌词。他养成了到我这里来的习惯，来拓展我的思路，消除我对细枝末节的界限，建立我对事物的概念认知。

这些概念交织在了一起。这些概念之间的关系千差万别。这些关系会织成一张网。这些概念的各个环节像蜘蛛网一样环环相扣，从远处向我们发出信号。一个强大的思想拍打着翅膀。我的老师欣喜若狂地用双手拍打着桌子，用一只脚踏着地板打着拍子，淡黄色的、稀疏的山羊胡子也在欣喜地颤动着。

他大喊道：“思想正在成长。它将带走一切。万事万物都会乘上思想的羽翼。但是思想本身却弯曲下来，像一条带子一样弯弯曲曲，围绕自己旋转，形成了一个闭合圈。许多杂乱的闭合圈会聚到一个蜘蛛网似的雾圈中。风来来回回地吹动这迷雾般的白色圆圈。”

就这样，我和跛脚老师既建构了思想体系，又来回盘旋在这个迷雾般的白色圆圈之中。我们的话语就像钻石般的焰火一样在空中飞舞。焰火所迸发的火光如雨水般洒向四处。[①]

七

我研究过映像[②]。在烧瓶和蒸馏瓶中，我找到了对照标准。天文学教授多次让我看过显微镜。最后我通过了考试，并开设了有关“彗星尾巴”的课程。

---

① 生产和应用火器与装备火器的一项技术。这个名称来源于希腊词汇“pyr”（指火）。——译者注

② 来自拉丁语“spectrum”（指映像、形象）。在物理中是所有物理量的总和，代表一个系统或者过程。——译者注

八

当我看到她时，我所擅长的所有的光，所有童年日子蜜制的金光就共同穿透了生活的寒冷恐怖。而我火热的心脏，像烟花一样，穿过死亡的混沌疾驰，飞奔向太阳，飞向遥远的故乡。火光开始在黑暗中划出螺旋形的光环。最终她走开了。螺旋形的光环也默默散去。

她那蔚蓝色的、望向天空的眼睛，被金色的鬓发和暗淡的霞光环绕着，她的脸颊被霞光点亮。像火一样的紫色在她薄薄的嘴唇上燃烧，唇下的珍珠项链闪闪发光。

我们是远离同一个故乡的两个火花，是两个熄灭了的烟火的火花。我们互相看了看对方的眼睛，认出了彼此来自同一个故乡。

九

我写信给她："灵魂，这绚烂的光点，被颤动的火焰点亮。世间的光开始明亮起来。它没有被黑色淹没。

"闪耀的光向时空瀑布飘散。穿透几个世纪。在黑暗中划出螺旋形的光环。人们可以看到穿透时间的火焰螺旋。

"它刚散发出来的光芒穿透了黑暗。

"在黑暗中被点亮的世间的光，安静地向远方的故乡飘散。

"时代在怒吼。原来的厄运——沉重的悲剧又重蹈覆辙了。心脏颤颤悠悠地停止了跳动。在每个时代，在行星的每个角落，都张开了空洞的大口。

泪水，像无休止的暴雨，喷涌而出，洪水袭来。它们淹没了炽热的道路。

“从今以后，什么也无法淹没燃烧着的喜悦。

“所有人都看到了心灵被燃烧之后的高高飞起，留下了螺旋形的火环。这时只需要触动一下心灵，灵魂这绚烂的光点就会熊熊地燃烧。灵魂透过时光神游而去，似一条白色的火焰在空洞的世界中爬行，被几个世纪以来的厄运击败。被点燃的东西穿透了时光，而时光则匆匆走向萧条。在黑暗中，被点亮的世间的光，安静地驶向远方的故乡。”

我就是这么写的。写过这封信之后，我遇见过她，但是她把脸转了过去。那时是冬天，在滑冰场上，她手挽着一名军官在透明的冰面上滑冰，时而滑成圆圈状，时而滑成螺旋状。似乎，他们穿越了时光。

十

我想让她感到惊奇，并告诉她什么才是永恒的。为此，在别墅前的斜草地上，我让别人悄悄地点燃烟火。我想制作一个特别的烟花——在潮湿夜晚的光线上分裂出成千上万个太阳。我知道她一定会在现场，因为她的丈夫是我的朋友，他并不想扫我的兴，而她却不想扫他的兴。我想暗示她，这些烟火象征着我们心灵的飞翔和内心的喜悦。

我们愉快地喝了金色的葡萄酒，这是太阳的饮料。黑夜在雾蒙蒙的寒冷中包围着我们。火热的胸膛呼吸得更加急促、更加迷幻。不知为何，她总是偷偷地朝我投来惊奇的目光，但是我假装什么都没有看到。

我们喝了金色和深红色的葡萄酒。我给跛脚的“通灵者”，也就是我的老师一个暗示，于是他消失在了夜晚的黑色中。某些焦虑的、迷人的、忧伤的、温柔的东西凝固在她冻僵的脸上。我邀请所有人来到凉台。我们的上空悬挂着黑色夜晚的大口。

它悬在空中吹着寒气。

地平线上映入一条金色的火花射线，迸出了火花。很快就熄灭的金色火花随风飘洒。就这样，周而复始。

就这样，到处都是火花。从附近的山上迸出一连串明亮的火花，四周到处都是金色的光芒。神采飞扬的跛脚“通灵者”喊着奇怪的话：“并非一切都已经死亡。灵魂不再飞向遥远的故乡，但是故乡自己却开始思念起那些逝去的人。于是，古老的故乡向他们迎面飞来。”地平线上飞过一群红色的云雀，就像红色的彗星一样，所有人都听到头顶上空故乡的翅膀发出急促震颤的声音。

熄灭的光的瀑布无法照亮跛脚的“通灵者”，他却在黑暗中继续喊道：“而现在，就像烟花一样，火花的话语盘旋上升。地平线上映入一条金色火花的射线，迸出了火花。金色的火花很快就随风消散了。就这样，一个又一个的火花飞上天空，在那里盘旋，飘散，周而复始。光明笼罩了所有的地方。”

而周围所有的地方都闪闪发光并发出嘶嘶声。一个个火圈嗡嗡作响，在天空的某处突然裂出五彩焰火[①]，仿佛神奇的明灯在那里闪烁。

有人听到了静静的脚步声——黑暗中丝绒般柔软的脚步声。这是猫的脚步声。夜晚的幸福正悄悄地到来。这就是幸福。我们不明白，当熄灭的火花洒向天空时，即金色的灵感喷泉逐渐消散时，人的内心会产生怎样的情感。我们也不明白，是什么把光明世界的悲伤从炽热的胸膛中拽了出来。

① 五彩焰火是烟花的一种。——译者注

她站得离我很近，很近。有一种令人神往而忧郁的东西，凝固在她的脸上。她看懂了我内心的波澜，她笑得温文尔雅，充满柔情蜜意。

这时我对客人们说：“是宇宙为我们带来了这个焰火盛会。也就是说，这是巨人们从地球的旁边飞过。只有他们才能抛出火焰。只有他们才能开火[①]。只有他们才能用火焰浸没深渊。”

十一

一切都熄灭了。我们沉默了。时间一分钟、一分钟地过去，而我们在看着群星闪烁——那是火的眼泪。很久以前，无人管理的火曾大哭起来，于是泪水喷溅的火花在广阔的天空中燃烧起来。它们穿越空间的混沌，彼此投掷着一束束金光。群星的和弦在唤起人们心中早已忘怀的悲乐。我隐约听到了一丝悲伤与快乐的声音，仿佛珍珠颗颗掉落的声音。

这是她幸福的笑声，苦涩的哭声。她轻轻地诉说，夜晚变成了蓝色，而彼岸[②]已满是蓝色的波浪。

我们听到了天堂的声音，那是蓝色的海浪拍打的声音。大家彼此交流着：“她的癔症发作了……”

白色的云团闪着起泡酒的金色。天际变成了琥珀色。

我们彼此告别。

---

① 根据彼德松的观察，文中提到的开火的巨人是普罗米修斯神话的暗示。——译者注

② 原文 эмпирей 一词，来自希腊词语“empyros”（火）。在古罗马自然哲学中，天空的上部充满着火，很多中世纪基督教哲学家认为这是彼岸世界的象征。——译者注

十二

我陷入了蓝色的梦幻和温柔的沉寂之中。我沉默了。我实现了自己的目标。剩下的只有满满的幸福。

人（又名《25世纪大事记》[①]前言）

艾绘荣 译

一

松绿色的教堂圆顶即将高耸入云。春天一到，它们便会如竹笋般繁荣起来。圣子仿佛被精确计算的彗星，穿越现存精神世界的层层等级圈子，降落凡间。他身负使命，要让最近几百年封在身上的七印[②]被揭开，要让

① 别雷想借《25 世纪大事记》表达自己对未来生活和完美世界秩序的看法。令人遗憾的是，别雷虽未放弃完成此书的想法，但这部作品终未完成。——译者注

② 隐喻《启示录》中的羔羊，它从“坐宝座的右手里拿走了书卷”（5 章：7 节），并揭开了七印。——译者注

这些年被封存得密不透风的意义被诠释成最光辉的荣誉。

“明亮的马槽”开始微微发光，即将有个婴儿诞生于此。他一出生就会把两个奥秘联系在一起：一个是出生在马槽里，另外一个是生命的复活。于是，圣诞节和复活节就合并在一天。

站在精神世界的门槛上，我们看到：

“前来传递圣言的天使们抛下雷鸣般的话语，一副灵魂的躯壳出现在人们面前。

“它宛如一颗球体，光辉胜过了太阳。”

我们还看到：

“散发着光芒的埃洛希姆们[①]一言不发，凝望着正在降临的灵魂。就在埃洛希姆思想之光的上空，一切的起源钻进了躯壳。

“于是，肉体便有了生命……”

二

世界将建立和平。看，世界的面孔柔和下来了，战争也快要结束了：“但愿在天上，荣耀归于上帝！”[②]这个婴儿从降临人间开始就带着神界的记忆。

“天使们垂下温暖亲切的纯净眼眸，凿出闪闪发光的圣像衣饰。创世纪的第二天，他的生活开始像太阳一样闪耀。他，即将成为人类的光明

① 埃洛希姆在旧约神话中代指神的概念。该词在本作原文中是复数形式，以此纪念古犹太各部落的多位神明。不过在《圣经》当中，该词表示“上帝吸收了之前的众神，变成了代表所有神性的唯一的神”（《神话学词典》，莫斯科，1990，第 615 页）。——译者注

② 出自《路加福音》2 章：14 节。——译者注

之源……

“照耀在我们身上的落日余晖变得更加熠熠夺目，周围的空气也变得更加清新怡人。黎明到来，重重云朵被光线镀成了金色。拿撒勒人[①]穿过云层，身形愈加清晰……

“朝霞仿佛明亮的摇篮……一声啼哭震彻整个宇宙。十二位先知[②]围绕着这颗星星[③]，给他带来了礼物。看，那是光彩夺目的启明星，与狮子座的大镰刀[④]和巨大而明亮的土星在天空组成了一个清晰的三角形……”

如今，智慧和爱结合在一起。

“是的，它们才是完美的一对。”

草原上，人们穿着最纯洁的白袍，纷纷走出教堂……来到他的面前朝拜，而他正等在那里。人们希望他讲讲主——基督耶稣的故事。

崇高的思想降临到他无言的目光里。接下来的几天：

“他每次开口，声音之树便结满知识的果实。在天使们热烈的交谈声中，他用舌头的利剑刺穿大自然的面纱，他的声音响彻云霄。祥和的灯光慢慢亮起，当他把干净的手掌放在信徒的头顶时，各种各样的思想便会充斥他们的心间。

“梦想兄弟会的教堂[⑤]将矗立在世间。他穿过穹顶上的圆洞，站在天空之下，张开双手祈求和平。空气裂开了，我们所有人都将看到奥菲拉，一

① 此处指基督耶稣。——译者注

② 在东方基督教的传说中，几位博士看到伯利恒之星出现异象，知道“犹太人之王”已经诞生，于是前来朝圣出生的基督耶稣。《马太福音》的传统叙事中并没有提到博士的数量。——译者注

③ 这里指基督耶稣，耶稣在《圣经》中被比作“明亮的晨星”（《启示录》22 章：16 节）。——译者注

④ 狮子座中的一组星星。有人认为《圣经》中的星星由双鱼座中的木星和土星组成。——译者注

⑤ 指的是人智学的教堂，例如歌德堂。歌德堂由奥地利哲学家、人智学创始人鲁道夫·斯坦纳创建，是人智学世界的中心。别雷于 1914—1916 年在瑞士期间曾积极参与建设该教堂（剧院）。——译者注

个光线之国[1]……”

三

在新时代精神[2]统治的第十五年，在世界大战的恐怖笼罩20世纪各国人民头顶的那一年，德国的统治者还是威廉皇帝，天主教会的大祭司还是本笃[3]，主曾经发出一个声音，这个声音被一个如今已实现自己伟大命运的民族从东方壮大：

“‘愿和平行在地上，愿所有的兄弟情谊行在地上’……”

从两个名为齐美尔瓦尔德和昆塔尔[4]的地方也发出了同样的诉求。

但是没人听到。

从战场的嘈杂声中传来这样的号召：一切荣誉都属于上帝，一定要把曲线拉平，一定要把坑洼填平。

---

① 参照安德烈·别雷的作品《说方言（灵语）》：

“我知道，世界各国都是来自古代太阳的光线，在泽菲洛塔之光上（用泽菲洛‘Sepher-Jezira’代指智慧之光）。

它在哪儿，我的泽菲洛？

它消失了。

它只存在于希腊人的想象中，希腊人曾相信，在印度，在遥远的地方有个‘黄金之地’闪耀着光芒；那片黄金之地叫作佐菲拉、奥菲拉。

是的，我知道，

奥菲拉——光，光的故事，就是说埃菲利亚，但埃菲利亚被空气冷却后，便成了埃尔。

在极为古老的埃菲利亚，在埃尔，我们——会发声的人类曾住在那里。还有光线发出的声音。光线的声音在我们身上无声地生活着。我们有时会用声音，用方言（灵语）来表达它们。”

（《说方言·关于声音的长诗》，柏林，1922，第68页。）

值得一提的是，莫斯科作家出版社于1922年出版了别雷的旅行笔记《奥菲拉》。——译者注

② 按照斯坦纳的方式纪年。别雷在1912年5月1日写给勃洛克的信中提到确实借用了斯坦纳的方法：“地球在1900年发生了巨大的变化，从这一年开始，日落变了。”（《书信集》）——译者注

③ 此处不准确，这里指罗马教皇本笃十五世（1854—1922）。——译者注

④ 瑞士村庄名称。1915年和1916年，这里召开了反对第一次世界大战的国际社会主义者的会议。——译者注

就在那个恐怖的时刻，有个人[①]对我们说：现在斧子已经放在树根上，凡不结好果子的树，就砍下来丢在火里；有一个关于簸箕和塞满的谷仓的动词，而知道簸箕秘密的人却没注意到这个动词。[②]

于是，整个欧洲便被丢进了火里。

从传达全世界的话语中可以看出，只有很少的人受洗过，其中就包括这个人。历史上关于他的记载不多。因此，这里关于此人生平的叙述都是基于梦想兄弟会的精神体验。

就在这个人的凝视下，天幕一瞬间裂开了。从未来几个世纪传来一句话：

“你——一定会成功！

“他已经三十岁了。在以后的日子中，他将把所有精力都放在揭示……他的各个奥秘上。这个灵魂本应该经历所有苦难，以便在遥远的未来完成一项使命——成为……一个人……

“1916 年 8 月，行星的位置与他所处时期的各个行星位置相似，学识渊博的十字架像行星一样穿过天空，不过却带着凸起的横梁……”[③]

四

关于这个神秘人物，我们无法从层层失落的文化中找到很多的信息。在他即将化身之时，我们第一次能够体会到他所经历的痛苦，比如，欲望……

① 别雷小说《怪人笔记》中的主人公显然类似于高尔基笔下的“大写的人”（长诗《人》），但作者有意让自己的主人公与后者做对比。——译者注

② 参照《路加福音》3 章：7~17 节。——译者注

③ 形象直接呼应长诗《耶稣复活》。该作品由别雷紧接《人》之后创作，很多地方都带有前者的创作痕迹。——译者注

虽然这个经历诸多磨难的人在20世纪已无法向我们开口，但这里提供的信息都是由梦想兄弟会整理的。

即使在20世纪，在那个背负自己化身的十字架的人身上，就像在某个时代的活动家身上，有时也能反映出人类的起源。

“时代精神——

“已经被历史和世界上的恐怖灾难扭曲：那个时代，战争爆发，瘟疫肆虐，革命暴动不断，地震频发，不断有新的疾病出现——虽然我们现在已经可以应对它们，但仍有许多民族和部落因此灭亡，无法跨过21世纪的门槛。

“在这个神秘人的身上，崇高的等级决定了他最崇高的使命，那就是实现各民族间兄弟般的团结。

“而他本人，还未扬名，就在本国人民的悲伤中逝去了，这些人认为他与集体格格不入。他因镇压革命而受到了不公正的审判，又被‘反革命’法庭指控叛国……

“一走出法庭，在街头的广场上，他就被撕成了碎片。”

五

在自己的传记当中，他以一个遭受失败的受难者形象出现在我们面前。根据同时代人的描述，我们仿佛能看到他的面孔——

这是一个失败者的面孔，他饱受矛盾的折磨，内心因为灵魂的爆发、失落、彷徨而痛苦不已。

看，他曾站在圣墓旁，曾去过西班牙，曾研究过加泰罗尼亚语和被遗忘的“*Ars Lulliana*”[1]，曾拜访过大英博物馆。而后，他走进了革命的烈焰。

“具有划时代意义的事件都悄悄变成他内心深处最隐秘的体验。他从自己身上察觉到那个可以撼动几百年基石的词语。他看到了闪电，却没道出它的雷声。

“他沉默时的眼神和他说出的话语经常是矛盾的，他的话语表达还不够成熟。他是脱离于人民的一根杂枝，是嫁接到橄榄树上的一根杂枝。这棵橄榄树从天上长出，枝干延伸到人民中间，上面却长了一根格格不入的杂枝——

“一个在自己身上耗尽生命的人，他在死亡真正来临之前便已死去，是死于非自然的死亡……

“灵魂受洗太可怕了！

“他的生命化作一句呻吟，‘我的上帝……你抛弃了我’。”[2]

他以某种方式保存下来的肖像很有特征：头发杂乱，脸色蜡黄，胡须稀稀拉拉，浅蓝色的双眼微微眯着，一动不动，泛着令人惊讶的磷光。梦想兄弟会教堂那里有一段他写给朋友的信，读上去也很特别：“亲爱的朋友，我现在给你写信，没指望收到你的回信。我心存极其强烈的兄弟之爱，我相信我们终有一天会见面。是命运让我们天各一方。你早就知道自己的归宿在哪儿，我也早就知道我们的谈话会在几百年后响彻云霄。当我们四个人再见面时，请你对我说，我们将会对已经发生的事情保持沉默。对当今的故事而言，所有的话语都会显得浅薄……”信到这里便中断了。

---

① 正确的写法为“*Ars Magna*”（《大艺术》，1275），由加泰罗尼亚学者、神学家、作家拉曼·鲁尔（约1235—约1315）创作。参照别雷1916年1月的笔记：“……我每周要去巴塞尔的大学图书馆大约三次，在那里努力研究关于拉曼·鲁尔的文献。研读关于他的法语专著（不记得作者是谁了），我读拉曼·鲁尔的‘*Ars Brevis*’，又开始读‘*Ars Magna*’，但我陷入了困惑，开始研读布鲁诺关于拉曼·鲁尔的评论。”（《日记视角》）——译者注

② 参照：约在申初，耶稣大声喊着说，以利，以利，拉马撒巴各大尼？就是说，我的神，我的神，为什么离弃我。（《马太福音》27章：46节）——译者注

很多传记在评论这封信时提道：这段话对我们来说，就像是某个古老的神圣遗物的一角；而它，在如今这些特殊的日子里，即将以一种新的方式复活。

历史上关于他的记载不多。我们只知道，他终其一生都是一位作家和社会活动家。他喜怒无常，充满激情，改变过自己的信念，却没留下任何值得关注的价值观。在22世纪初（这时，海涅的《浮士德》已经消逝，而尼采也已经不在人间），在博物馆的疯狂改革中，他的著作全被遗落丢失。

简而言之，我们对他知之甚少。我们只知道一件事：

“那杯装满注定要承受苦难的烈酒，他已全部饮下。他的精神被诠释成民族兄弟会的最高使命，并在他的灵魂伤疤中痉挛起来。”

六

让光亮的汁液灌进母亲的躯体，让它们在里面孕育着：

“告别埃利亚——

“会发声的人类在这里居住着，已不再受死亡的束缚……

“光的声音已经刻在我们的身上，执日勇士之歌清晰嘹亮。兄弟们，我们将会发出悦耳动听的话语，迎接从声光的、会说话的蔚蓝色中走出的灵魂……就在黎明时分！”

亚历山大·勃洛克

玫瑰姑娘和蚂蚁王

我们都是公民

亚历山大·勃洛克

全名亚历山大·亚历山德罗维奇·勃洛克(1880—1921),俄罗斯诗人、作家、剧作家、政论家、文学评论家和翻译家，他是象征派诗歌的代表人物之一，也是白银时代最杰出的诗人代表。他的作品被誉为20世纪俄罗斯文学经典。1904年出版的《美妇人诗集》是他的成名作和早期代表作，充满神秘主义和唯美主义色彩。勃洛克的主要作品还有：诗集《歧路集》《意外的喜悦》《白雪面具》《意大利诗抄》等，长诗《夜莺花园》《斯基福人》《十二》等，组诗《死亡的舞蹈》《十二年后》《卡门》等，戏剧《草台戏》《命运之歌》《玫瑰与十字架》等，论文集《俄罗斯与知识分子》等。勃洛克善于运用优美诗化的语言和象征主义的手法，他的作品对现代文学产生了巨大的影响。

玫瑰姑娘和蚂蚁王

冯宇译

一

几年前，我有机会在德国南部的黑森 - 拿骚过夏。疗养地有着摩登风格的白色建筑，在那里，尘土飞扬，死气沉沉。从疗养地走上高高的山丘，山丘上耸立着一座灰色的塔楼，占据了山丘的大部分地方，塔楼是由疏松的风化岩石建成的。经常有游客登上这座塔楼，皱着鼻子，环顾着四周风景，用不同的语言叽叽喳喳地谈论着四周的景色。的确，这是一个富足的、土地肥沃的国家，站在山顶的塔楼上，国家的富饶尽收眼底：丰茂的牧场，密集而富庶的村庄，成排的红色屋顶，村庄里的风车磨坊正转动着巨大的轮子。轮子转动着，使传送带在绵延几公里长的铁路路基下的田野和山丘上不停地传送着。人们可以沿着这条传送带散步，也可以坐在上面滑一会儿，还得不时小心地回头张望，生怕文明的德国人会把不文明的俄罗斯人从传送带上赶下来。天气酷热难耐，正值庄稼的茂盛生长期，公路两旁的野生樱桃已红得诱人，锥塔形的杨树上布满灰尘。尽管如此，这一切依然那样美好（特别是在回忆的时候）。这里仿佛散发着莱茵河畔清新的味道，的确，离这儿不远处就是莱茵河，它的两岸山峦起伏，绿意盎然。

这是一个浪漫的国家。在疗养地，一切都充满着生机与活力，哪怕寂寞也是美好的。在这里，你随心所欲地设计着自己的生活，因无所事事的轻松而感到愉悦，享受着俄式的发呆和慵懒。德国人和英国人却拿着报纸，抽着雪茄，积极地在疗养地的公园里和凉台上散步。晚上十一点钟，街上已经没有人影，“施佩纳”[①]们也停止了喋喋不休的宣讲，只有俄罗斯人——那些最不好驯服又最不守规矩的人，才违背疗养地的作息时间，这么晚了还在花园里和湖边散步，欣赏着湖水里童话般美丽的天鹅和雾气缭绕的仙境。当然，他们也会利用明智的欧洲人的健康睡眠时间在长椅上互诉爱情，拥抱，亲吻。不过，不幸的是，他们的亲吻也可能是出于无所事事和寂寞，也可能只是为了寻求一时的刺激，且在回国后，可以向当官的朋友们炫耀度假时的邂逅。而在这雾气弥漫的湖畔约会，会让人感到更加寂寞。因为你知道，再过一两个月，你依然要走在湿雪泥泞的涅瓦河河畔。这些情人也会感到步履维艰，因为男的在圣彼得堡，女的却在基什尼奥夫。这也会让人感到悲哀。

白天，顶着太阳出城，行走在田间地头，首先映入眼帘的是被长长的

---

① 施佩纳，路德教会的神学家。——译者注

传送带牵动的盐水冷却塔。这是装满干枝的高墙，下面是一些木质贮水器，盐水不停地流进去，发出清脆、响亮的汩汩声。在盐水冷却塔的对面，有一对胖男女跷着腿坐在那里，手里拿着从德国图书馆借来的书，嘴里不时地发出啧啧声。他们在用鼻子和嘴巴贪婪地吸着盐水的味道，并在为“如果盐不咸了，什么东西能使它恢复咸度”的问题而争论。至少，从他们的体态、表情、上衣和裙子来看，可以预见，世界上没有任何力量能够补充他们身体里失去的盐分。

一个长相古怪、体态健壮的俄罗斯人（就像我一样），看到眼前的场景便马上躲开，往田地的方向走去。眼前是一片麦地，茂密的黑麦正在抽穗，过了麦地就是潮湿的城墙和城堡，我朝那个方向走去。如果俯身向麦浪望去，你会感觉自己身在俄罗斯：天空湛蓝，麦穗攒动，在麦穗中间还有一条被开辟出的小路。当你走过药泉，那里有人正在塞上灌满泉水的瓶子，随处可见写着“×× 温泉”的牌子。我来到了公路上。铁路大桥的红色拱桥跨过绿色的峡谷，沿着一侧峡谷的斜坡，我不知不觉爬上了高地——从那里能看到有着几百年历史的整个城市的景色。在这里，你可以徘徊在偏僻的小巷，可以敲敲凹凸不平的石板，可以走一走有花纹把手的大门前面的霍夫曼式小台阶。这里住着童话里的那些胡子刮得干干净净的神秘人物。这里遍地都是玫瑰，多得令人透不过气来——大的、小的、多刺的、浅色的、鲜艳的、深红的、浅黄的、白色的，五颜六色的玫瑰花就像格雷琴穿的花裙子一样。你突然发现，在一个狭窄的小广场上竟然有一个教堂，于是你又一次发现：这真是一个浪漫的国家。教堂的窗户是尖拱形的，非常高大，只是它们被这些窄房子挡住而看不到。在教堂角落里的一个排水管旁，堆放着一些破损的雕像，它们是从屋顶上滑落下来的，被精心地扫成了一堆。这些雕像正是巴黎圣母院收藏的怪诞派的雕塑作品。

最后，我来到了古老宫殿和市长官邸所在的大广场。广场绿荫处的一角有个很小的栅栏，隐没在一面灰色的石墙中。看门人从这个栅栏门走进去，不让游客进入。我们的故事就从这儿开始。

二

小栅栏门开了。马上映入眼帘的是一片广阔的空地，四周被城市、村庄、火车头喷出的烟雾、青青的小树林和炙热的白云包围。这里给人一种无穷无尽的新鲜感，这种新鲜感永远撩拨着人的心怀，让人憧憬着未来的美好。难道这种新鲜感仅仅来自对未来的憧憬吗？不，我来到了一个新的国度。我身处在德国城堡墙上一个狭长的花园里。我能从城墙上望到远方，而在城墙之外，墙仿佛悬在半空之中。眼前出现了一个绿色的沟壑，让我极其渴望、极其热切地想飞到那里。直到现在，我去德国小城，在穿越田野、小树林和土堤的时候，我依然有那种感觉。现在我完全活在德国的神话世界里。把我和过去的、历史的和死亡的世界隔开的只有那个小栅栏。

这里甚至让人感受到一丝凉意。在晌午天气最热的时候，古墙的影子笼罩了整个花园。平原上吹来的微风吹干了古墙的潮气，使它变得更加牢固。古堡主人的红色徽章被从平原上吹来的空气中的盐分侵蚀得难以辨认它上面的拉丁字母。这些字母当然都是口号。我如果能把这些口号刻在自己的盾牌上，我就会当上一个统治者，并能活很久，那么我与世界之间就会没有纷争，世界将是自由的、和平的，就像这拂面的清风一样沁人心脾。那样我就可以征服所有金发美女的心；我就可以把那些不顺从的封侯关进潮湿的地狱；我就会将周围所有的国家都置于我的统治之下，比如说，那个建在远山上的塔楼就会变成我的警戒哨；我就会让那些双眉相连的恶棍死在壕沟里，壕沟里流淌的将是清澈的、湍急的、纯净的水。

这个栅栏门里的一切都让我相信，至少可以让我清醒一整天。我真的变得英俊了。别人的英俊转移到了我的身上。我的心也变成了一朵绽放的玫瑰花蕾。至少我现在是爱你的，德国，就像爱一瓶浓烈的老酒，还有你——在绿色平原上不显眼的金发德国女人。

花园中央被挖出了一个坑，这是第二个壕沟，它的上面搭了一座小桥。土地似乎没有了。土地都被掏空了。我飘飘欲仙的超人的世界啊，我渴望像一个浪漫主义者那样讲话。从沟底长出来一些树干，冒出来一些灌木。爬山虎疯狂地缠住了它们。壕沟的周围蜿蜒着一条林荫道，它的确是“蜿蜒着”，缓缓向上，然后紧贴着墙根绵延下去，渐渐打开宽阔的视野，转向剪过枝的椴树丛，周围都是盛开的玫瑰花和天竺牡丹。这里的玫瑰面色苍白，因为它们消耗了太多的爱；这里的天竺牡丹疲惫了，树荫灌醉了这些淡紫色的低垂花冠。世界上没有比玫瑰和牡丹更美丽的花了，生活在这样的花丛中是多么惬意啊！

小路越来越陡，仿佛它的呼吸也越来越困难，它像一个少女一样，不知跑到哪里去了。这里是花园的最边缘，那里已是花园的尽头；所以它只能翻越到墙的另一侧去，跳入绿色的壕沟，迎着风，直接跳进墙下古镇的怀抱，开始新的生活。古镇很小，像一只红头的猛兽，贪婪地望着自己古老的教堂，它准备接受我进入它的微小世界。

在这里，小路的生命受到了威胁。在城墙边上，有一座用树皮斑驳的树干建成的亭子，似一只灰色野兽。亭子里有用同样木头制成的一张桌子和一把圈椅。圈椅上坐着一个旧时的、模样怪异的老木墩子——这是一个低额头的怪物，他面前的桌子上放着一个刻有古时酒花草图案的粗脚金杯。

这个怪物正在大口地喝着甜酒，帽子上的一根羽毛被风吹得沙沙作响。他的目光是呆滞的，他的下巴像斧子，鼻子也很难看。这个灰色怪物的身边的风也是灰色的。

我最好还是留着我的柔情回到天竺牡丹那里去，回到少年侍卫的住处去吧。一群机灵快乐的男孩好像钻入了玫瑰花丛。他们欢呼雀跃地互相追逐着。我想，城堡的女主人会逐个亲吻这些少年，轮番和每个男孩过夜，趁着那个丑陋的怪物从亭子里出去检查各处的瞭望灯是否都亮着，围墙上当值的披甲兵是否在打瞌睡的时候。

粗壮的椴树枝从粗壮的椴树干上被砍了下来，伤口处挂着一个黑色的面具，那是几个世纪之前德国人在一个疯狂的夜晚留下的。面具上两个空洞的像死人一般的眼睛，还依然温柔地注视着一切。也许，女统治者戴着这个面具体验了自己第一次的喜悦。我走过去，发现一个少年侍卫正在花园的另一头跑着。是的，他正在找人。他找得那么执着，找了几百年，却依然年轻！他想亲吻他的女主人——可是她在哪里呢？

瞧，凭我醉心于此的思绪，凭我舒展的心灵，凭我读过很多书的智慧，我能觉察出女主人在哪里。可她只是个幽灵。她失去了肉体，变成了永恒的温柔。玫瑰花的花瓣是她轻柔的被子，她蓝色的眼睛将永远沉睡。少年侍卫找寻她几百年，可是他没有像我一样读过这么多书。所以他这个蠢人，仍在花园里跑来跑去，他的嘴唇由于激动和懊恼而颤抖着。他脱下自己的短披风，身材十分匀称。他徒有一副英俊的皮囊。他永远也找不到她。难道他可以在那些没有土壤的潮湿、肮脏的地方找到她吗？难道他能在表面繁华的、分崩离析的国度找到她吗？少年侍卫，你去寻找吧，因为你不是俄罗斯人，所以你不会找到她。你到远方去寻找吧，可远方的女人是不会来的。走近你的将是看门人的苗条而漂亮的女儿。她会有亚麻色的辫子，并且会用悦耳的嗓音告诉你哪里卖最新鲜的白面包，市长有几个孩子。她会脸红，会垂下柔顺的睫毛，于是你就会把她当作那远方的人而亲吻她，你将会在城里开一家面包铺。她就会站在柜台后把最好的小白面包卖给德国人，亮闪闪的芬尼[①]越挣越多。她也是玫瑰色的，她的衣服别着一朵玫瑰，当你把她带到公众的娱乐晚会上的时候，她会把玫瑰别在自己的胸前。是啊，你是幸福的，你在小栅栏门前迎接她，你用那充满浪漫的情怀给她取了个名字——“玫瑰栅栏姑娘”。她已经给你生了个胖女儿，你的她因为无辜的金色啤酒开始发胖，戴订婚戒指的手指出现了皱纹。可你依旧叫她“玫瑰栅栏姑娘”。

其他少年侍卫依然在花园里跑来跑去，还没有找到自己心爱的姑娘。那个醉汉正拿着酒杯，坐在只有粗枝和风的亭子里吓唬着他们。

三

浪漫主义就在于此。自古以来，人们一直在西方寻找叶莲娜——那个不可企及的绝世美人。由此引发了与假想敌之间的战争和流血冲突；由此才会出现这些卸下面盔和狡猾僧人面具的忠诚壮士，他们总是伺机寻找，总是吃得肥头大耳。然后他们的头脑中又闪现出一大堆抽象的思想、哲学观点和民族主义的野心。即使是著名哲学家康德，哪怕把自己的小桌子放到山冈上，从那里能清楚地看到一切可调和的物自体和现象界，运用自己的纯理性批判理论，也无法理性地解释当今世界上的这些怪象。

① 德国辅币名。——译者注

那个源于原始理想的美人叶莲娜，最后远离我们，进入天主教“神像”的关于一切都是独立的、遥远的、不可认知的哲学，最终发展成为“我不可知，不可侵犯，请过来”的本体论思想。于是人们很快接受了这种哲学思想，因为只要走上一刻钟，就到了具有现代欧洲文化特色的小酒馆，酒馆平坦的屋顶像翻过来的奥地利大檐帽。那里有平滑光亮的地板，侍者的服务也十分周到。一切都是那么遥远，那么不可知，也同样因其遥远而令人十分向往：德意志民族、“本体”、肩扛啤酒桶的身材结实的俾斯麦，以及温柔的浪漫主义诗歌，这座有着瓦片房顶、玫瑰、大教堂和城堡的古镇也是那样遥远而美丽。这番古老而逝去的美景毫无缘由地折磨着你，让你不能融入其中，让你不能对这番美景付出自己的一片真心。最柔情的东西变了样。这里没有“夙愿的”东西，因为夙愿是针对未来的。这位一动不动的西方骑士透过面盔望着天空中的梦幻，就忘记了一切。他的脸变得僵硬起来，变成了雕像，与周围的一切融为一体，浑然天成。他用死人般的目光在多彩的平原上搜寻着现在没有、将来也不会有的东西。于是，他变得像牧师一样，有着令人起敬的外表，剃光了胡子，面色苍白。他的夙愿不会有任何结局，也不会实现。

他给自己戴上念珠，
而不是围巾，
他从不在别人面前，
掀起自己脸上的面盔。

四

这里有和谐的线条，温柔的声调，令人陶醉的玫瑰，轻盈的动作，脱离现实的理想和对缥缈世界的追寻。在这一切之后，再回到有着不光彩历史的俄罗斯是令人难以忍受的。关于莫斯科公国君主们的一页页历史不会被折断，它们僵硬得像盖在大臣肚子上厚重又难看的缎子被，污浊的、腐臭的、沼泽般的叛逆血液在历史的书页上汩汩流淌。大公们背对着这些书页打着哈欠，就像是躺在暖炕上或在全俄缙绅会议上一样无精打采。接下来出现了多愁善感且受到民众爱戴的学者们几近杜撰出来的东西；出现了一些爱骂街、爱吹牛的勇士，他们最喜欢酗酒和伸出自己脏兮兮的大拳头来恐吓别人；然后又出现了来自西方的传说，保加利亚传教士将这个传说加工了一下，带到了俄罗斯，致使其变得让人难以接受——传说里没有出现伤感的故事，也没有出现内容轻快而又不朽的爱情故事，只有一只丑陋的山雀扑腾了出来。阿列克谢·托尔斯泰是一个有着冷酷性格的贵族人士，他身材微胖，多愁善感，会用百姓口吻的俄语热情洋溢地讲述俄罗斯的壮士歌、神话或历史，呈现俄罗斯会议上的唇枪舌剑，将西方文学的精华表现得淋漓尽致。温柔的奥列斯特·米勒[①]对俄罗斯谚语大加赞赏，但是，谚语是登不上台面的。

我们在俄罗斯传说描述的昏暗和平庸中艰难跋涉，历尽艰辛。许多俄罗斯学者过去和现在也是如此，他们吸引读者进入书本的故事中，读者相信与否就和他们没有丝毫关系了，深信不疑的我们可能会突然发现某个“矿藏”，“矿藏”在歌唱。而教授们却侧耳听听，淡定地说：“唉，你们要知道，

① 奥列斯特·米勒（1833—1889），俄罗斯学者，俄罗斯文学史教授。——译者注

这没什么意思。这只是一种民间的迷信，是民间愚昧的产物。”教授们呼吁人们去寻找其他文物的声音，却被宝藏优美的歌声掩盖住了。一时之间，你很难分清是谁在唱歌，在唱什么，只能听到金子的歌唱。据古书记载，要找大蚁穴的话，有十二条路径可以通向它。挖开洞穴，然后往里面倒水，你就会碰到一个洞。再挖三俄丈[①]，你就会看见蚁王伏在深红色或青色的石头上。你向它浇开水，它就会从石头上掉下来，你再挖，然后用布把石头包起来。它会问：“找到了吗？”而你继续沉默地挖，嘴里衔着石头，用布擦着手。“你是苍天之父，你是大地之母，你是神圣之根，祝福你，做善事，造福世人。”

不好吗？狡猾的麻脸农夫在蚁穴里刨啊刨，寻找着这个根，它或许可以治好母牛的乳房或者自己生病的婆娘。那蚁王又为何如此不安，农夫又为何如此殷切地向上天和大地祈求这个神圣之根呢？

这是因为，农夫有一种超凡的力量，而蚁王——是他的秘密同谋。更主要的是，农夫一定会找到这个根，无论这个根对他有什么用。只要找，总能找到的。这个神秘的根像真正的金矿一样，在纯朴的传说中被吟唱。眼前只见林间小路、坍塌的蚁穴和拿锹的农夫，而金子仍然在歌唱。

一切都清清楚楚，近在眼前，好像一切都已经被找到了。农夫会拉出这个根，向它啐几口唾沫，然后离开。粗俗、丑陋、肿胀的一切就这样径直闯入视线。双眼震惊，一种已被发现的可知力量令人恶心。一切都很现实，幻想无立锥之地，也看不到天空。那天空值得看吗？它灰蒙蒙的，像农夫的皮袄，不再蔚蓝，没有从德国的朝霞里飞落人间的天堂玫瑰，也没有地平线上古堡纤细的侧面轮廓。这里到处是枯萎的灌木丛。你迷失在其

① 1俄丈约为2.134米。——编者注

中，可你爱它爱得死去活来。走进草丛，你就到了沼泽地。其他什么也不需要。金子，金子在某个地方歌唱。

大概，圣·安东尼[1]从西班牙边境是循着金子的歌声飞来的。他坐着石头飞来，停在诺夫哥罗德省的沼泽地上。这时农民们走来了，看见散发着神圣光芒的圣徒站在那里，马上就建了一个修道院。

西方的传说已被创造出来，这传说横亘在芬芳带刺的灌木丛中，横亘在千年的壕沟中。特里斯坦[2]将一个人落寞地在海上漂流。而姑娘将会没完没了地织布，绣出华丽的图案，我们会再次看到：

战斗的图景，
还有蓝色的海浪和松林。

这对爱人的墓地被密不透风也不透光的玫瑰给围了起来。或者是百岁的老太太，曾经是大美人的博尔杜尔，她会一边含糊不清地说着什么，一边在塔楼的门槛上迎接刚打猎归来的英俊的佩科潘[3]，好像她是用雨果笔下那么美丽动人、辞藻华丽又令人颓废的故事来迎接他一样。

这个故事已经在城堡上，在塔楼上，在你金色鬈发姑娘腰间生锈的钥匙上拉开蓝色的帷幕！生活之歌已经唱罢，永远不要再捡起面具，不要把锁链已经生锈的桥放在流满圣洁之水和恶毒之水的壕沟里，不要让快乐和悲痛的生活通过这座桥闯入沉寂的古堡。

可怜的俄罗斯传说不停地展开。它在创造生活。普通俄罗斯人的心灵

---

① 罗马帝国时期的埃及基督徒。他是基督徒隐修生活的先驱，也是沙漠教父的著名领袖。——译者注

② 中世纪骑士小说中的传奇人物。——译者注

③ 博尔杜尔和佩科潘均源自勃洛克作品《完美的佩科潘和美人博尔杜尔的传奇》。——译者注

也是传说，它自己也在创造生活。这些俄罗斯人肆意潇洒——不带钱，也不带任何历史回忆——多少世纪以来，他们离开，去了那些对叶莲娜的追求者来说自古就原始野蛮的极北国度。

我们生活在到处玩弄权术，讨论着艺术，吞噬着原始人，从原始的俄罗斯深处赶到我们这儿来的数千只母牛和懒猪的世界里。除了这些不幸的母牛发出的“哞哞”叫声，未必还有什么别的能传到市民耳朵里。我们对那些国度一无所知，地理知识和统计学知识阻碍了我们对这些国度的了解。从俄罗斯旅行者的游记故事中有时可以发现几粒珍珠——但他们之中有几人能发觉并看到埋藏于地下的钻石的光泽！他们无意识地介绍了一些日常现象，其中却没有任何风俗习惯。

我听说了这样一个故事：在诺夫哥罗德省的沼泽地中有一座修道院。修道士在院子里堆了一座小山，在小山上放上玩具式的小庙和小树，并且摆上木制或锡制的小修道士形象。他们就这样在沼泽地上生活着，在他们眼前的，永远是这座自制的小圣山。他们是东正教徒吗？是脑筋愚钝的人吗？我想，都不是。他们是传说中的人，是一些有着浅色瞳孔并淡泊名利的人，这种人，我们现在在首都也是永远遇不到的，也没有人会注意他们。他们之中有一个神经兮兮、荒诞不经的老妇人，她一辈子都在给那里的牧师帮忙。这位牧师对她来说是神圣的。她还为牧师作了一首诗：

在圣障前，
我要和您一起唱赞歌。

难道这里再没有蚁王了吗？对赤贫的特殊柔情、始终如一的温顺、不懈地追求圣山实体，就像追求紫色石头下面的小根一样，还有在修道院宁静的单调和依恋中度过漫长生活后写下的两行诗。那是什么故事，是东正教，或者是大贵族的锦缎？时光已停滞不前。而这一切是一些静谧沼泽地上的“淡淡的目光”。

我曾有幸遇到这么一位目光灼灼的人。他不是修道士，我不愿想他到底是什么人。反正他是人。他举止普通，谦恭而笨拙。他是最普通、最平凡的人，他有一点与众不同，那就是他曾在西伯利亚的原始森林中，在萨满教中心待过几年，因此在他那粗糙而英勇的脸上，双眼幽蓝而清澈。很明显，他保留着一颗纯真的心。他善意而又略带惊讶地倾听着周围喧闹的文学讨论，自己却很少插言，他只是兴致勃勃地发问，讨论者中并没有谁体验过那种趣味。显然，他能在任何地方领略到新事物——即使是在没有新事物的地方。他那纯真的心灵本身就创造了新事物。

当他踌躇而羞赧地讲述自己的北方印象时，他有点像加姆诺夫的《潘》中的主人公。他自称是“专家”“唯物主义者”，他带着某种“原始森林”般质朴的谦虚，讲述着一个女萨满如何预言他有一天会出现在住所旁的森林中。他不信，可就是在这一天，他自己也没意识到，他就这样不知不觉地走到了通往女萨满住处的小路上。他还讲了一整夜女萨满是如何跳呀，挥舞铃鼓啊，折腾得筋疲力尽，她休息了一会儿，又跳起她那神秘的舞蹈。

听着这些故事，我们感到奇怪。听着听着，你会想象：在森林和沼泽地的某个地方生活着真正的人，他们满眼都是属于人类的惊奇；他们不是野人，也不是好奇的人种学者，他们是真正的人。也许，他们是最优秀的人：他们沐浴着阳光，藏匿在森林中，沼泽把他们心中所有的琐事都融进了绿褐色的远方。说不定有一天他们会来到我们身边，说起新的语言。我们得听一听。只是我们听得懂这种自由的语言吗？我们会从他们手中，把他们万分信任地送到我们身边的，他们所珍爱的、温柔的北方孩子接过来吗？

我想用森林歌者格奥尔吉·丘尔科夫那淳朴的歌词来赞美这些目光灼灼的北方人——这些蚁王的同伴：

杆子立着，上面挂着潜鸟，
一只被打死的能预言的潜鸟；
昏暗的太阳落山了；
熊在森林里漫步。
来吧，我的挚爱，快来吧！
我歌唱昏暗的太阳，
歌唱我们艰辛的爱，
歌唱缺损的月亮，
被饿狼贪婪吞咽的月亮。
来吧，我的挚爱，快来吧！

我将手持铃鼓做萨满，
亲吻斜睨的眼睛，
温暖冻僵的双腿，
身穿白色的熊皮。
来吧，我的挚爱，快来吧！
……

我们都是公民

冯宇 译

沼泽地被铺砌上了鹅卵石。在这些鹅卵石上建有一些小石头房子，它们之间用隔板隔着。每个石头房子的墙壁上都被糊上了纸。其中的一个房子里摆放着一张桌子、一把椅子、一张床、一个盥洗池，这里住着伊万·伊万诺维奇和他的妻子。

伊万·伊万诺维奇本身是一个精力旺盛、内心强大的人。他的妻子也是这样。但是伊万·伊万诺维奇和他的妻子在一起生活之后，他们各自的力量就被削减了，因为他们的职责不同，分工不同：伊万·伊万诺维奇是家里的顶梁柱，负责在外工作；他的妻子是贤内助，负责家里的内务。他们彼此经常因为意见相左而争吵，因此，他们彼此消耗着精力。

隔壁也住着一对这样的夫妻。如果把墙打开，让这些人一起生活，他们的精力就会更加被削减，因为不能和睦相处的不仅是两家的男人和两家的女人，还有两张桌子和十二把椅子、四张床和两个盥洗盆的主人们。

如果把这些石头房子中所有的墙都打开，把原来那些房子里的人和东西都合到一起，那么不仅不会再有一个精力充沛的人，甚至谈论这样的话题都是一种奢侈。哪个精力充沛的人能够管理这些合在一起的人呢？如果这个精力充沛的管理者把权力转交给由居住在这里的所有居民选举出来的居民委员会，那又会怎么样呢？

“德国人昨天从飞机上撒下了一些传单，传单上写着‘我们明天来，假如来不及的话，就周六来’。”居委会主任对我说。他是一个受人尊敬的人，留着老式的络腮胡，胡子已经花白，穿着一件蓝色的条纹衬衫和一条旧背带裤。在马路对面，他曾有一个小铺子，现在已转到居委会合作社名下。

居委会主任很独断。我也不知道是谁选他做主任的。据说，他是我住的那栋房子里所有居民一致选举出来的。我没选他，但是我不确定，我算不算这栋房子里的居民。不管怎么说，如果我算，我也会选他，因为他或许还算是一个被人尊重和心地善良的人。

我没有和他争论过这个问题，但是我有一种特别的感觉。在农奴制专制时期，我总是相信别人说的一切。要是有位先生说，明天会任命某某为教育部部长，我也会相信，因为你就知道，明早一觉醒来，全俄罗斯都会一片欢腾，因为我们确实来了一个新的教育部部长。报纸上也会报道，全俄罗斯一片欢腾。

而现在我已经开始暗自怀疑了。这是因为一个星期前，我去换粮票的时候，居委会主任告诉我，某个叫威廉的人说他星期三会来到这儿。两个星期前，主任也是这么说的，这种说法已经重复大概三个月了。

我虽然有所怀疑，但没有做出任何表现，因为我一点儿也不想让这个与我分享自己珍贵而稀少的喜悦的、可亲可敬的老人伤心。

居委会主任傍晚的时候接待了我，所以我从他那里回来的时候也不早了，已经是晚上六点了。我们院子里的路很滑，而且随时都可能踩到雪堆里，所以很不安全。这栋房子里的所有居民都意识到了这一点，于是每天晚上都有六个会用枪的人，就坐在门房里，手里拿着手枪，一坐坐到天亮，并轮流盘查每个敲院门的人。

我刚从主任那儿出来，就被这些“武装分子”围住了。他们中的一个认出了我，于是把我放走了。但是我刚走出两步，就听见我身后急促的脚步声，一个“武装分子”突然站在我面前的黑暗处。他知道，我是一个消息灵通的记者，而我也知道他曾经是我们的一艘舰艇的指挥官，曾经在黑海进入达达尼尔海峡的水域给德国和土耳其的联合战舰以致命的一击，那里是米留科维指挥官负责抵御四国同盟偷袭的地方。

战舰舰长俯身靠近我的耳旁，小声说道：

“您怎么认为，德国人会来吗？”

“我认为不会。”我回答道。

“那就是说，资本家会被屠杀吗？”

“或者正相反。”我说。

“相反？”他惶恐地问道。

“对。比如说，在1794年的法国南部，或者在巴黎公社‘白色恐怖’[①]之后的巴黎。”我看见，舰长的脸上现出了微笑。

“但那毕竟是法国人啊，”他说，“而这……鬼知道是谁……”

---

① “白色恐怖”名称源于法国巴黎公社时期，当时革命者的旗帜为红色，而大肆杀害革命者的政府军旗帜为白色，因此称为“白色恐怖”。——译者注

这时，院子的门旁传来一阵怯生生的敲门声。

“谁?”舰长威严地吼了一声。六个“武装分子”一起向门口走去。

“是我。”门那边传来了一个战战兢兢的女人的声音。

“请出示您的通行证!”舰长厉声说。

她从门缝里递过来一张纸。舰长在昏暗的灯光下读起来。周围响起了子弹上膛的声音。

“她是 111 号的。”舰长语气缓和了一些说道。

院门打开了，走进来一个惊恐万分的女服务员。大家从头到脚地打量着她，而她穿过全副武装的人群，迅速扎进了自己单元门的昏暗之中。

当我上楼回到自己家时，在电梯上，一个身穿迷彩服的先生看见了我，他肩上还背着一杆双筒猎枪：

“您不会反对我被选为电梯管理员吧?”

“我怎么会反对您呢，我非常乐意!”我回答道。

我知道，这是前政府参议院成员，某个州的前副州长，而这个州已被敌军临时占领了。

前几天，走在家附近的街道上，我停在了一家新商店的窗前，开始看橱窗里的纸、笔、烟卷和火柴。

电梯管理员突然从商店里跑了出来。

“来我们这儿买点什么吧!”他殷勤地大声喊道。

柜台后面坐着他的妻子，原来的公爵夫人 B。

“你们这儿的东西可真全。”我从容地说，环顾着商店里的货架。

“香皂我们这儿也有。”前副州长掷地有声地说。

……

瓦列里·勃留索夫

为谁复仇?
守护
夜游
老桥下
十五年后
艾路里与他的儿子

瓦列里·勃留索夫

瓦列里·勃留索夫（1873—1924），俄罗斯象征主义诗歌的领袖和杰出代表，于1894—1895年间先后出版《俄罗斯象征主义者》三本诗丛，标志着俄国象征主义的正式形成。勃留索夫的诗歌创作手法丰富灵活，擅用音韵构造诗歌中的视觉与听觉形象，追求音韵美，其主题多为反映个人理想和现实之间的矛盾。代表诗集有《青春集》《第三卫队》《瞬间》《远方》等。此外，勃留索夫还著有长篇历史小说《燃烧的天使》《胜利的祭坛》、中篇小说《莱亚·西尔薇亚》《达莎的订婚礼》、短篇小说集《地球的轴心》《黑夜与白昼》等。勃留索夫的小说创作也以象征主义为主要艺术形态，尤其是在短篇小说领域有着自己的特质——与俄罗斯文学中成绩斐然的“写性格的短篇小说”相背离，形成所谓的“写情境的短篇小说”。

为谁复仇？

吴涵 译

一

“是她！真的是她！”当一位引起彼得·安德烈耶维奇·巴斯曼诺夫注意的女士从他桌旁走过五六次后，他对自己说道。他确信，这个女人就是伊丽莎白。而且经过了这么长时间，她的面容也不可能一点儿不变。以前的她面容清秀且棱角分明，现在的她有点儿发福了。从前，她的目光充满童真般的稚气，现在却带有一丝冷酷和严厉。她的脸上也现出了以前从未有过的自信。这不正是巴斯曼诺夫曾经喜欢比作圣艾尔摩之火[1]的那双眼睛吗？这不正是那张清纯的、能使人消除烦躁和不安的鹅蛋脸吗？这不正

① 圣艾尔摩之火是古代海员观察到的一种自然现象，经常发生于雷雨中，在如船只桅杆顶端之类的尖状物上，产生如火焰般的蓝白色闪光。由于在传统中，圣艾尔摩一直是海员的守护圣人，因此早期时当人们在狂暴的雷雨中看到船只桅杆上发生发光的现象时，都归论是守护圣人圣艾尔摩显灵保佑，因而得名。——译者注

是那对亲吻起来异常甜蜜的耳朵吗？她就是伊丽莎白，因为这世上不可能有两个女人如同反射于两面相邻镜子里的影像一般相像！

巴斯曼诺夫快速地回忆了一下和伊丽莎白的恋爱史。这不是他第一次回忆起那段往事，因为在他所有的爱情经历中，再也没有比这段爱情更珍贵、更神圣的了。在巴斯曼诺夫还是一名年轻律师的时候，他遇到过一位稍年长他几岁的女人，这个女人就是伊丽莎白。她痴心、炽烈、疯狂地爱上了他。她把自己的整个身心都投入这段爱情之中，除了拥有自己的爱人、迷恋他、崇拜他，她对世上的一切都不感兴趣了。伊丽莎白已经准备好牺牲这个世界上的一切，恳求巴斯曼诺夫允许她抛弃丈夫来到他的身边。在当时的社会环境中，她不仅不为这层已被发现的关系感到羞愧，反而为此自豪。巴斯曼诺夫从未遇见如此忘我、如此愿意牺牲自我的爱情，他甚至觉得，如果当时他要求伊丽莎白去死，她也会平静、顺从地执行他的命令。

那么他，巴斯曼诺夫在经历这次上天赐予的爱情时是怎样表现的呢？他惧怕伊丽莎白，惧怕她的百折不挠与坚持不懈。他明白，越想得不到的东西，就越想努力去得到。他害怕接受这份爱情，因为一旦接受，就必须要付出什么作为回报，而他觉得自己是个心灵空虚的人。他害怕接受这段爱情，还因为怕影响到他当时已经开始走得还算顺利的仕途……巴斯曼诺夫像一个小偷一样，偷偷摸摸地谈了半年的恋爱。假如他一开始就展现出自己的真实面目，那么这份爱情就不会属于他，后来也就不需要找一个荒谬的借口来“断绝关系”了。

哎，现如今他十分羞于回想起他们分手前的最后一次见面。被爱情蒙蔽了双眼的伊丽莎白什么也不懂，也没有看出她爱的男人有多卑鄙，她不知道在他面前无论怎么卑躬屈膝，甚至跪倒在地上求他不要抛弃她也都是没有用的。他还记得当时她是怎么哭着抱着他的大腿，被他拖在地上，绝望地用头去撞墙的情景。巴斯曼诺夫后来才知道，伊丽莎白被他抛弃后痛苦得差点儿精神失常，有段时间甚至想去修道院当修女，后来在她丈夫去世后，她便出国了。自此，巴斯曼诺夫就没有了关于伊丽莎白的任何消息。

难道在与她决裂十二年之后，今天在因特拉肯[①]遇见的这个从容、严肃、依然漂亮且对他来说依然有一种难以名状的吸引力的、曾给他带来无限痛苦和甜蜜记忆的女人，真的是她？巴斯曼诺夫坐在咖啡馆的一张小桌子旁，看着这位戴着巴黎式礼帽的高个子女士慢慢从他身旁走过，他的整个身体都沉浸在对过往情景和感受的回味中——那些头脑中的记忆与身体上的记忆。是她，是她，眼前的她就是那个他没有给过她所期望得到他全部的爱的伊丽莎白，就是那个他不敢也不想投入全部的爱的伊丽莎白！她，曾是他走过来的生活中最美好的一部分，也是最有活力、最难忘的一部分。她——是唯一可能使过去的一切得以复活、得以补充、得以修正的那个女人。

尽管巴斯曼诺夫一向镇定自若，但现在的他却感到头晕目眩。他付完冰激凌的钱后起身离开，向高挑女士散步的那条小径走去。

二

当巴斯曼诺夫与这位高个子女士在这条小径相遇时，他恭敬地摘下帽子，向她鞠躬致敬。女士像看陌生人一样看着他。巴斯曼诺夫用俄语问道：

① 因特拉肯，瑞士伯尔尼州的一个城市，拉丁文的原义即是“两湖之间”，位于图恩湖及布里恩茨湖之间，又名湖间镇。在1909年8月末至9月初期，勃留索夫曾在布里恩茨湖畔居住。——译者注

“难道您不认得我了吗，伊丽莎白·瓦西里耶夫娜?”

一阵犹豫之后，女士用带有轻微口音的俄语回答道:

“不好意思，您可能认错人了，我与您并不相识。”

“伊丽莎白·瓦西里耶夫娜!”被这个回答刺痛了心的巴斯曼诺夫情绪激动地叫道,“难道您连我也认不出来了吗?我是彼得·安德烈耶维奇·巴斯曼诺夫啊!”

“这个名字我是第一次听到,”女士说,“而且我根本不认识您。”

有那么一瞬间，巴斯曼诺夫看着这位同他说话的女士，内心不停地问自己，是不是真的弄错了。但是这个女人与伊丽莎白没有丝毫的差异，他断定，这个女人就是伊丽莎白，因此他拦住了这位戴巴黎式礼帽的女士，语气坚定地向她重复道:

“伊丽莎白·瓦西里耶夫娜，我已经认出您了！我明白，您或许有些难言之隐，不得已才隐瞒自己的真实姓名。我也明白，您或许不想遇见过去的熟人。但请您理解，我必须要同您说几句话！在我们分手后，我内心深受折磨！我必须要跟您当面解释清楚，我不想让您鄙视我!”

其实巴斯曼诺夫也不完全清楚自己到底在说些什么。他只是希望她能承认自己就是伊丽莎白。他非常害怕她会离开这里不再回来，害怕她会永远消失，那么这次会面就将成为他梦中的幻影。那位女士悄悄地绕开巴斯曼诺夫走了，并用法语跟他说:

“先生，请让我过去！我不认识您。”

听了巴斯曼诺夫的话，女士的内心毫无波动，脸色也没有任何改变。但他仍不放弃，依然跟着她，不停地说:

“伊丽莎白！你骂我吧！我是最坏的混蛋！你可以告诉我，你只是不想认我。我对你的一切决定都能坦然接受。但求你不要装作不认识我的样子，这个我受不了！你不能这样羞辱我，也不该这样羞辱我！”

“请相信我，”女士用更严厉的声音说道，“您认错人了。您称我为伊丽莎白·瓦西里耶夫娜，但其实我叫叶卡捷琳娜·弗拉基米罗夫娜·萨季科娃，我娘家的姓是阿尔曼特。这些信息对您来说够了吗？现在能让我好好散步了吗？”

“这不可能！”巴斯曼诺夫想做最后一次努力，激动地叫道，“为什么您能忍受我这么久的纠缠？若我对您来说完全是个路人，那您为什么不让我立刻闭嘴并打电话报警呢？难道有人会像您这样如此温柔地对待街上的无耻之徒吗？”

“我很清楚，”女士回答道，“您并不是街头流氓，并未做出任何逾矩之事。您只是将我错认成您的熟人了。这又不犯法，我没必要报警。但现在一切都已解释清楚了，再见吧。”

巴斯曼诺夫不敢再坚持。他停下了脚步，女士慢慢地从他身旁走过。但是整个谈话，这位陌生女士的声音，她的步态，一切都向巴斯曼诺夫证明了，她就是伊丽莎白。

惶恐不安的他回到了旅馆。在这片草地的后面，少女峰[①]上的积雪如同巨大的幻影闪着光芒。似乎很近，却又很远。伊丽莎白也是一样，看似在他面前，却又消失在未知的远方。

巴斯曼诺夫不费吹灰之力就打听到了那位女士的住处。经过一番犹豫，他给她写了封信。他在信中写道，他不想再做无谓的争论，他确实错了，将陌生女士认成了自己的熟人。但他还写道，这次短暂的会面深深触动了他，为了纪念这次偶遇，他希望她能允许他同她一起散步。信中的言语极其谨

① 少女峰是位于意大利和瑞士边界的著名山峰，海拔为 4158 米，是伯恩阿尔卑斯山的一部分，位于因特拉肯东南 18 公里处。——译者注

慎与恭敬。第二天，当巴斯曼诺夫在何维克街[①]与这位自称萨季科娃的女士相见时，她主动向他鞠躬，并主动与他交谈。就这样开始了他们的相识。

三

萨季科娃并未做出任何曾与巴斯曼诺夫相熟的举动。相反，在与巴斯曼诺夫交谈的时候，她一直保持着与一个陌生人相处的状态。他们谈论了一些无关紧要的新闻，尤其是关于疗养生活的。萨季科娃的谈吐诙谐有趣，她是一个博学多才的人。但当巴斯曼诺夫试图将谈话转向更加尖锐、更加苛刻的问题时，他的同伴便会轻松而巧妙地回避这些问题。

一切都向巴斯曼诺夫证实了，在他面前的就是伊丽莎白。他听得出她的声音，她常说的话，他还认出了那几乎察觉不到却又用文字难以形容的表达一个人个性的东西。巴斯曼诺夫甚至可以发誓，他没有错。

确实，她也还是有一些细微的变化，但这十二年难道还不足以对此做出解释吗？当然，人生的经历练就了她如今钢铁般的冷漠。当然，由于久居国外，伊丽莎白稍稍忘记了自己的母语，说话带了些口音。当然，她的举止总是很得体，在姿势与笑声中也多了些过去没有的新特征。

然而，她有时也让巴斯曼诺夫充满疑惑。之后，他便会暗自注意到萨季科娃与伊丽莎白之间的很多小差别。但当他再次看到萨季科娃的脸，听到她讲话时，那些疑虑就会马上烟消云散。他觉得，他的灵魂察觉到，这就是他曾几何时爱的那个女人！

---

① 何维克街是连接瑞士医特拉肯东站与西站、市区的最主要街道，街道的南侧是荷黑马特绿地，北侧有高级酒店、赌场。——译者注

当然，巴斯曼诺夫竭尽全力地想解开这个谜团。他试图用一些出其不意的问题来使萨季科娃露出破绽，可她总是时刻保持警惕，并且轻易避开了所有陷阱。他也试图向周围人打听有关萨季科娃的事，但没有人对她有任何了解。他甚至截获了一封寄给萨季科娃的信，可这封信貌似是从巴黎寄来的，里面都是些看不懂的法文。

一天晚上，当巴斯曼诺夫在哈德库[①]的一家餐馆与萨季科娃一起共进晚餐时，他无法忍受长久以来的压抑情绪，突然激动地叫道：

“为什么我们要玩这种痛苦的游戏！我知道，你就是伊丽莎白。你不可能忘了当初你是如何爱我的。当然，你也不可能忘记，当初我是如何卑鄙地抛弃你的。如今，我真诚地向你忏悔。我鄙视自己以前的行为。我提议，若你能原谅我，就永远把我带在身边吧。但我说的这一切都是针对伊丽莎白的，我要把自己献给她，而不是另外一个女人！”

萨季科娃默默地听着这个超出上流社会谈话范畴的小型告白，平静地回答道：

“亲爱的彼得·安德烈耶维奇！如果您是对我说话，我或许还能回答您些什么。可既然您说，您是在对伊丽莎白讲话，那我只能保持沉默了。”

巴斯曼诺夫激动地站起来问道：

“您想向我证明您不是伊丽莎白·瓦西里耶夫娜·斯韦布洛娃[②]吗？那么请您肯定地再跟我说一遍这句话。我会马上离开，马上从您的眼前、您的生活中消失。既然这样，我也就没有活下去的必要了。”

萨季科娃笑了起来，说道：

① 哈德库是位于因特拉肯北部的一座山峰，在海拔 1326 米处有一家同名餐厅——哈德库全景餐厅，从这里可以观赏到伯尔尼山脉、图恩湖以及因特拉肯市的全景。

② 斯韦布洛娃是伊丽莎白·瓦西里耶夫娜的姓氏。——译者注

“既然您那么希望我是伊丽莎白，那好吧，您就当我是伊丽莎白好了。”

四

第二场游戏开始了，或许比第一场更为残酷。萨季科娃称自己为伊丽莎白，并像老朋友一般与巴斯曼诺夫相处。当他谈到过去时，她便做出一副回忆过去的人与事的模样。当他全身颤抖着提醒她对他的爱时，她笑着，承认她爱过他，但也暗示他，随着时间的流逝，如同任何一个火焰都会熄灭一样，这种爱已经熄灭了。

为了演好自己的角色，萨季科娃开始主动谈起一些过去发生的事情，但混淆了年份，还会提及一些莫名其妙的名字，并杜撰出一些从未发生的事。特别令人痛苦的是，当她谈到自己对巴斯曼诺夫的爱时，她把它描绘成一种轻浮的迷恋，一种上流社会女士的偶然消遣。这对巴斯曼诺夫而言如同对圣物的亵渎，他近乎哀求她，希望她能保持沉默。

但这种情况还是比较少的。不知不觉中，萨季科娃一步步地在巴斯曼诺夫最珍贵的记忆中注入了毒药。她通过暗示揭穿了过去所有看似最美好的事实。她向他表示，那些在巴斯曼诺夫看来是她对他神魂颠倒的爱，其实只不过是一种伪装与游戏。

“伊丽莎白！”巴斯曼诺夫问道，“难道我能相信，你曾经疯狂的誓言，你的悲泣，当你被抛弃时，你的绝望，不知所措地趴在地上——这一切的一切都是伪装出来的吗？就连最好的戏剧演员也演不出来啊！你在诋毁你自己。”

萨季科娃以伊丽莎白的口吻笑着回答道：

“该如何区分伪装结束与真诚开始的这个分界点呢?我当时想拥有更强烈的感觉，所以我故意做出一副绝望、疯狂的模样。哪怕当时那个人不是你，而是别人，我仍会做出同样的反应。但与此同时，我没必要控制自己，我也完全没有号啕大哭。毕竟，在人生中，我们都是演员，谁也不会完全按照规划出来的人生轨迹去生活。”

“你说的不是真的，”巴斯曼诺夫大声喊道，“你这样说是因为你不知道伊丽莎白是如何爱我的。她甚至不会说出这种话！毕竟，你只是扮演她的角色！毕竟，你不是她，你是叶卡捷琳娜。”

萨季科娃笑了，换成另一种声调说道:

“彼得·安德烈耶维奇，随您怎么想。要知道，我也是为了让您高兴才扮演这个角色的。如果您愿意，我愿意重新做回我自己——叶卡捷琳娜·弗拉基米罗夫娜·萨季科娃。”

“我怎会知道哪个样子才是真实的你！”巴斯曼诺夫低声说道。

他似乎觉得自己已经疯了。幻想与现实混合在了一起，几分钟后，他便不知道自己是谁了。

与此同时，萨季科娃站了起来，建议他去鲁根[1]，并再次以伊丽莎白的口吻与他攀谈起来。

五

过些日子之后，因特拉肯的夏天也结束了。

① 这里指位于因特拉肯南部的美丽的森林地带。——译者注

巴斯曼诺夫与他的神秘陌生人一直纠缠在一起，他忘了自己为什么来这里，忘了所有的事情，也没有回复来自俄罗斯的信件，过着某种近乎疯狂的生活。他如同疯子一般，心里只想着一件事：如何揭开斯韦布洛娃与萨季科娃之间的神秘面纱。

他不知道他是否已爱上了这位女士。他迷恋她的这种感觉很恐怖，如临深渊，如入死境。即使几个月、几年过去了，他也依然在思忖，脑海中始终像有两个人在争论，一个人试图保守秘密，另一个人却要将其公之于众。

突然有一天，在十月初的时候，萨季科娃离开了。她离开时没有与巴斯曼诺夫告别，也没有提前告知他。第二天，他收到了一封来自伯尔尼的信。

“我不会剥夺您猜测我是谁的乐趣，”萨季科娃写道，“我会把这个问题留给您。但如果您厌倦了猜测而想要最简单的解决方案，我会告诉您的。假设我对您完全不熟悉，但是，从您激动的故事中我能感受到，你曾经对那个伊丽莎白是多么残忍，所以我决定为她报仇。在我看来，我已经实现了我的目标，我的复仇已经完成了——您永远不会忘记在因特拉肯令人痛苦的这几周。至于我是为谁报仇，为我还是为另一个人，这已经不重要了。永别了，您再也见不到我了。伊丽莎白——萨季科娃。”

守护

吴涵译

这个故事是P上校讲给我听的。我们一起在我们共同的亲戚M-x家做客。那时恰好是圣诞节，大家在客厅里聊起了关于鬼魂的话题。P上校起初并没有参与这个话题，但当只剩下我们俩的时候（我和他住在同一个房间），他点了支雪茄，向我讲述了下面的故事。

那件事大约发生在二十五年前，或者更久以前，确切地说，是发生在19世纪70年代中期。那时我刚升为军官。我们团驻扎在某省的一个小镇上。我们也同普通军官们一样，靠纵酒作乐、打牌和追女人打发时间。

在当地，C女士——叶莲娜·格里戈旦耶夫娜格外出众。事实上，她并不属于当地的上流社会，之前常年居住在圣彼得堡。但自从一年前她丈夫去世之后，她便搬到距圣彼得堡市约十俄里[①]的自家庄园里长住。她已

① 1俄里约为1.0668公里。——编者注

三十出头，可她那大得近乎不自然的眼睛里仍透着些许童真，为她平添了不少难以言表的魅力。我们这儿所有的军官都喜欢她，而我则爱上了她，像一个二十岁的年纪里应该有的方式爱上了她。

我们连长同叶莲娜·格里戈里耶夫娜有亲戚关系，所以我们常有机会去她家里。虽然她长久以来一直一个人生活，却丝毫没有表现出要隐居的样子，她毫不忌讳地接待我们这些年轻人。我们时常与她一起吃午饭，一起度过整个晚上。不过，她总是严守分寸，举止体面，以至于任何人也不敢夸口说与她有任何的亲密关系。甚至连乡下那些长舌妇也对她没有半点儿的流言蜚语。

我因自己的暗恋而极度痛苦。然而最让我痛苦的是，我没有机会向她倾诉我的爱。我想尽了一切办法打算跪到叶莲娜·格里戈里耶夫娜的面前，并大声地对她说："我爱您。"青春就像酣畅淋漓的醉酒。为了能与我心爱的人独处半个小时，我决定采取一个极端的行动。那年冬季的雪特别大，在圣诞节期间，白天黑夜都有暴风雪在肆虐。于是我特意选了暴风雪尤为猛烈的一个晚上，命令人给我备马，然后向田野飞奔而去。

我不知道为什么我当时没有被冻死。街上几乎隔两步就有一堵灰墙一样的雪堆。路上的雪几乎已没过膝盖。中途我多次迷路，连我的马也数次拒绝前行。我随身带了一小壶白兰地，也许这就是我没被冻死的原因。十俄里的路程我走了将近三个小时。

我终于奇迹般地到达了 C 庄园。已经很晚了，我差点儿没敲开门。门卫认出我后，惊叹了一声。我浑身是雪，已经冻僵了，我像故意乔装打扮了一样。当然，我已经准备好用一个故事来解释我来这里的理由。我的如意算盘实现了。叶莲娜·格里戈里耶夫娜不能不接待我，并命人给我准备了在此过夜的房间。

半个小时后我已经坐在餐厅里了，单独与叶莲娜·格里戈里耶夫娜一起共进晚餐。她请我吃晚饭、喝红酒、喝茶。壁炉里的木柴烧得噼啪作响，吊灯的灯光将我们包围在它灯影下的圆圈里，这一切对我来说似乎是那样的不可思议。我丝毫没有觉得累，对她爱得更是从未有过的如痴如醉。

我年轻、英俊，而且还很聪慧。我身上具备能吸引女性的所有条件。但是叶莲娜·格里戈里耶夫娜巧妙地回避了所有与爱情有关的话题。她总是让我和她之间的谈话始终像是处在一个人数众多的招待晚会上那样。她也为我说的俏皮话感到愉快，却装作不明白我的任何暗示。

我们之间逐渐产生了一种特殊的亲近感，这让我们彼此之间的谈话能更加坦诚。眼看分别的时候就要到了，我终于下定了决心。似乎是内心的潜意识在催促我、提醒我，今后不会再有这样的机会了。“如果你今天没把握住这次机会，”我对自己说，“那之后你将永远责备自己。”在给自己鼓完劲之后，我突然打断了她的话，然后语无伦次且慌里慌张地说出了埋藏在我内心深处很久的话：

“叶莲娜·格里戈里耶夫娜，我们为什么要这样装糊涂呢？您很清楚我今天为什么而来。我来是为了告诉您，我爱您。现在我终于向您表达了我的心意。我无法不爱您，也希望您能爱我。如果您赶我走，那我会默默地离开。但如果您不驱赶我离开，我就会认为您也是爱我的。我不想要这种不清不楚的中立态度。我要您清楚地告诉我，您是厌恶我还是爱我。”

叶莲娜·格里戈里耶夫娜孩童般的目光开始变冷，同水晶一般。我从她的表情上看到了一个明确的答案，所以我默默地站起身，打算离开。她拦住了我。

“够了！您要去哪儿！别像个孩子一样。坐下！”

她让我坐在她的旁边，然后就像一个姐姐对待一个顽皮的孩子那般，同我说起话来：

“您现在还太年轻了，爱情对您来说还是个新鲜事。如果现在是另外一个女人处于我的位置，您也会爱上她的。再过一个月，您还会爱上其他女人。但这世上还存在另一种爱情，那种爱是能掏空人的灵魂的。我对谢尔盖，我那已故的丈夫，就是这种爱。我把自己内心深处的所有情感都给了他。无论您跟我说多少次爱我，我都会无动于衷。您能明白吗？如今的我已经丧失了理解这些话语的能力。我听您的话就像一个聋子一样。您一定不要因此而难过，毕竟您无法让一个死人爱上自己。”

叶莲娜·格里戈里耶夫娜微笑地说着这些。但对我来说，这简直是一种侮辱。我觉得，她是以对已故丈夫的爱为借口，在嘲笑我。我脸色变得苍白起来，眼里噙满了泪水。

我内心的焦虑未能瞒过叶莲娜·格里戈里耶夫娜。看得出，她那冰冷的双眸已经发生了细微的变化。她明白我现在十分痛苦。在我想默默起身离开时，她用手拽住了我，把椅子朝我这边挪了挪。我的脸能感受到她的呼吸。虽然房间里就我们两个，但她仍然降低了声音，坦率且诚恳地对我说：

“如果我冒犯了您，还请您见谅。或许，我没有完全理解您的情感，它可能比我想得要更认真。所以我要告诉您所有事实。请听我说，我对谢尔盖的爱是不灭的，是永恒的。我对谢尔盖的爱没有消逝，我永远爱他。我和他并没有分开。我从未嘲笑您的表白，您也不要嘲笑我对他的爱。从谢尔盖去世的那天起，他就开始常常出现在我的面前，虽然看不见，但我能明显地感受到。我感受到他的亲近，他的呼吸，听到他温柔的悄悄话。

我回应着他，我们在默默地交谈着。有时我能清晰地感受到他在亲吻我的头发、我的脸颊、我的嘴唇。有时我能在昏暗中、在镜子中隐约看到他的身影。当我独处时，他会离我更近。我已经习惯了这种如影随形的生活。我要继续爱谢尔盖，像以前一样热烈而温柔地爱着他的另一个形象。我不需要其他爱情，而且我也不会背叛那个一生从未抛弃我的男人。如果您认为我神志不清、我有幻觉，那我会回答您，我不在乎别人怎么看我！我为自己的爱情而感到幸福，我为何要拒绝幸福呢？请让我一直处于这种幸福中吧！”

叶莲娜·格里戈里耶夫娜温和地讲了很多，声音从未提高过，语气却一直很坚定。我惊讶于她那严肃的语气，以至于我不知该如何回答她。我带着些许恐惧与怜悯看着她，仿佛在看一个疯女人。但她再次转变为女主人的角色，用另一种声音对我说，好像把之前的一切都变成了笑话：

“好了，我们该告别了。马特维会给您安排好过夜的房间。”

马特维是她家里的老仆人。我机械地亲吻了她的手。一分钟后，马特维走了进来，用他那低沉的声音请我跟他走。带我穿过整个房子之后，他给我指了指准备好的床铺，祝我晚安，然后，就留下我一个人走了。

此时我才稍微冷静下来。无论这一切多么不可思议，我的第一感觉就是羞愧。我羞愧的是，我竟扮演了一个如此不起眼的角色。让我感到惭愧的是，在一个几乎空荡荡的房子里独自与一个年轻女人待了两个小时，而我甚至没能亲吻到她的嘴唇。那时我对叶莲娜·格里戈里耶夫娜的感情更多的是怨恨，而不是爱。我甚至想到要报复她。我不再觉得她神志不清了，我觉得她是在蔑视我。

坐到床上后，我开始环顾四周。我熟悉了房子里的布局。我现在是在已故的谢尔盖·德米特里耶维奇的办公室里。旁边就是他的卧室，那里还保留着他生前的摆设。在我正前方的墙上，挂着他的油画肖像。画像上的他穿着黑色的常礼服[①]，身上佩戴着第二帝国时期不知为何被授予的法国荣誉军团的勋章绶带。由于某种奇怪的联想，这个绶带使我产生了一个奇怪而野蛮的念头。

我与亡者谢尔盖·德米特里耶维奇的外貌有着相似之处。当然，他比我年长。但是我们都有胡子，且发型一样，只不过他头发斑白。我走进了他的卧室。柜门没有关。我找到了与肖像画中那件相同的常礼服，并把它穿到了自己身上。我还找到了勋章绶带。之后我给自己的头上还有胡子上都扑了些粉。一句话，我装扮得跟亡者一模一样。

或许，如果当时我的计划真的成功了，我会羞于告诉您这一切。不得不承认，我的这个小把戏要比简单的恶作剧糟糕得多。如果不是看在我还年轻的份上，她是不会轻易原谅我的。但我也为我的过失行为得到了应有的报应。

换了衣服后，我便去了叶莲娜·格里戈里耶夫娜的房间。您有过夜里在人们都睡着的房子里偷偷走动的经历吗？每一个沙沙声都异常刺耳，地板在一片寂静中吱吱作响。好几次我都觉得我要把所有仆人都吵醒了。

我终于来到了我渴望的门前。我的心怦怦直跳。我按下了门把手，门轻轻地开了。我走进了屋里。房间里点着一盏明亮的油灯。叶莲娜·格里戈里耶夫娜还没睡。她穿着一件长袍睡衣坐在桌前一个宽敞的沙发椅上，沉思着，回忆着，甚至都没听到我进来的声音。

我在昏暗之中站了几分钟，不敢向前迈步。突然，叶莲娜·格里戈里

① 常礼服是旧时欧洲一种有细腰身、长下摆的男上衣。——译者注

耶夫娜转过身来，她似乎是感觉到了我的存在，或者听到了些声音。她看见我之后浑身开始颤抖。看来我的恶作剧要比我想象得更成功。她真把我认成了自己的亡夫。她轻轻叫了声，便从椅子上站起来，朝我伸出双手。我听见她那高兴的声音：

“谢尔盖，是你吗？你终于回来了！”

紧接着，她由于激动，昏倒在了椅子上。

我急忙向她奔了过去，虽然我也不知道自己到底想做什么，但就在我靠近椅子的那一刻，我看到了另一个人的模样。这一切发生得如此突然，我吓得呆若木鸡地站在那儿。之后我隐约看到，在我面前有一面巨大的镜子。那个人与我长得一模一样。他也穿着黑色的常礼服，胸前也佩戴着荣誉军团的勋章绶带。但在那一瞬间我突然明白了，这是他，我偷了这个人的样子，而他从坟墓里出来保护自己的妻子。那一刻，我感到一阵刺骨的恐惧遍布了我的四肢。

我们就这样在椅子前面对视了几秒钟，而我们争夺的女人则在椅子上昏迷不醒。我无法动弹。是他，是这个幽灵，静静地举起了手来威胁我。

我后来参加过土耳其战争，看到过许多死亡和一切恐怖的事情。但那时我感受到的恐惧是我从未经历过的。这种来自另一个世界的威胁能让我的心脏停止跳动，让我的血液停止流淌。有那么一刻，我几乎已经死了。之后，我哪儿也不敢看，直冲到了门口。

我扶着墙壁，摇摇晃晃往前走，全然不在意自己的脚步声有多大，终于回到了自己的房间。我再没有勇气去看挂在墙上的肖像，扑倒在床上，全身僵硬无力。

黎明时，我醒了过来，身上依然穿着亡者的衣服。我羞愧地将衣服脱下，并把它挂在了原来的位置。穿上自己的制服后，我找到了马特维，告诉他我要立刻离开。他显然一点儿也不觉得惊讶。我问女仆格拉莎夫人是否还在睡觉，她回答我说："还睡着呢。"这使我稍稍振作起来。我请求她替我转达不辞而别的歉意，然后骑马走了。

几天后，我和朋友们一起来到叶莲娜·格里戈里耶夫娜家。她仍像平常那样友善地接待了我们。她丝毫没有暗示我那个夜晚发生的事。至于她是否知道当时的情景，这于我而言始终是个悬而未解的谜。

夜游

吴涵 译

“你吹牛也没用，”魔鬼对我说，“我来给你看一个你无法想象出来的世界。瞧，看到猎户星座的那个星星了吧?”

我顺着那个长长的、长着鳞皮的手指所指的方向看了看。魔鬼的另一只手将沉重的窗帘拉起。天空仿佛一个在脚边张开大口的黑漆漆的深渊。

“在这颗星星的周围，”魔鬼继续说，“有一百四十个大行星在旋转，不包括小行星。我现在就和你一起去其中的一个，它跟你们的绿色地球差不多大小。”

“那我们在路上需要多长时间?”我嘲笑地问。

魔鬼用更加嘲笑的眼神看了看我，稀疏的小胡子颤抖着，回答我说：

“当然了，如果我们想通过地球和那个星星之间所有的中途点，那么得飞行几百万年。但我们会绕过它们。把手给我。”

那天，魔鬼穿着宽大的西班牙风衣，他的脸如同歌剧中的唐璜一样，但出于一种奇特的讲究，他保留着毛茸茸的手掌和像钩子一样弯曲的手指，酷似丢勒[①]版画中的魔鬼。那只粗糙的手触碰到我的时候，我不由得哆嗦了一下，而魔鬼冲着我的脸哈哈大笑，把我往前一拽，就像是要带我去参加一个疯狂的舞会似的。

刹那间，我头晕目眩，因为我的旅伴身上散发出一股强烈的、难闻的香水味。但魔鬼很快就松开了我的手。我们已经不在地球上，而是来到了一个我感到陌生的世界。

我们头顶上的天空是五颜六色的。它仿佛每分钟都闪着血红色的电光，那光随即又变作光谱中的各种颜色。整个宇宙宛如一个巨大的烟花，也像一片熊熊燃烧的火焰。

“别害怕，”魔鬼笑着对我说，“不要因为没有了肉身而感到害怕。这并不意味着把你那地球上的身体带到这儿来很难，相反，这对我来说就像把你推到门外一样简单。只不过你的肉身还不适应这里的环境和光线。这也是我只把你的灵魂[②]带到这里的原因。你那如同死尸般的身体现在正躺在你房间的地板上，你无论如何也想象不到，它离我们有多远。”

我环顾四周。

周围长满植被，但它们在悄悄地移动。橙色的茎与人的胳膊一般粗细，它们的根深埋于土壤中，茎上长着刚刚成熟的、窄小的鳞片叶，尽头处有一个又大又圆的冠状物，好像是花萼。花萼的顶端是勉强展开的花瓣。花瓣中将会长出雄蕊的地方，有个类似眼睛的东西映出暗淡的光。这个长长

① 阿尔布雷特·丢勒（1471—1528），德国画家、版画家，德国文艺复兴艺术的奠基人，代表作有铜版画《骑士、死神与魔鬼》。——译者注

② 根据神秘学概念，灵魂（包含人类感官区域）可以暂时与人的肉体分离，并在特定的维度上在空间与时间中移动。——译者注

的、带着眼睛的橙色茎秆缓缓地蜿蜒、伸长、起起伏伏，仿佛被一阵我感觉不到的风吹起了波纹。

“它们看不见我们，”魔鬼对我说，“走吧。”

我们在空中缓缓飞行。此时我的旅伴的形象变了样：他很像幻想中的美丽的路西法[①]，在这个堕落的六翼天使的脸的上方，黯淡的钻石桂冠发出微弱的光芒。鲜活的植物颤抖着在我们下方蔓延，惶惶不安地感受着我们灵魂的气息。

已经是晚上了，鲜红的太阳横躺在地平线上，发出耀眼的、五光十色的光芒，穿透缓缓褪色的天空。随后，火團慢慢消失于地平线，天空中开始了新一轮风格各异的舞蹈，色彩缤纷、变幻莫测的变色龙与蝾螈喝醉了似的摇头摆尾。又过了一会儿，升起了四轮明月：天蓝色、绿色、黄色与紫色，它们的光线互相交叉，平稳的光束穿过仍在发亮的白日余晖。

魔鬼发现我沉迷于天空的美景，便扬扬自得地对我说：

“你不用大惊小怪。这不正是你们诗人口中所说的‘Cosi ti circonfulse luce viva’[②]吗？你低头去看，爱情已悄然来临。”

我假装没发现他对《神曲·天堂篇》中引文的曲解，真的将目光向下移。有生命的茎秆沉醉于强烈的情欲之中，每三个一组慢慢地结合到一起。它们的眼睛在四种不同颜色的月亮的神奇光线下栩栩如生，迸发出欲望之火。我看到植物用藤枝缠住自己的茎秆，并像长矛一样向上挺直，花萼与花萼紧密相连，如同赫尔墨斯权杖[③]上的蟒蛇一般，相互盘绕在一起。我看到

① 路西法（Lucifer）是一个宗教传说的人物。“Lucifer”原先只是基督教和犹太教的名词，出现于《以赛亚书》第 14 章第 12 节，意思为“明亮之星”（即金星），用来影射古巴比伦的君王尼布甲尼撒。经过后世传播，成为基督教传说的堕落天使。——译者注

② 意大利文：“你被一种强烈的光淹没。”此句是但丁《神曲·天堂篇》中的诗句，原文是“我被一种强烈的光淹没”，魔鬼在这里将原文中的“我”改成“你”。——译者注

③ 双蛇权杖是古希腊神话中众神信使赫尔墨斯手持的标志性手杖。——译者注

三个花萼相互接触，它们的眼睛被蒙上了一层浑浊的雾气，它们的花瓣粘连成一个不成形的花蕾。我们继续在长满植被的土壤上方缓慢飞行，我问自己的旅伴：

“为什么它们要三个一组相结合?”

魔鬼轻蔑地回答道：

“你们人类总认为世上只能存在两种性别。但在这个世界里，它们是有三种性别的。我还知道另外一个拥有十七种性别的世界，甚至还有些地方存在上千种不同的性别。为了不给你那贫瘠的尘世思想增加负担，我不会领你去那些地方。”

此时，在我们下方，结合在一起的茎秆像钢条一样慢慢直立起来，将它们的尖端直指天空。它们的鳞片叶紧贴着茎秆，而茎秆的根与根之间的土壤裂开了，皱巴巴的，像河马老仙的皮肤。

我又问道：

“难道在这个行星上没有水?”

魔鬼点了点头，漫不经心地回答：

“这里有氢气。”

我不想再问什么了。我们继续默默环绕行星飞行。整个行星表面像鸡蛋一样平滑，没有高山峡谷，没有江河湖海，十分单调乏味。有段时间，我又欣赏起星光灿烂的夜景，观察着不同于地球上的绚烂星群，它们一个个闪着白光，穿透了蓝绿黄橙的天空。之后，我又看了看植物，它们之间的激情交配已经结束。疲乏的茎秆迅速散开，一个接一个地倒在地上，疲惫不堪。很快，毫无生气、萎靡不振的植物散乱并堆满整个大地。它们的花萼丑陋地展开着，那里总有某个失神的目光在呆板地凝视着。

我战栗了一下，对魔鬼说：

“听着，我在这里很寂寞。[1]你曾允诺带我去看难以想象的世界。但请你相信，弗拉马里翁与威尔斯[2]所描绘的世界比这里要惊人得多。我以为你会把我带到光神与火神的领地上，它们的情感与观念比我的要复杂、细腻百万倍；我以为你会把我带到另外一种量度的宇宙，在那里会有某种新的东西附加在所有物体的量度单位上；我以为你会把我带到另一种时间的宇宙，在那里除了过去、现在和将来，还有第四种时态。而你在无止境的存在中没有找到任何更好的东西，只是给我看看烟火，这完全可以用电影摄像机精确再现出来，还有花朵的放荡场景更使我恶心。知道吗，你的兄长靡非斯托非勒斯可比你机灵多了。”

魔鬼浑身燃起可怕的火，他用发自身体内部深处的声音愤怒地冲我喊道：

“可怜的虫豸！你忘记地神出现时浮士德是怎样脸朝下倒在地上的吧？[3]或者你忘了塞墨勒在看到宙斯时是怎样被烧成灰烬的吧？[4]难道你也想那样？”

然而，我伸出自己的胳膊，手掌向前 镇静地说出神圣的基普里安[5]常说的咒语。与此同时，“路西法”的面孔开始扭曲，整个人抽搐起来，就像在凸面镜里一样。随之，我的旅伴比流星还快地堕入了火红色的深渊中。我的身体同时遭到了仿佛是一千个强电池放电时的可怕一击。接着，我便发现我已坐在自己房间靠近写字台的地板上。

---

① 出自普希金的《浮士德》一幕（1825）：“魔鬼，我很寂寞。”——译者注

② 弗拉马里翁（1842—1925），法国天文学家和哲学家。威尔斯（1866—1946），英国作家，撰写科幻小说的经典作家。——译者注

③ 出自歌德《浮士德》（第一部《夜》）。——译者注

④ 古希腊神话中的情节。卡德摩斯之女塞墨勒，与宙斯一起生下了狄俄尼索斯。塞墨勒要求宙斯以神的面目出现，但最终在见到宙斯真面目的那一刻因为无法承受伴随主神出现的雷火而被烧死。——译者注

⑤ 基普里安，俄罗斯都主教。——译者注

周围什么变化都没有，但窗前的厚窗帘被拉起来了，窗户上的一块玻璃被砸得粉碎：当然，这是由我落下来时的动静导致的，因为灵魂穿过硬物体时，不会改变它们的物理结构。

老桥下

吴涵 译

夜色更浓，如混沌降临江河，
狂躁像阿特拉斯一样压抑着灵魂；
只有缪斯才能使纯洁无瑕的灵魂
在噩兆的梦中受到诸神的惊吓！
——丘特切夫[①]

安东尼奥是一个年轻又骄傲的人。尽管他的哥哥马克迟早会成为整个王国的统治者，但是安东尼奥不愿臣服于他。所以愤怒的老国王将安东尼奥视为叛乱者，把他赶出了国门。

安东尼奥本来可以去有权势的朋友那儿躲避一阵，等待父亲消气，或者去海外投奔自己母亲的亲戚，但强烈的自尊心不允许他这么做。安东

① 丘特切夫，19 世纪俄罗斯著名抒情诗人。——译者注

尼奥换了身素服，随身没带任何金银财宝，便悄悄地离开了王宫，混进了人群。

首都是一个临海的商业城市，街上人来人往、熙熙攘攘，但安东尼奥并未在街上闲逛许久，他很快想到，目前最重要的是必须自己挣钱养活自己。为了不被认出来，他决定选择最笨重的体力活，他去了码头，想找一份搬运工的活儿。被录用后，安东尼奥便立即开始工作。傍晚之前他都在不停地搬箱子、扛包裹，直到太阳下山才和伙计们一起去休息。

不习惯的工作使安东尼奥疲惫不堪。码头提供的晚餐非常难吃，晚上只能睡在光溜溜的地板上，这使他无法恢复体力。第二天一大早他就起来工作了，而一天工作下来，他就病倒了。他持续发烧了两个星期。在他生病期间，其他搬运工都尽可能地来照顾他，一直守在他的身边。

当安东尼奥开始康复时，他却因为在干活时反复无常的表现被辞退了。安东尼奥自己也意识到了这一点。他拒绝了大家给他的路费，再次出发寻找新的栖身之处。

这次，安东尼奥的处境变得更加艰难。疲惫不堪的身体、颤抖的双手、阵阵发热的眼睛已无法取得别人的信任。无论是河上的船夫、街头的小贩，还是城墙的守卫，都拒绝聘用安东尼奥。夜晚，安东尼奥不得不在墓地围栏下的石凳上过夜，他冻得直发抖；而白天，他又要饱受饥饿之苦。最后，安东尼奥不得不变卖自己的衣物。他身上的素服在皇宫里虽然很普通，但对街头流浪汉而言还是很华丽的。如今安东尼奥也穿上了乞丐的破烂不堪的衣服。

衣服换来的钱可以使安东尼奥暂时免受饥饿之苦，但他心中仍然充满了忧愁。夜幕又要降临了，空气又会变得寒冷而潮湿。疾病的再次到来使安东尼奥痛苦不堪。他在不知不觉中离开了拥挤的城市，来到了郊区，附近有一座跨河桥叫作“老桥”。

河流波涛汹涌，河水阴森而恐怖，星光闪烁，倒映在水中，闪烁的星光在波涛滚滚的河面上若隐若现。但在安东尼奥看来，这条河比远处嘈杂的城市更友好。“不，显然，我无法承受自己所遭受的这种生活，”安东尼奥心想，“这样苟且地慢慢等待死亡的到来，值得吗?”

安东尼奥沿着陡峭的河岸上的斜坡走了下去，驻足在泥泞的河岸边。这时，月亮从地平线升起，浪花被染成了血红色，就连阴沉的老桥也被照亮了。安东尼奥觉得，他面前的这一切都是奇迹，与此同时，一个声音在他耳边响起:“要充满希望，不要气馁!”

安东尼奥对自己说:“事实上，并非一切都完蛋了。我身上的钱还够花几天的，这几天至少不会被饿死。至于过夜，我面前就有一个极好的免费避风港——这个大大的桥洞。”

安东尼奥用了他最后的一点点力气坚定地走向了这座桥。来到桥洞里，安东尼奥被潮湿的雾气包围了，好在这里很暖和，更重要的是，外面的风吹不进来。安东尼奥开始挑选能躺下的地方，突然间，有什么东西在附近哗啦一声响，一道白影从墙上闪过。

安东尼奥仔细一看，发现原来是个女人。

他说:“听着，您没必要跑，这儿没什么可害怕的。”

“那你是谁?”一个低微的声音问道。

“一个想在这个桥洞下过夜的穷人。”

“你跟踪我?”

安东尼奥不明白她在说什么。

“请您相信，”他说，“我说的都是真的。如果您也想在这里寻找栖息之地，那或许我们两个人住这里也够用。”

“我没听过你的声音，”女人若有所思地说，“我以为你是恶毒的彼特罗。他威胁我，要找到我的新住所。所以你真是偶然来到这里的吗？”

“我可以发誓。”

“那么……”她难为情地说道，“你晚上不会骚扰我吗？”

“女士！对我而言，女人的贞洁重于一切！”

安东尼奥不由自主地将这句宫廷话语脱口而出。

他疲惫不堪，几乎不知道自己在说什么，他晕晕乎乎，膝盖酸软。

“那好吧，”女人说，“那我们两个就都留下吧……你只需要记住，我这里有刀……你只能躺在这里……不，不是这儿，再往右边点儿……看见入口没有？”

安东尼奥好不容易找到了她指定的地方。那儿是一个很深的坑穴，在桥斜对面的墙里。那里面很温暖，而且不潮湿。安东尼奥摔倒在一块石头上，立刻就昏睡了过去。

早上，当一道微弱的黄光投入坑穴时，安东尼奥睡醒了，他看到一个年轻姑娘正在俯身看他。她的脸很消瘦且面色苍白，她穿着一件系着腰带的破烂上衣和一条更破烂不堪的裙子。

“睡醒了吗？”姑娘说。

“谢谢您。”安东尼奥回答说，他想要站起来，但立刻又摔倒了。

“你生病了吗？”

“有一点儿，”安东尼奥几乎丧失了意识，低声含糊道，“我昨天病得很厉害，而且很累。”

“是啊，你或许饿了吧，我给你拿点儿面包来。”

“不，谢谢……您能给我弄点红酒来吗，那或许能给我提提神……我这儿有钱。”

“什么？你竟然有钱!”姑娘看到一些银钱后惊讶道，“好吧，我去给你买点儿红酒……”

她跑开了，很快就带着一些橄榄和一瓶便宜的红酒回来了。安东尼奥喝了点儿红酒，吃了一个橄榄。稍微恢复了一点儿体力后，他在石堆中稍微直了直身体。

“你今天不能被风吹，”姑娘说，“不然会因为着凉而丢了命……既然你有钱，那你躺在这里吧……或者（她犹豫了一下补充道）最好到我那里去，那里更暖和。”

她把安东尼奥带到另一个更宽敞的坑穴里。这里的地上有一捆稻草，而入口处也可以用一块厚重的石头挡上。安东尼奥在这个避难所里看到了一些常用的东西——一个小锅，一个三脚架，一个杯子。

“在傍晚我回来之前你躺在这里吧，”姑娘劝道，“这里什么都有——这是水，那里有一点儿面包，这是你的红酒。”

“告诉我您的名字吧。”安东尼奥请求道。

“我叫玛丽埃塔。”姑娘说，这是玛丽亚的俗称。

剩下安东尼奥独自一人。寒战一整天都在折磨着他，但在温暖的稻草里他觉得很舒服。有时他甚至从这种环境中感受到了一种莫名的幸福。

晚上玛丽亚回来了，她又冷又累。

“该吃晚饭了，”她说，“正好也顺便暖暖屋子。”

安东尼奥看着玛丽亚如何支开三脚架、烧水，然后将面包浸泡在里面。

“请问您是做什么工作的？”安东尼奥问道。

“我乞讨。”玛丽亚平静地回答道。

安东尼奥突然觉得自己整个心都收紧了。

“难道，”他激动地说，“难道您就找不到其他谋生的方法了吗？有很多可靠的谋生办法。”

“你不知道，”她把整个脸转向他说道，“无论在哪儿工作，总会有男的来纠缠我，而我无法忍受这一点。”

玛丽亚边用沸水搅拌面包边说：

“我的父亲去世后，隔壁商人的妻子出于怜悯就收养了我。后来我长大了，就开始工作。我的女朋友们十一岁就开始谈论将来她们会嫁给谁了，但我不行，这一切都令我感到厌恶。之后就总有男人对我纠缠不休，使我不得安宁。没办法，我只能逃跑，尝试去另一个地方，但结果都一样……所以我就彻底离开了，藏了起来，为了不让人发现，我平时进出这里都十分小心谨慎。喂，我们的晚饭好了，过来吃吧。”

他们把泡了水的面包当作晚餐，喝了剩下的红酒。关于自己，安东尼奥只说他叫托尼，来自海外，不认识城里的任何人。

当炭火烧完，屋里变暗时，玛丽亚准备离开。

“你睡这里吧，”她说，“我去你昨天睡觉的地方。”

“不，我不同意，”安东尼奥反对道，“那里又冷又潮湿。我求你也躺在这里吧，我发誓，绝不骚扰你。不然还是我去那儿睡……”

玛丽亚思索了很久之后同意了，这晚他们几乎是在同一张床铺上度过的。

第二天，安东尼奥觉得自己好多了，体力也恢复了。他走出了避难所，沿着河岸散了散步。河面上数只小船往来穿梭，驳船在缓慢地行驶，高处堤岸上的手推车和行人若隐若现。这个城市充满了生机，但安东尼奥觉得他不再属于这样的生活，他正在进入一个崭新的奇异世界。

这天晚上，他与玛丽亚交谈了许久。安东尼奥怎么都不能接受她的职业。

“可这多自由啊，”玛丽亚说，“想去哪儿就去哪儿，只要有吃的，你什么都不用做，走进属于你自己的那片天地——最主要的是，对任何人都没有责任。”

“怎么没有，对那些帮助过你的人有没有责任呢？”

“那有什么呀！他们给予我施舍，是为了让上帝十倍地偿还给他们。”

玛丽亚讲了许多关于她过去的生活，关于她的几个熟人，以及她的一些卑微的梦想。这一晚，他们像兄妹一样睡在了一起。

又过了两三天，安东尼奥彻底康复了。与此同时，他的钱也花完了。他又需要考虑自己的生计问题了。他开始再次寻找工作，却又再次失败。在安东尼奥决定与玛丽亚分享她的晚餐之前，他烦恼了很久，一直在思考这顿晚饭是怎么得到的。但玛丽亚如此诚恳地邀请他，使他无法拒绝。后来他不知是已经习惯了这种稳定的状况，还是已经不再想这个问题了。

单调而平静的生活开始了，却充满了一些奇怪的乐趣。每天早上，安东尼奥和玛丽亚同时走出他们的住所。玛丽亚去城里，安东尼奥则跑到城外的海滩上。他躺在沙滩上，整整几个小时欣赏着海浪，沉浸于自己的梦想中。在他的梦想里，宫殿宏伟的大厅与安东尼奥王子昔日的朋友在脑海里闪现得越来越少。有时他也能赚几个钱，要么给人看看船，要么替换一下田地里疲惫的工人。安东尼奥会诚实地把这些钱全部交给玛丽亚。

他大多在黄昏时才能见到她。她会带着每天的食物——面包和一些蔬菜，回到他们共同的居所。借着三脚架下木炭发出的光，他们会有几个小时的谈话时间。分享一些白天的见闻、不顺，以及一些有趣的会面。那时总会笑声不断，时间在不知不觉中也过得飞快。

有时玛丽亚的朋友劳拉会来找他们。她不比玛丽亚大，也是十六七岁的样子，但脸上化着妆，头发很蓬松。之前她为玛丽亚感到羞耻，但自从知道旧桥下住着安东尼奥之后，她变得更自信了。她把他看作玛丽亚的恋人。玛丽亚没有对此提出反对，并且和她的朋友高兴地开着玩笑，而安东尼奥却十分不喜欢劳拉来破坏他们的独处时光。

对安东尼奥而言，过节就是玛丽亚有了很多钱且可以休息的那些日子。那时他们会一起出城到海边或者穿过田野进入森林。在那里，他们选择一个舒适的角落之后，便开始享用简单的早餐。起初他们只是说说笑笑，渐渐地，二人就陶醉于彼此之间手拉着手、头挨着头的那种感觉——这段沉默的时光是他们感觉最幸福的时刻。有时他们在森林里一直待到黄昏出露珠的时刻，可玛丽亚仍不想离开榆树下的绿色栖息之地，也不舍得将头从安东尼奥的肩膀上移开。

与此同时，冬天也慢慢临近了。夜晚越来越冷。安东尼奥和玛丽亚在他们的茅草床上不由自主地靠近彼此，在密切的拥抱中，他们试图温暖着冻僵的伙伴。安东尼奥全身发抖，用双臂抱紧女人瘦弱的身体，而玛丽亚则无忧无虑且非常信任地贴在自己朋友的身体上，这份信任让他更加小心翼翼，更不敢做类似亲吻她的鬈发这样放肆的爱抚。

日子就这么一天天过去了，天空也变得更加阴暗。太阳升起得越来越晚，落得越来越早。玛丽亚不得不经常与安东尼奥待在一起。的确，这种情况带来的后果就是他们会挨饿，但安东尼奥却幸福得像个孩子。

他并不否认自己想与玛丽亚一起生活的梦想，他想把心血倾注在她的身上。但安东尼奥还无法亲口对她说，他在等待时机。深秋的一天，这个时机终于来临了。

这一天，安东尼奥等玛丽亚等了很久。心里莫名的不安促使他爬上了堤岸。他隐约听到哭泣的声音，然后看到了远处的一个女子的身影。安东尼奥迎面冲了上去。

很快，他就看到到底发生了什么事。一个身材高大、宽肩膀的老乞丐一只手抓住玛丽亚，另一只手在打她。

“我告诉你，”他重申道，“不许你破坏我们的规矩。想要乞讨，就和我们一起去，不许你单独去乞讨。”

玛丽亚在他的手里不停地挣扎。她终于成功逃脱了，并且她的手里还拿着一把刀。但此时安东尼奥已站在老乞丐的面前。凭借着迸发的激情给予他的力量，他一把抓住乞丐的肩膀，摇晃了他几下，然后就把他扔出去了几步远。

“快走，托尼，你快走，”玛丽亚恳求道，“我能对付得了他。”

安东尼奥推开了她。他骄傲且坚定地等在那里。乞丐迅速爬了起来，他攥紧拳头，愤恨地朝安东尼奥走去。房门口的灯光落在了安东尼奥的脸上。乞丐继续向前走了几步，但步伐明显变慢了，之后突然停了下来，说了句骂人话，便迅速转身离开了。

安东尼奥抱起了玛丽亚，向他们共同的居所走去。

“玛丽亚！我亲爱的！”他抚摸着她颤抖的双手，强调道，“你对我而言是多么珍贵啊！我是多么爱你！如果你真出了什么事，那我也不活了。”

“我也爱你，非常爱。”玛丽亚边回答，边紧紧依偎在他身边。

“那我们就是世上最幸福的人了！”

“当然，托尼，我们非常幸福。”

安东尼奥想了会儿。

“一切就这么定了，”他突然说道，“我们太穷了，所以没办法举行婚礼，但明天我们可以一起去小教堂，这将是我们对自己婚姻的祝福。这样行吗，玛丽亚，我的未婚妻？”

但玛丽亚却稍稍躲开了他，她既感到害羞，又有些悲伤。

“你怎么了，亲爱的?”安东尼奥问道，“我们难道不是相爱的吗？让我们从爱中汲取我们需要的一切吧。这个坑穴于我们而言将是最华丽的洞房，这张床将是最芬芳的合欢床。”

玛丽亚哭了起来。

“别说了，别再说了，托尼！难道我们之前不幸福吗？为什么你跟所有人一样!”

安东尼奥热烈地亲吻着她的头发，祈求她的爱情，发疯似的对她发誓将永远爱她，一边责备着她，一边自己也哭了，他紧紧地抱住了玛丽亚。玛丽亚努力挣脱开他的怀抱并逃向出口。安东尼奥突然意识到她这次会永远离开，便立即冲出去追她。他抱住她的膝盖，浑身颤抖，声音断断续续。

“玛丽亚，你要去哪儿！难道你会离开我吗?”

“我很害怕，托尼……我会回来的，真的，我会回来……但现在跟你在一起我感到很害怕，托尼。”

安东尼奥发誓一切都会同以前一样，这次不过是他的冲动，他们一定能很快忘记今天发生的一切。他说话的语气如此温柔，流露出了无尽的悲伤，以至于玛丽亚无法反驳。她又趴在安东尼奥的肩上哭了许久，然后决定留下来跟他待在一起。激动不安的心情与泪水使他们感到无比疲惫，他们很快便在彼此纯洁的拥抱中睡着了。

第二天，安东尼奥和玛丽亚被突然响起的钟声惊醒了。这座城市的所有教堂的钟都在嗡嗡作响。玛丽亚去了解到底发生了什么事，然后带回来了一条令人震惊的消息：老国王驾崩了。

这个消息给安东尼奥带来了非常奇怪的感觉，仿佛这则来自尘世的消息只是针对那些已打破世俗枷锁的精神的。

安东尼奥心想：“总之，我父亲死后，便是我的哥哥，也就是我的敌人——马克登上王位了。”

安东尼奥陷入了沉思，他不知不觉混进了人群，并走进了之前很少踏足的城市人口稠密地区。街上的人们都挤向了从宫中来宣布这条消息的承宣官。安东尼奥挤到了第一排。

这时街上出现了一小队人马。安东尼奥认出了那是自己的舅舅奥诺里奥和他的随从。奥诺里奥旁边还有一个年轻的姑娘，她是马尔塔——安东尼奥以前的未婚妻。他下意识地走出人群，但他立刻冷静下来，想赶紧躲起来。

奥诺里奥突然拉住自己的马并跳到地上。人群中让出了一条道，很快他便追上了安东尼奥，将受到惊吓的安东尼奥拦了下来。

奥诺里奥单膝跪地，说道：

“国王，请允许我率先对您效忠。”

“奥诺里奥！舅舅！您在说什么？您想送命吗？”安东尼奥不知所措地惊呼道。

“我清楚地知道自己没错！”奥诺里奥高兴地说道，并转身对自己的随从说，“这就是你们的国王，安东尼奥三世。”

随从们给安东尼奥的破烂衣服上披了件紫色长袍，扶他上马并将其领到随从队伍的中间。

在前往宫殿的路上，奥诺里奥讲了最近这段时间发生的最重要的事情。原来马克在昨天打猎的时候摔下马死了，这件不幸的事也使得老国王伤心致死。

与此同时，长期以来一直有传言说安东尼奥王子穿着乞丐的衣服躲藏在首都。老国王父亲早就忘了自己的愤怒，下令寻找自己的儿子，但没人能找到他。

五分钟后，他们已经到了宫殿。朝臣们向安东尼奥鞠躬，他回来的消息早已传遍全城，人们挤在宫殿的墙壁下大声喊叫着向他问候。

这一切如同梦境一般，不久前于首都贫民窟的生活已经消失，豪华与富裕的生活也已再现，庆祝和全民朝拜的日子飞逝而过。他陶醉于权力与谄媚，对他而言，那个在老桥洞下过夜的年轻姑娘的苍白形象早已消失。

日子一天天过去了。冬去春来。随着登基大典庆祝活动的第一声礼炮响起，他的日常宫廷生活开始了。国王被暗示应当找一个可以协助其操持宫廷事务的女伴，之后将成为人民的母亲和守护神。奥诺里奥明确地推荐了自己的女儿。

没有人发现，一种莫名的忧伤使安东尼奥的心里十分难受。他曾试图在紧张的工作中或嘈杂的盛宴中忘却一些东西。他在王位上感觉他身边似乎还缺少一个人，灵魂深处好像极其渴望某种他一直在不断寻找的东西——终于，在某个夜晚他听到了回忆暗示给他的答案：

玛丽亚。

这是一个明媚的春夜，有四人乘坐一辆马车，披着斗篷，离开了宫殿。马车向旧桥方向奔去。在最后一个转弯处，三个人停了下来，而另一个人继续向前骑行。这个人就是国王。他手里拿着火把，沿着斜坡向下走去。

这就是那个熟悉的桥洞，黄色的坑穴，火把在里面隐隐若现，火光在石板上微微颤动。受到惊吓的玛丽亚从干草堆里一跃而起，紧靠在墙边，但她立刻认出了安东尼奥，扑到了他的怀里。

“托尼，你终于回来了。啊，我亲爱的托尼！你怎么能丢下我一个人！你知道这几个月我一个人是怎么熬过来的吗?!”

她边说边用双手搂住了他的脖子。安东尼奥沉默不语，一直凝视着她的双眼。但玛丽亚开始对他的着装感到惊讶。

“托尼！你发财了？但你仍然没有忘记你的玛丽亚。”

“跟我走。”安东尼奥说道。

“去哪儿?”

“难道你怕了吗?”

“只要跟你一起，我就什么都不怕。”

安东尼奥把她裹在风衣里，带着她走了。

沉睡的街道上清晰地响起了马蹄声，接近宫门时，这马蹄声也越来越大。

“托尼，这可是王宫?”

他们顺着隐秘的楼梯而上，进入国王的内室。这时，安东尼奥转向自己沉默的随从们。

“先生们！你们为我保守了秘密，值得这份荣耀。作为对你们忠诚的奖励，你们可以率先问候你们的王后。我告诉你们，在这世上没有任何一位姑娘比她更配做我的王后。”

三名国王的亲信犹豫不决地向玛丽亚鞠躬。

“托尼，”她低声说，“这一切到底怎么回事啊?”

“您猜测的是正确的，玛丽亚，”国王回答道，“这里就是王宫。您贫穷的朋友现如今已成为整个国家的国王，就像曾经与他有难同当一般，现在您将与他有福同享。朱利欧君，请将女王带到为其准备的寝宫休息。”

玛丽亚刚想反驳，但国王已经不见了。她不得不跟在朱利欧先生的后面。

打扮得漂亮的女仆们恭敬地迎接玛丽亚，很显然，她们一直在等她。由于这一系列事件而激动不安的玛丽亚好像失去了自己的意志，任由她们摆布。她没有注意到她们暗里嘲讽的眼神和讽刺的话语。

一个小时后，玛丽亚安静地躺在豪华的床上，身陷在被褥的蕾丝花边中，陶醉在香气里。后半夜，她不断回想起自己的稻草床，战战兢兢地等待着某件事的发生。但并未有人打扰她休息，直到凌晨她才心神不安地睡着了。

奥诺里奥经常到玛丽亚这儿来。她很喜欢他的来访，她只敢同他一人开诚布公地聊天，她只把自己的惶恐不安托付给他一人。

奥诺里奥十分同情地听她抱怨，并常常安慰她。可是，他常跟她讲，老百姓对她很不满，而且如若有一天她真的嫁给国王，那她未来的日子将十分艰难。玛丽亚想征求他的意见，但狡猾的朝臣打算选一个更为恰当的时机来实施阴谋。

有一天，当国王不在玛丽亚的寝宫时，奥诺里奥在这里待了很久。这一天，玛丽亚比以往任何时候都觉得不幸，她十分害怕即将要占据本不该属于她的位置，也对步入婚姻感到十分恐惧。玛丽亚说，她宁愿去修道院。

“陛下绝不会允许您这么做的，”奥诺里奥说，“您已向他表达过您爱他，因此现在您没理由拒绝婚礼。但如果您所告之我的一切都是出于真心，那么，请允许我这位老人给您一个诚恳的建议。请您想一想，为什么陛下一定要您成为他的妻子呢？因为他没有其他方法来报答您。请您多体谅他一些吧，激情总会过去，您也会避免许多灾难。可无论如何您都无法成为国王的妻子——因为人民不会允许您嫁给他。拒绝国王吧，您的一生都将会富贵又幸福。”

“死或许才是最好的办法。”玛丽亚说道。

她失声痛哭起来，但奥诺里奥仍不停地说了许久，说得既谨慎又委婉。与他分开后，玛丽亚坚信已没有其他出路了。她深夜祈祷了许久，最终，她决定接受奥诺里奥的建议。

玛丽亚不得不继续忍受豪华午餐带给她的巨大痛苦。最后，到了晚上，她独自一人留在卧室里，她扑到了床上，痛哭起来。

之后，国王来了，不耐烦地看着玛丽亚。但即使与他独处，玛丽亚也感到浑身不自在。

“开心起来吧，玛丽亚，”国王说，“请忘记我们之间地位的悬殊，只需要把我看作你从前的托尼。”

“我不能，陛下，”玛丽亚回答道，“我如同坐牢一般。我什么也不敢做，什么都不知道。”

“你是我的新娘，玛丽亚！”

“陛下，我恳求您，不要强迫我这么做。”

“你在说什么蠢话，”国王亲吻她，并高声喊道，“我知道你拒绝过我。但如今一切都不一样了，我们的婚礼将会得到教会，甚至是教皇本人的祝福。”

玛丽亚忧郁地看向远方。

“唉，陛下，”她低声说，“我很怕您会指责我这是故意折磨您。但说实在的，我并不谋求任何东西。我完全不想要什么……我只是爱着您，仅此而已。”

“真的?”国王边说边将玛丽亚拉到自己身边，“你终于再次承认你爱我了。那就吻你的托尼吧，紧紧地，紧紧地抱着你的托尼。”

玛丽亚垂下眼睛，面色苍白地依偎在国王身上。他热烈地、紧紧地拥抱着她，陶醉于这种亲密的感觉之中。而玛丽亚也没有反抗。

当国王与玛丽亚分别时，朝霞的光芒已然透过了绮窗。

“你不要在意宫里女人们的闲言碎语，”国王说，“一个月后我们将举办婚礼。玛丽亚，我的妻子，请你记得这一点。”

说完国王就离开了，此时他觉得自己是世上最幸福的人。当玛丽亚独自一人时，她内心充满了无尽的羞愧。她闭上双眼，她想悄悄地死去，离开这个世界。

在约定的时间，宫女们来到玛丽亚的寝宫，帮她更衣。玛丽亚没有去听她们含沙射影的挖苦，但她觉得在这一切发生之后，她似乎已无法继续活下去了。

在自己的侍女中，玛丽亚注意到一个黑发少女。她趁机把她叫到一个单独的房间里。玛丽亚跪下恳求她帮助自己逃跑。

玛丽亚的眼泪和苦苦哀求感动了这个年轻姑娘。她给玛丽亚拿了件普通人穿的衣服，并给她创造机会让她逃离了皇宫。玛丽亚成功混入她熟悉的街头人群中。

玛丽亚偷偷来到老桥边，沿斜坡滑了下去。老桥洞下的一切照旧，但玛丽亚却不敢走进以前的居所。她只是久久地注视着黑漆漆的洞穴。

这之后，玛丽亚坐在河边的一块石头上，一动不动地看着河水里黑色的浪花。过往的小船上有人在喊她，有人在嘲笑她，但她都听不到。夜幕降临，夏天的星星从碧空中缓缓滑过。

雾气像轻盈的帷幔一样缓缓飘动。周围的喧嚣声停止了，老桥也打起了瞌睡。

玛丽亚坐着的那块石头前，波浪一层层散去，然后又慢慢聚在一起。

在得知玛丽亚失踪的消息后，国王感到十分绝望。他以死亡来威胁她身边所有的亲信，并派人去全城搜捕。驶过街道时，国王聚精会神地凝视着人群，希望能与玛丽亚安静的目光再次相遇。

秋天，在国王安东尼奥三世与奥诺里奥的女儿马尔塔举行婚礼时，百姓们举行了极其隆重的庆祝活动。所有人都分到了面包、水果和红酒，精彩的游行队伍环城进行表演，承宣官们把大把大把的银币撒向了人群。

十五年后

吴涵译

一

莫斯科的艺术界和部分上流社会的人都知道，我们著名的建筑师——鲍里斯·彼得罗维奇·科列茨基先生每天都会到安娜·尼古拉耶夫娜·涅良金娜家吃午饭，已是第十个年头了。每天晚上七点左右都可以看到科列茨基的马车驶向普列齐斯金卡街，然后拐进一个至今还保留着老式莫斯科房子的胡同里，停在一所小宅邸的门前。科列茨基按一下门铃，一位老成持重的女佣把门打开，他以非常习惯的动作走进房子，而马车夫则赶着马车去附近的一家小旅馆休息，因为他晚上十一点左右还要回这里接自己的主人回家。

安娜·尼古拉耶夫娜·涅良金娜年轻又漂亮，但是没有任何流言蜚语敢谴责她与科列茨基之间的关系。因为此前也有人对此感兴趣，便请了私家侦探用尽各种手段来调查他们之间的关系，甚至连仆人都盘问了一番。

这之后人们才不得不相信，科列茨基只是这家的常客，仅此而已。中午很少有人来安娜家做客，餐桌的大部分都是空着的，除了她与科列茨基，一起吃午餐的没有其他任何人。众所周知，他从未对安娜有任何放肆的行为，最多不过是吻吻手以表尊敬。午饭后，倘若家里还有其他访客，他们便会在客厅里一起喝喝咖啡、聊聊天，但更多时候，科列茨基都会给安娜朗读一部最新的法国小说。无论如何，午夜之前科列茨基都会赶回自己经营的俱乐部，而安娜宅邸的灯也会熄灭。

莫斯科上流社会的年轻人对科列茨基和安娜了解甚少，他们只会嘲笑这位任何女人都不会拒绝的年轻、帅气和富有的男人竟然同这位已近残花败柳的女人之间维持着这种滑稽可笑的理想化的关系。但那些四十岁上下的人都很好奇，男女之间怎么才会产生这种奇怪的关系。

安娜·涅良金娜是在十五年前出现在莫斯科上流社会圈的，当时她嫁给了一位富有的前外交官，他因对政府不满才离开了圣彼得堡。从涉入上流社会的开始，安娜就以自己的美貌、说话技巧，以及与人交往时表现自己独特魅力的勇敢而捕获了所有男人的心。她周围立刻有了一大群仰慕者，常常向她诉说她有多么美丽，以及自己多么疯狂地爱上了她。科列茨基当时才刚刚于建筑学院毕业，刚刚开始他建筑师的职业生涯，还没有任何名气。他立马爱上了安娜，这是一种年轻男人初恋的情感，但在我们这个年代，这是一种罕见的爱情，是一种置于灵魂深处的永远的爱情。安娜对这种感觉并不看重，她似乎更乐意相信那只是她的一个新的崇拜者一时的冲动而已。科列茨基无法接受她这样的态度，于是有一次，在他从常去的安娜家回来时，竟对着自己的胸口开了一枪。

安娜对科列茨基的行为感到非常震惊。她立刻过来看他，请求他的原谅，并告诉他自己并不爱他，而且也不可能爱上他，但是愿意跟他做朋友。科列茨基自伤口恢复后便常常出现在安娜的家中，但他最多也不过是成了这个家的朋友和掌握安娜所有秘密的人，他甚至知道她与人私通的秘密。大家都认为，正是因为科列茨基的机敏，安娜的丈夫在两年的时间里才没有怀疑过她的不忠，安娜才因此隐瞒住她已经接受了几个崇拜者的求爱。谣言声称，她的情夫一个接一个，还说她成立了一个“哈玛德律阿得斯”[①]女神协会，在这里，上流社会圈的女士们同协会创始人一起沉迷于荒淫无度的生活中。

大约两年的时间，科列茨基都在安娜身边扮演着知心人的角色，直到一次意外悲剧的发生。安娜爱上了一位路过的、技艺高超的意大利小提琴家。科列茨基的机智在这件事上已毫无用处，因为安娜根本不想隐瞒自己对这位意大利人的迷恋，恰恰相反，她非常傲慢地将这种出轨行为公开。当关于这件事的谣言最终传到她丈夫的耳朵里时，安娜毫不犹豫地离开了他的家，搬到了她的情人那里。因此就发生了可以载入莫斯科生活史册的丑闻。不久之后，安娜便与那个意大利人一起移居国外。

没有人确切地知道安娜在俄罗斯以外的地方生活得怎么样。但可以肯定地说，意大利人对她很不好，总是以各种方式伤害她，甚至殴打她、搜刮她，最后将她赶出了家门。安娜在国外度过的这三年中，只有前几个月同她的情人生活在一起。之后，由于被爱情迷失了双眼，在他的艺术旅程中，她一直在痴情地追随着他，不停地给他写信央求他，一直期待有一天能回到他的身边……最后，她终于明白自己已经没有任何指望。在安娜离开俄罗斯的第四年秋天，她又重新回到了莫斯科。而在此前，她就与丈夫离婚了。

科列茨基从未与安娜失去联系。他一直与她通信，并多次请求她允许

① 哈玛德律阿得斯是古希腊神话中保护和管理树木的女神，她们居住在树林中，与树木同生共死。——译者注

自己去国外找她，离她近一些并愿意为她做任何事。安娜都拒绝了。但是，当她最终不得不与意大利人分手并返回俄罗斯时，除了科列茨基，她找不到其他任何可以帮助她的人。正是科列茨基帮她找到了一处宅邸，并为她新房内的设施四处张罗。当安娜彻底在莫斯科安顿下来之后，科列茨基成了她家里几乎唯一的常客。

应该说，当小巷旦的其他居民得知这座豪宅被租给了安娜·涅良金娜时，他们感到非常不安。他们甚至憎恨房子的主人，为什么要把自己的房子租给这么一个行为放荡的女人，他们还担心这个女人一定会因自己的不检点而让他们整个街区蒙羞。但在安娜出现几周后，事实证明，她只打算过非常简单的生活。除了科列茨基，她几乎不接受任何人的来访，拒绝与那些想主动恢复关系的老熟人恢复关系，也很少出门走动，并且不给别人以任何理由来谈论自己的机会。安娜会在姑母的庄园度过夏天，与总是春天出国的科列茨基分开一些时日。

就这样一年年过去了。将安娜视为傲慢的美女、时尚的引领者的那一代人已经告别了历史的舞台。关于一位俄罗斯贵族妻子与一位意大利小提琴手一起私奔而后又被抛弃的丑闻也逐渐被人们淡忘了。现在每个人的眼里只有科列茨基对安娜的忠诚。大家都怜悯科列茨基，都嘲笑他。但谈起安娜，大家都对她很尊重。

二

在安娜离开丈夫家满十三年的那天，科列茨基像往常一样到她家里一起吃午饭。

饭后喝咖啡时，安娜问科列茨基："您还读报吗？"

他回答道："您很清楚，我戒掉这种毒药很多年了。当然，早晨最好还是要读一读的，以给自己打一个预防低级趣味的预防针，这样能预防几分白天的粗俗。唉！遗憾的是，我们的报纸每天都为我们提供太多低俗的东西。"

"那您来看看这个。"

安娜指了指报纸上的一个地方。那是一条关于小提琴演奏家死亡的消息，就是那个曾同安娜一起离开俄罗斯的小提琴演奏家。

读完这篇报道后，科列茨基微微点了下头，并将报纸还给了安娜，之后，他们的谈话转到了其他新闻。午饭后，科列茨基给安娜朗读了刚刚出版的奥古斯汀·圣伯夫[①]的书信。但当科列茨基读完了信本该告别的时候，他突然请求把门关上，说有重要的事要谈。感到十分惊讶的安娜允许了。

科列茨基说：

"安娜！十五年前您告诉我您不爱我，且永远不会爱上我。我当时回答您说，我会永远爱您。我遵守了我的诺言，或许，您也一样，遵守了您当时说的话。可是难道除了爱情，就没有其他东西能将两个人联系在一起了吗？虽说您仍然不爱我，但难道我没有成为您生活中必不可少的一部分吗？如果我不是每天都来找您，如果在农村时您每天没有接到我的信，您的生活会怎样？将您与我紧密相连的是我的忠诚，而非一时的爱情。在那个人还活着的时候，对于您和我之间的这种亲近我不想多说一句。因为或许您对他还抱有疯狂的希望，或许您觉得他有一天还想再见您，还会让您回到他的身边。可是现在他死了。过去的一切都结束了。如今很清楚，我

① 查尔斯·奥古斯汀·圣伯夫（1804—1869），法国文学评论家、诗人，浪漫主义时代的主要文学人物之一。20 世纪初期，奥古斯汀·圣伯夫的一些书信在法国出版。——译者注

们之间的亲密关系到死都不会断。我永远不想离开您，而您也无处可去。安娜，您难道不想确认我们的这层关系吗？我向您求婚，我请求您做我的妻子。”

安娜沉默地听完这段话，然后简短地回答道：

“我非常珍惜我们现在的关系。我不想，而且害怕有什么东西会破坏它。的确，您是我最亲密无间的朋友。我非常感谢您的忠诚。但我不知道我们之间的关系是否会成为丈夫和妻子那样的。总之，以后不要再谈这个问题了。”

科列茨基没有反驳，道别后便离开了。但是过了几天他又再次回到了这个话题上。

他说：“您禁止我谈论我对您的爱。但自您告诉我您所爱之人死亡的那一天起，我就再也无法保持沉默了。若他还活着，您还有理由答复我说‘我爱别人’，可现如今您已无话可说。我并不是想从您那儿求得爱情，这也不是我们能够支配的。我只是希望您能以妻子的身份接受目前为止从我这儿得到的一切。我仍会如同您的奴隶一般对您忠诚、顺从。请您相信，我绝不会要求您做任何违背您意愿的事。难道我的忠诚还不能获此小小的奖励吗?”

安娜同第一次一样，安静而坚定地回答了科列茨基：

“我已经求过您不要再谈此事了。”

然而这个话题仍被不断提及，起初是找每个合适的机会，之后就是每天……然后，科列茨基与安娜之间的谈话再无其他。

科列茨基重复说道：“您同意成为我的妻子将是对我忠诚的奖励，而且这无须您负任何责任。”

安娜反驳道：“我不想要这种没有内容的婚姻形式，因为我无法凭良心以您妻子的名义去爱您。”

当科列茨基继续坚持己见时，安娜对他说：

“我不明白一个丈夫的头衔对您来说到底有什么意义，也不明白爱情的忠贞怎么可以换取奖励。”

每次说到这里，科列茨基都以自己的各种辩证说辞支支吾吾地搪塞过去。终于有一天，他直截了当地说：

“您说得很对，安娜。我到现在一直在撒谎与伪装。我谈到了您的丈夫，还有关于我忠诚的奖励，然而我懂得了别的事情。事实上，我如此炙热地爱着您，如同二十岁少年一般爱着您。这些年我对您的灵魂、您的身体及您整个存在本身的崇拜从未改变。我现在仍同一个少年一般，只要一想到我的嘴唇与您的嘴唇相碰就会感到浑身颤抖。难道这注定不会成真吗？我等了您十五年了。十五年了，我一直都用‘您’来称呼您。我向您证明了我愿用我的一切——我的忠诚、我的细致，还有我的自我牺牲来爱您。只有石头人才不会被这种爱征服。还是我令您感到厌恶，以至于您难以忍受我的触碰呢？那为什么您以前不告诉我呢？为什么还要假装靠近我，欺瞒我？又为何要接受我的友谊呢？”

安娜试图让他平静下来：

“不要再谈这个话题了！正是因为您对我而言十足珍贵，我才珍视您的忠诚，而且也不想以假意的温柔来欺满您。我是全心全意、真诚地给予您我能给的一切。以后不要再问我这个问题了。”

科列茨基失去了控制，对安娜说了很难听的话：

“您已经三十六岁了！这已经不是一个像小姑娘一样喜欢玩乐的年龄了，但这是女人最需要男人的年龄。十年来，您一直拒绝与我有肌肤之亲。难道您是想让我相信，您还有其他的情人吗？”

安娜脸色变得煞白，反驳道：

“我竟然没看出，这十五年来，您的卑鄙竟隐藏得如此之深。”

她站起身。科列茨基抓住了她的手，试图抱住她，嘴里不停地重复道：

“我爱您！我想要您！”

安娜挣脱开他的手，跑出了房间。

三

潜伏了十五年的激情就这样爆发了。

科列茨基与安娜的见面彻底变成了男女之间痛苦的论战。

他们生活的外在形式并未发生任何改变。科列茨基仍是午饭时来找安娜，与她共处几个小时，午夜之前出现在自己的俱乐部。同往常一样，他的举止彬彬有礼，他并未将他们所遭遇的悲剧暴露出来。

但是每天，科列茨基与安娜之间都在重复着前一天的痛苦争吵。他们的谈话主题也没改变过。科列茨基需要爱情，而安娜不停地拒绝他。科列茨基一天天变得更加坚定、更加执着。在与安娜独处的这几个小时里，他失去了自己平时应有的矜持。

他每次都跪在安娜面前，拥抱她的双腿，恳求她，说服她，诅咒她。当她反抗、试图逃脱时，他会用力地亲吻她，有时会把她推倒在地毯上，然后躺着相互撕扯，尽量不发出噪音，以免被隔壁房间的人听到。在撕扯中，科列茨基有时会撕破安娜的裙子，她为了逃脱会打他的脸。他们之间发生了如此不堪入目的场面，而他们近十年来一直回避着激烈的言辞和粗暴的动作。

现在，他们彼此之间却说着最无情、最粗鲁的话。

科列茨基对安娜说：“你曾经有过几十个、几百个情人！难道我不如那些男人吗？难道与那个只会鄙视你的意大利男人相比，你更厌恶我吗？”

“是！就是这样！”安娜冲他喊道，“你就是让我厌恶，让我憎恨！我宁愿把自己随便交给大街上的一个过路人，到大街上去卖，也不愿成为你的女人！”

这些激烈的场面并没有阻止他们第二天见面，而且如同约好一般，他们会从他昨天停止的地方开始继续争吵。

很显然，如果他们有机会能重返昔日的和平生活，那么，无论是安娜，还是科列茨基，都会尽可能抓住这个机会。但是她已经无法忘记科列茨基所说的那些话，以及他提出的那些要求。安娜这十年间的安恬自若的平和生活被彻底摧毁了。现如今，她只剩下两个选择　要么放弃多年来所经营的一切，放弃整个生活方式，以及令其舒缓的平静与舒适，要么服从科列茨基的意愿。十三年前，安娜用足够的力量与意志将自己的生活划分成两半，成功告别了过去，勇敢开始了新的生活，但又有多少人能在生活中两次完成这样的壮举呢？与此同时，安娜坚定地拒绝科列茨基的所有情感，这使得第二种出路变得毫无希望：梦想燃烧得如此强烈，以至于现实无法再掩盖住。

这种情况大概持续了两个月。最后双方都感到非常疲倦。科列茨基的言辞变得不那么激烈，行为也不再那么狂躁了。所以，他的爱也一点点变得淡薄，悄然消退。

安娜突然下定了决心。

有一天晚上，她对科列茨基说：

“我的朋友！是时候结束我们的争吵了，这于我们而言不值得。现在我们都疯了，不能友好地谈话。我想治好我们俩的病。今天我不会再反抗你的意愿了。恰恰相反，我想直接告诉您，我想属于您。我想把自己给您。过来吧，要了我吧。”

科列茨基震惊地问道：

“可你不是不爱我吗？你不恨我吗？”

安娜伤心地回答道：

“如果是在十年前你问我最近你提的那个要求，我会非常高兴地扑到你的怀里。头几年，我一直暗暗希望这一切能发生。为了你，我一直爱惜、照顾着自己的身体。之后，我却不得不放弃自己的梦想。我认为，在这一切发生之后，你不再需要我做你的女人了。现在的我还剩下什么了？褪色的激情与疲惫的身体。我忘了，每当我独自一人时，便忘记了常对你说的爱的语言。我再也不记得那些梦里对你的无数次爱抚，而且我已不想给你我这个你可能已不想要的美丽的残骸。但如果你还想要我，那就拿去吧。”

科列茨基激动地叫道：

“你竟然爱我！我的天啊！你爱我爱了整整十年！”

“是，我爱了你整整十年。”安娜说道。

科列茨基太愿意相信安娜告诉他的这一切，他无法怀疑她这番话语的真实性。安娜的呼唤对他而言非常悦耳，以至于他无法从她的声音中辨别真假，就算真的是假的……科列茨基已跪在安娜面前，亲吻她的手。

四

那天晚上，科列茨基离开安娜住处的时间比平时晚。之后他仍然去了俱乐部，打牌输了很多钱。这使他感到很懊恼。

回到家后，他惊奇地发现，他的灵魂并未得到满足，而是有些茫然若失的疑惑。他强迫自己去想安娜，然后发现自己十分害怕与她再见面。

这是他第一次有了立即离开莫斯科的想法。

他躺在床上，读了许久阿纳托尔·法朗士的新作品。

早上，科列茨基醒来的时候心中已经有了坚定的打算——他要离开这里。他打电话给自己的仆人，并命令他去买到维也纳的票。然后他坐下来给安娜写了封信。在撕了几张纸后，科列茨基认为与安娜面谈更为妥当。

刚到中午十二点，科列茨基便觉得应该立即去找安娜。

在安娜的房子外面，有某样不寻常的东西使他感到震惊。他心神不安地按了下门铃。还是那位女仆打开了门。她的脸上布满了泪水。

房屋里已经能听到正在给安娜的遗体诵经的修女的凄凉声音。

艾路里与他的儿子

吴涵 译

一

凭借对迦太基[①]人头饰的研究成果而被学界关注的年轻科学家鸠特列伊尔，和他昔日的恩师、现在的朋友——科学院通讯院士布维里，曾在非洲西海岸隶属法国殖民地——刚果的南部地区马亚木巴从事考古发掘工作。那是一次个人资助的小型探险活动，最初有八人参加。然而，大多数队员因无法忍受恶劣气候，以各种理由离开了。只剩下了鸠特列伊尔——他是

① 迦太基是腓尼基人建立的古国，存在于公元前8世纪至前146年间，位于今北非突尼斯北部。——译者注

靠青年人的热情和不怕苦的精神克服了所有困难。还有老布维里，他毕生都梦想着参加自己专业领域里最重要的发掘工作，这一次多亏他年轻朋友的鼓励，才使其在晚年的时候实现了这一目标。发掘工作非常有趣，因为在这之前，没有人相信腓尼基[①]殖民地会越过赤道沿着非洲西海岸继续向南延伸。每天的工作都丰富了知识，并为公元前 9 世纪腓尼基及其贸易关系的地位开辟了新的前景。

然而，这项工作困难重重。除了鸠特列伊尔和布维里，参与该项目的欧洲人中只剩下他们的仆人维克多，而所有的工人都是非洲当地的黑人。确实，会有其他考古学家来接替那些离开的人，他们会带来法国的工人、必要的工具、武器、食品，以及鸠特列伊尔和布维里许久未能收到的信件、书籍和报纸。但日子一天天过去，期待的轮船仍没有来。罐头越来越少，不得不靠打猎续命，鸠特列伊尔特别担心弹药耗尽。如果惹怒那些已经变得躁动且郁愤的当地人，可能会非常危险。此外，法国人遭受了恶劣的气候和难以忍受的酷热，甚至白天都不敢碰触石头，否则就会灼伤双手。最后，这些勇敢的考古学家还遭受了当地严重的疟疾侵袭，之前，有几名探险队员都因患上此病而离开了。

鸠特列伊尔克服了所有困难。他每天靠吃有鱼腥味的海鸟肉为生，在附近的水源处喝些温水，同时还得跟那群暴躁的当地人一起工作，让他们听从于他的指令。每晚他还抽空做笔记，并详细记录所获得的考古宝藏清单。在一个岩石保护之下的小茅草屋里，已经形成了一座“博物馆”，里面的宝物已在地下沉睡了近三千年，现在重见天日，很快就会为研究腓尼基人带来一场彻底的变革。与此相反，老布维里的身体却每况愈下，

① 腓尼基是希腊人对迦南的称呼，迦南在希腊语中翻译为腓尼基（Phoenicia）。古代的腓尼基并非指一个国家，而是整个地区，相当于今天的黎巴嫩地域。——译者注

尽管他全心全意地想追赶上他年轻的朋友。老人更加难以应对生活条件的艰苦和疾病的折磨。工作的时候，铁锹或枪曾不止一次地从他的手上掉落下来，他倒在地上几乎失去意识。雪上加霜的是，布维里的疟疾开始频繁发作。鸠特列伊尔用奎宁还有急救包里的其他药物医治他，但老人的体力还是在逐渐衰弱：他的脸颊凹陷，眼睛透出病态，每晚都因干咳、发冷、发烧和谵妄而饱受折磨。

鸠特列伊尔早就决定等船到达后立即强迫他的朋友返回欧洲，但有很长一段时间他都不敢谈及此事。

鸠特列伊尔觉得，老人肯定会拒绝——作为一名科学家，他宁愿死在自己的岗位上，而且最近几天他经常谈到死亡。然而，令鸠特列伊尔感到意外的是，布维里自己提出要离开。他说，无论放弃这份工作对他而言有多么痛苦，他都不得不离开这里了，疾病迫使他必须离开，这样他才能死在家乡法国。在内心深处，鸠特列伊尔觉得自己被老人所说的最后一句话侮辱了。死于故土——这是一种极其迷信的愿望，他更倾向于科学研究；但从布维里所承受的痛苦来看，他当然赞成朋友的决定，并说出了在此情况下他应该表达的一切——发烧不是那么危险，它会随着气候变化而消退的，他们还有许多一起工作的机会，等等。

两天之后，布维里的举动让他的朋友感到更加震惊。那天发掘了一个新的、藏品丰富的墓穴。鸠特列伊尔欣喜若狂，他什么也没说，也没想任何其他的事情。但晚上布维里把他昔日的学生叫到自己住的那半间小屋里来，要求签署正式遗嘱。

“我很内疚，”布维里说，“我没有早点儿做这件事，但现在我也没有时间了。我一生只研究科学，从未有时间考虑自己的事。现在我的情况越来越糟，或许，我将永远无法离开这里了 因此我需要立下最后的遗嘱。

这里只有我们三个欧洲人，但是您和维克多足以证明我的遗愿。”

为了不让老人着急，鸠特列伊尔同意了。遗嘱是一份平常的遗嘱。布维里把他自己数量不多的一笔钱留给了自己的侄女，因为他没有结婚，也没有其他亲戚。

老人又将一小笔钱遗赠给了在他的家里居住了四十年的老女仆和其他一些人。这位老科学家将他在漫长人生中收藏的腓尼基与迦太基文物捐给了卢浮宫，还将一些珍藏品赠予了自己的朋友，其中包括鸠特列伊尔。

当他终于写到遗嘱的最后一点时，布维里担心地说：

“严格上来说，这一点不应该包含在遗嘱中。这个很简单——是我个人的请求。但鸠特列伊尔，你还是得听下去。”

布维里请求在他去世后，将他的尸体运回法国，埋葬在自己的故乡，同其母亲葬在一起。在说遗嘱的最后一点时，老人失声痛哭。他用断断续续的声音乞求鸠特列伊尔，要不惜一切代价帮助他完成心愿。

鸠特列伊尔强忍住心中的怒火，尽可能温柔、平和地回答道：

“得了吧，我亲爱的朋友！我绝不承认您病得像您想得那么重。如果我同意签署您的遗嘱，那么首先，这是为了让您开心；其次，是因为处理自己后续的事务的确有必要。但我仍要反对您这么做，因为我坚信您会好起来，并且最后会嘲笑自己如今的疑神疑鬼。”

鸠特列伊尔试探着对布维里说他的要求几乎不可行——既没有任何手段可以防止遗体腐烂，也没有密闭的棺材。再说，死后要是能葬于非洲棕榈树下，埋葬在一个伟大的墓穴遗迹旁，要比葬于法国的省级墓地好得多！在这种情况下，他唯一可以承诺做到的就是——先将遗体埋在非洲，然后再将其运往法国，但这样做很困难、很麻烦，而且最重要的是——没什么必要。

“我就是害怕这样！”老人绝望地喊道，“害怕你会如此回答我。但我求求你，我恳求你履行我的请求，无论成本如何，不然……不然我就必须暂时放弃挖掘！”

布维里不停地劝说、恳求、哭泣。最后，为了让老人平静下来，鸠特列伊尔不得不同意给他一个确切的答复，甚至向他发誓。遗嘱就这样立下了。

二

第二天，在日出之前，发掘工作重新开始了，开始挖掘前一天发现的华丽墓穴。

显然，腓尼基人的定居点比以前想象得要大得多。至少，被挖掘的墓穴显然属于一个富裕而强大的家庭，其中几代人——不单单在示道上这环境荒凉的非洲度过了一生，还建成了用巨大的石块堆砌、用浮雕装饰的坟墓。鸠特列伊尔不知疲倦地进行发掘工作，经常铁锹不离手。

坟墓的入口很难打开，这扇巨大的铁门，尽管已被锁了二十八个世纪之久，却仍需要用铁锹小心地撬开。最后，终于开辟了一条通道，使得新鲜空气渗入坟墓深处，鸠特列伊尔和布维里拿着火把走入墓穴。映入他们眼帘的场景能使任何考古学家为之疯狂——墓穴完全没有遭到破坏。

墓室中央的石头棺材像一个巨大的怪物耸立在石台上，周围放置着许多家居用品，有独具特色的两脚灯、军用炮弹、神像及其他物件，很难立即确定它们的用途。

但最引人注目的是，墓穴的内墙几乎完全被绘画和铭文覆盖。由于新鲜空气的涌入，壁画的颜色一如既往地迅速褪去，但是一些由黑色绘板所绘制的，甚至以一定深度嵌入石头中的铭文，却像是昨天刚刚完成的。这些尤其令鸠特列伊尔感到敬佩，因为他对腓尼基人的铭文知之甚少。他曾梦想在这里能够找到全新的历史资料——例如关于腓尼基与亚特兰蒂斯[①]之间关系的信息，这是施里曼[②]的侄子在叙利亚发掘的一艘船上的腓尼基碑文中发现的。

尽管天气炎热，但鸠特列伊尔仍专注于将所有文物转移到“博物馆”中，直到将两脚灯安置妥当后他才冷静下来。小心锁住墓穴的入口后，这位年轻的科学家才肯躺下休息，但等到炎热消退，他便再次开始工作。他开始抄写铭文并对其进行研究——即使是凭借他全面的语言知识，这件工作做起来也是非常困难的。直到晚上，鸠特列伊尔也只弄清了一小部分铭文和少部分数字内容，至少大约是破译了。

夜里，鸠特列伊尔坐在他的小屋里，在微弱的灯光下与布维里分享他的发现，并请他帮助解释各种难懂的符号。这一系列的铭文显然是一个简化家谱，可以追溯到十代、十二代。但其中一个包含了对墓穴“不速之客”的咒语。

以下是鸠特列伊尔对它的解释：

“以阿施塔特[③]之名，下至地狱，平和降于我身，艾路里与艾路里之子将长眠于此。长眠千年直至永恒。亲友同胞与吾之敌手，恳求朋友或是敌人——既不要碰我的金子，也不要贪图我的东西。如果有人迷惑你，切勿听他们的。但你要是胆敢看到这些文字后仍视而不见，你将受到地球上的

① 亚特兰蒂斯是传说中具有高度文明发展的古老大陆，其名称最早出现于哲学家柏拉图的《对话录》里，传说中亚特兰蒂斯以海洋之神的子民定居，据称其在公元前一万年被大洪水毁灭。——译者注

② 海因里希·施里曼（1822—1890），德国传奇式考古学家，特洛伊遗迹的发现者。——译者注

③ 阿施塔特（Astarte），腓尼基人的女神，也是土地丰饶和人口生育的象征，其地位相当于希腊的美和生育之女神。——译者注

诅咒，深入你的五脏六腑；你将食之不进，饮之无用；你将无处安息，无处安葬，断子绝孙。太阳将不再温暖你，你将变成无源寻水的树木，恶魔的折磨将时刻伴随于你，你将变得丑陋、无情、不知悔改。”

后面还有铭文，但它的结局却难以理解。布维里在深深的沉默中听了对铭文的翻译，并拒绝参与将其解读完成。他推托身体不好，退到了隔板后面。但是，鸠特列伊尔仍继续研究他的笔记，细细查询他带来的书，思考每个句子，并试图破译所有文章的深层含义。

三

深夜，当鸠特列伊尔已经疲惫不堪地进入梦乡时，布维里突然把他叫醒了。这个老人点燃一支蜡烛，蜡烛的光似乎比往常更加苍白。他蓬头散发，整个人的表情极度恐怖。

“怎么了，布维里?”鸠特列伊尔问道，“您不舒服吗?”

无论从梦境中挣扎出来有多困难，鸠特列伊尔都努力打起精神，因为他记得，他的老朋友尚且病重。布维里没有回答问题，却用一种呼吸困难的声音问道：

“您看见他了吗?”

“看见谁?”鸠特列伊尔反问，“我今天白天实在是太累了，根本就没做梦。”

“这不是做梦。”布维里悲叹道，“我看到他向我走来。”

“谁?”

“那个腓尼基人，我们挖了他的墓穴。”

“您有些神志不清了，亲爱的布维里，”鸠特列伊尔说，“您发烧了，我去给您拿药。”

“我没有神志不清，”这位老人顽固地反驳道，“我非常清楚地辨认出了这个人。他刮过脸，没有胡子，但他的脸上有皱纹，穿得像个战士；他站在我的床边，威胁地看着我，说……”

“等等，”鸠特列伊尔打断了他，试图让他的朋友恢复理智，“他用什么语言跟您说话？”

“用腓尼基语。我不知道，可能是，在其他时候我或许无法理解腓尼基语，但在那一刻，我字字句句全都听懂了。”

“幽灵对您说了什么？”

“他对我说，‘我是艾路里，那个是我的儿子，你们这些外来人，不畏惧这个诅咒，打破了我们的和平与安宁。为此，我要报复你，我的遭遇也将降临到你的身上。你的遗体不会回归祖国，你将成为豺狼和鬣狗的猎物。我会在梦境与现实中折磨你一生一世，直到你死去’。这是他说的，我以为您也见过他。”

鸠特列伊尔毫不怀疑，此时他的朋友病情发作了，他们在有重大发现后很容易受炎热影响，从而对死亡产生想法和焦虑。鸠特列伊尔想开导老人，他并未提醒老人鬼魂只是视觉上的一种幻觉，但他试图解释这种情况的不可能性。

“我们已经挖过墓穴了，”鸠特列伊尔说，“我们不是侮辱那里的遗骸，也不是为了从中获利，而是为了无私的科学发展。艾路里和他的儿子没有理由对我们生气。”

“科学复原了过去，我们还原了古代的腓尼基，使艾路里重见天日。腓尼基人应该感激我们将其从遗忘中召回——要是没有我们，在当代，您能知道在千年之前，艾路里和他的儿子生活在非洲吗？”鸠特列伊尔跟老人说话时，就像跟一个生病的孩子说话一样。

起初，布维里不听他的任何解释，还提出无理的要求：将所有文物都立即放回坟墓，再一次将墓室填满。然而过了一会儿，他开始一点点地屈服并同意将该决定推迟到早上实施。之后，鸠特列伊尔把老人抱到床上，用毯子将他裹起来，因为他开始打寒战。鸠特列伊尔后来一直坐在他旁边，直到病人在不安中沉沉睡去。“这种疾病的破坏力太强了，即使拥有最聪明的头脑也难逃一劫！”鸠特列伊尔忧伤地想。

四

第二天，鸠特列伊尔的论据的辩证性和无可争议性使其占据了上风，布维里承认他看到的都是热性谵妄导致的。他也同意，对科学和人类而言，重新填满被发掘的墓穴将是一种罪过。之后他们便以同样的热情继续工作着。在艾路里墓穴及其相邻的墓穴中，找到了更多对历史学家有价值的文物。为了着手挖掘这座城市，朋友们只需等待装有必备工具和欧洲工人的船只到来。

然而，布维里的健康状况依然没有得到改善。他没有退烧。夜里，他时常尖叫，并在极度恐惧中跳起来。有一次，老人承认他再次看到了腓尼基人艾路里来到他面前。鸠特列伊尔发现与他的朋友开玩笑很有用，布维里也不再谈论自己的幻象了。然后他日渐憔悴，甚至开始出现精神错乱的迹象：他害怕黑暗与夜晚，不想进入“博物馆”，之后便彻底不再参与挖掘工作了。鸠特列伊尔对此摇了摇头表示无奈，并更加急切地等待轮船的到来，希望这次返回法国的航行对老人能有所帮助。

但朋友们并没有等到轮船。当轮船终于到达时，在探险队成员居住的小村庄遗址上，除了大量的灰烬和烧焦的木板，什么都没有。很显然，当地的工人叛变了，杀害了欧洲人并洗劫了他们的财产，带走了他们的“博物馆”里的东西。为丰富腓尼基研究而做出巨大贡献的鸠特列伊尔和布维里最终牺牲了。

季娜依达·吉皮乌斯

杜撰的故事（围炉夜话）

我的初恋

心儿啊，安歇吧……

安静的，可怕的

季娜依达·吉皮乌斯

季娜依达·吉皮乌斯（1869—1945），俄罗斯文学白银时代极具个性与宗教感的女诗人之一。她是象征主义哲学家、诗人德米特里·梅列日科夫斯基的妻子。吉皮乌斯以诗作闻名，她将象征主义完美地融入诗歌创作中，其作品清澈明快、意象舒张，具有强烈的宗教意味。代表作有诗集《1889—1903年诗集》《1903—1909年诗选》《1914—1918年，最后的诗篇》《闪烁集》等。此外，吉皮乌斯还著有小说、剧本、回忆录、文学随笔等多种形式的作品，其小说和戏剧的主题大多关于爱情、女性、死亡和人生，作品同样展现出极具特色的象征主义风格，表达其宗教哲学观点。虽然吉皮乌斯的创作中心在诗歌领域，但她曾这样评价自己："相较于诗人而言，我更是个小说家和批评家。"

杜撰的故事（围炉夜话）

刘阳 译

一

子夜时分，五个老朋友坐在炉火渐熄的壁炉边聊着天。

很多人以为当下不会有这样的事儿了。19 世纪初，这种事偶有发生，到了世纪中叶，这种现象就慢慢多了，后来到屠格涅夫时代似乎就经常能见到。而现在，无论是国内（俄罗斯），还是国外，比方说法国，就几乎听不到这种事。至少小说家们不会给我们讲这个了。兴许，他们怕自己的讲述太冗长，让忙碌的读者受折磨；兴许，他们不一定想把朋友的故事加工成自己的艺术；又或者，可能实际上他们也没有一群像他们这样能在炉边坐下来，倾听彼此、愉悦彼此的朋友了——谁知道呢？但即使很少有，这种事儿在当代也时有发生。至少发生在我给你们讲述的这个夜晚。

这五个人不单单是老朋友，而且也都是有些年岁的人。其实也算不上岁数很大——四五十岁，但他们都是单身。可能正是因为这个缘故，他们能一起坐在壁炉旁倾听彼此。有人吸着香烟，有人抽着雪茄，氤氲缭绕，气味芬芳，有人还慢悠悠地呷着杯子里馥郁芳香的葡萄酒。成熟、安静的单身男士身上总有一种特别的、温润的气质。听的时候，他们全神贯注，整个人都沉浸其中，随时准备加入话题。他们总是一副愉快和认真的表情。他们对外部世界充满了兴趣。不论是别人还是自己对世界的态度，都同样令他们兴趣盎然。和这些单身男士不同的是那些已婚男人，他们关注的主要是自己身边的小事，一旦对这些小事失去了兴趣，他们就会心生烦恼；一旦解除了烦恼，他们又开始沮丧——总之，他们的小格局多多少少会影响到他们对大事的体悟。

大家聚在利亚茨基家。利亚茨基体格匀称，看起来比较年轻，约莫四十五岁。有一头波浪般的银发，笑容和善。不过，他的眼睛看起来带着些许严厉之色。他当过某管理局的局长，在那样的岗位上竟然还深受爱戴。其他人几乎都不像是他的同事，而是他中学和大学时代的同学。尽管毕业后大家走上了不同的道路，但学生时代结下的亲密友情一直保存至今。

深色的壁纸，深色的帷幔，深色的地毯，沉重压抑的深色家具。一盏孤独的灯在低低的灯罩下散发出柔和的光。壁炉里的煤烧得正旺，跳动着蓝色的火焰，暖暖的。大家谈论着未来，简单地说，就是谈论每个人未知的命运，以及想参透这种未知的愿望，谈论对未来的预言和预感。似乎未来有什么特别之处吸引着这些半辈子都快过去了的、不再年轻的人吧？不，他们谈论的可不仅仅是他们自己，而是所有人，无论是年轻的还是年老的，谈论他们的追求和命运法则。

"古时候，"利亚茨基说道，"当人们信仰不可战胜的命运之神时，也还要编制占星图、问神，这是为什么呢？知晓未来命运的俄狄浦斯[1]并没有逃脱掉自己的命运。现在我们信仰自由的个人意志，可不知从什么时候开始，我们也需要预言家、占星图了，需要去信仰他们。对未来的知晓可以改变我们的生活，可以让我们重新审视生活。"

"你真这样认为？"一位身材瘦削颀长的朋友问道。他衣着光鲜，嘴唇上留了一小撮花白胡子，坐在壁炉旁的椅子里，几乎不怎么说话。从他温和、谦逊的举止来看，他应该是外交官——一个经常听别人讲话但也擅长讲话的人。他叫波利托夫。

利亚茨基不紧不慢地回答道：

"是的，我认为是这样。那你……"

"我不这么认为。你让我想起了一件奇怪的事情……一次邂逅……但我从来没有忘记过它。这件事说来话长，如果你们想听，我就给你们讲讲。不知道为什么，我从来没有对任何人说起这件事。可能只是没有恰当的机会吧。但今天我们的谈话一下子让我想起了它。这是很多年前的事情了……"

下面就是波利托夫讲的故事。

---

① 俄狄浦斯是欧洲文学史上典型的悲剧命运人物。他在不知情的情况下杀死了自己的父亲并娶了自己的母亲。俄狄浦斯竭力逃避神谕所示的命运，而这逃避本身恰恰在实践着神谕。——译者注

二

年轻的时候，当我刚开始做事时就被派到俄罗斯驻法国大使馆公干了。我在那里待了好几年，渐渐住惯了，还结交了一些朋友。很奇怪，我和画家、文学家的圈子走得比较近。他们中有令人厌恶、极为庸俗又陈腐的人，但也有充满了活力和智慧、我愿意与之交谈的人。因此我并不孤独。尽管那时我才二十五岁，很年轻，但我并不喜欢浮夸的法式享乐。即便在当时年轻的我看来，这种东西也是简单而无聊的。不过，我并不回避人群，遇到机会也不拒绝接触外界。

有一次，通过一位画家朋友勒布伦的介绍，我出席了另一位知名画家——德高望重的埃尔登先生举办的豪华宴会。宴会在他的私人酒店举行。为什么举行酒宴，我已经想不起来了。是开幕酒宴还是闭幕酒宴，我也不记得了，但酒宴很隆重，就像大伙儿说的，整个美术圈的人都来了。来宾中有女士。我记得那长长的条形桌和它折射出来的光芒，记得桌布上那散发着浓郁气味的花儿和那位善良的女主人——埃尔登夫人。她身体有一种富态，美丽端庄，整个人光彩照人。她致了谢，笑意吟吟，娴静优雅地和大家碰杯。

我的朋友忙着和他左边的女客人热烈地谈论着什么。右边的女客人也没和我说话。我形单影只，身处嘈杂的人群却仿佛置身事外，他们的欢笑里没有我。我很高兴不用说话，可以四处看看。我打量着对面的一张张面孔。我从右面看起，一张、两张、三张……当你迅速把视线从一个人身上移到另一个人身上，你会觉得这一张张类似的面孔是那样神奇地变化着，因为尽管人们面貌各异，但彼此间总是有着某种令人不快的、毋庸置疑的相像之处……

四张、五张、六张……突然，我的目光停住了。我已经看到了桌子左面的尽头。我的目光戛然停在一个女人身上。她坐在我的左斜对面，靠近主人的位置。一束凋萎的白玫瑰稍稍遮住了我的视线，但略微低点儿头就能看见她整个人。不要惊讶于我还记得这样的细节：如果说第二天我还能遇到那位勒布伦先生，就算他没什么变化，我也认不出来。但那个女人，我想我认得出来。如果在我讲述之后你们看见了她，你们也会认出她来的。

描述她的外貌很容易，因为她的长相并没有什么特别值得圈点的地方。标致，脸色有点黯淡，安静。看起来很年轻，可能不到三十岁。平滑的弯弯细眉就像所有古代肖像画上的那样。一头缺少光泽的深色头发不是很蓬松，服服帖帖地垂向脸颊。仅此而已。她穿着一袭黑裙，领口开得很奇怪，又低又窄，露出一块下垂的白色肌肤。我甚至看不到她的眼睛，她把眼睛垂了下去。她像我一样，没有说话。

过了一会儿，她说起话来。她笑了一下。嘴巴很小，嘴唇很红，有一口细密的牙齿。她年轻、好看，是那种平常意义上的好看，甚至是我不太中意的那种好看。她在我心里激起的不是赞叹、愉快，也不是讨厌，而是恐惧。是那种我们都有过的、无法言说的、邪恶的、可怕的恐惧……但哪怕小时候独自在漆黑的夜里，我也没有这样害怕过。这种恐惧和其他恐惧不太一样，因为这恐惧里只有一半是恐惧，而另一半是兴奋。这兴奋如此特别，俨然是一种邪恶的、不怀好意的、任何兴奋都无法比拟的兴奋，而这恐惧也是任何恐惧都不可比拟的。

但我不是小孩子，我开始不由自主地判断起来：她身上到底有什么可怕的地方？她不过是一个普通的女人而已。长得标致、年轻……

年轻！对，就是年轻！这就是问题所在了。她当然年轻。还不到三十岁。二十七岁或二十八岁。

不，问题绝不止这些！她看起来既像二十七岁，又像五十岁、八十岁、一百二十岁——不，二百岁、三百岁，甚至一千岁。哦，天啊，我不知道了！但毋庸置疑，从表面上看，她不超过二十八岁。

我转身问我的朋友勒布伦：

“嘿，伙计，耽误你一会儿，埃尔登先生左边的那位女士是谁？”

被打断聊天的勒布伦漫不经心地瞥了我一眼：

“哪位？穿玫瑰色衣服的那位吗？”

“不，不，再左一点儿，穿黑裙子那位。她叫什么名字？”

“哦，这位啊。她叫什么名字？她是女伯爵伊冯娜·德·休佐尔。”

“那伯爵呢，她丈夫，也在这里吗？哪位是？”

已经又要转过脸去的勒布伦吃惊地说道：

“她丈夫？她还没嫁人呢。她是已故伯爵德·休佐尔的女儿，就是那个……”

说完他头也不回地离开了我，他相信自己说的已经满足了我的好奇心。

我没再追问，便又打量起这位伯爵小姐。这时她抬起了眼睛。这是一双多么让人震惊和不安的眼睛啊！惨白的，大大的，目光直视人心。我不知道她的眼睛到底是有点儿蓝，还是有点儿灰，只是没有一丝血色，像用杂色水晶做的一样。非常苍老，了无生气。但这毕竟是一双年轻的、活生生的眼睛。

当我看到她的眼睛时，我知道我错了。在我暗自思忖她有三百岁、五百岁、一千岁的时候，我陷入了一种不由自主的、不切实际的夸大。

不，千年于我们常人而言几乎是永恒，永恒的东西永远不会老。伯爵小姐尽管年轻标致，却恰恰因为带了人类衰老的气息而显得苍老——离这种衰老不远的就是死亡!

我看见伯爵小姐那黯淡的眼神停驻在我的身上。目光十分平静，并不冷漠，似乎不是偶然间看到我。她看着我，就像很早以前就认识我一样，但她并不因这次相遇而感到惊喜。她那样地看着我，以至于我也目不转睛，甚至有点不礼貌地盯着她那张无可争议的标致又年轻的脸。勒布伦这时主动跑到我这儿来，使我终于将目光从她身上移开了。

“您问我伯爵小姐的事吗？是不是很有趣的一张脸？这脸蛋尽管长得有那么点儿意思，但它拒人千里之外。您发现了吗?”

我想他什么也没明白，也不会明白，因此我含糊地说：

“可能……”

“是的，一个可爱的姑娘，一个好同志。尽管，说实话，我并不是她作品的热衷者，她有自己的风格，自成一派，有某种独特的东西，但……”

“请问，她的作品是什么?”

“见鬼，就是她的那些画啊。难道我没跟你说过她是一位画家吗？她在最近一期沙龙上展出了她的画和一些手稿。她很有名，大概你也发现了。她就是著名画家‘Re’啊!”

“Re”!就是那位用两个不同寻常的字母给自己的油画签名的画家吗？她就是“Re”吗？我不敢说由于这个发现，某些事情变得明朗了，恰恰相反，是变得更混乱、更复杂了。我怎么会不知道“Re”呢？大家都在谈论她。人们说她的画“令人心生沉重”，所有人都像应该明白这句话一样理解这句话的意思，但我却什么也不明白。我记得我是晕头晕脑地走开的——不仅脑袋里杂乱如麻，而且整个人都是蒙的。我很快想起去年看过的她的一幅画——《篝火》。一般来说，画是不应该被描述的，也不需要描述。《篝火》中令我困惑的地方已经不能用言语来表达了。语言太苍白了。这幅画似乎画得不错。画面四周是一片漆黑，画的中间是一团大火。左右两边各有一位半裸的老妇，其中的一位老妇身后有一个影子，所以画面上似乎是三个人。两位老妇人中的一位身材高大。画面上就这些。老妇人骨骼硬朗，身强力壮。第三位老妇人，就是那个影子，体型高大，但很轻盈。画面上别无他物。看不出任何意义——只有上帝才懂得这幅画的意义！但这幅画让人印象深刻，它会打破你内心的平静。

酒宴还在进行。人们吃啊，喝啊……当勒布伦看见我又打量着伯爵小姐时，他便开始和我攀谈起来，话题又转到了这位“Re”小姐身上：

“当这位怪人——伯爵小姐的父亲死的时候……”

我打断了他的话：

“我从未听说过这位伯爵。”

“真的吗？我还以为你听说过他呢。伯爵小姐的命太好了。她的父亲休佐尔是个百万富翁，也是一名隐士，曾经有十六年没认她当女儿。她和她半疯的母亲生活得十分困顿，她抽着空去学习，跑去卢浮宫和绘画学校学画画……忽然，一切都变了——她父亲把她和她妈妈接到了身边，不过她妈妈很快就死掉了。她父亲用皇家般的奢侈对待她这个女儿，给她请最好的老师，让她旅行，给她自由和他所有的爱。据说他死在自己女儿的怀里，死前除了女儿没让任何人靠近。”

“那现在呢？”

“现在她独自一人生活，住在堪比皇宫的大房子里。她称不上隐士，但也差不多了。”

“还没结婚？”

“那您想怎样呢？她可是位女艺术家，谁敢娶啊！”勒布伦不假思索地迅速回答我。之后我们就再也没有谈论伯爵小姐。

当拖沓冗长的宴会一结束，我想也没想就穿过人群向这个女人走去。我甚至没想到让勒布伦去为我引见。

三

近处的她看起来和远处时一样。只是我能看得更加清楚。她身材中等，瘦瘦的，裙子很长。她背对着我站着，正在钢琴旁和一个老头聊天（这时我们已经进到客厅）。我刚走近她，她就立马转过身来向我伸出了手，这令我很惊讶。接着，她又像对一位老熟人那样对我说道：

“您好！您是波利托夫先生吧?”

那老头立马走掉了。我有一点不明白……难道只有我一个人在她身上看到我看出来的那些东西吗？其他人什么都看不出来？不过，也有可能是他们习惯了，接受了她这个样子。要知道，即便是漫不经心的勒布伦，都说她是“一个奇怪的女人”，说她“死板得要命”。话说得有点儿粗糙，但在他看来，大概就是这样了。

我发现，在近处的人群中，她那苍白的脸上现出的孱弱和清秀使她看起来十分年轻。她比我最初想象得还要年轻。看上去也就二十五岁左右……

和她说点儿什么呢？她用黯淡、涣散、空洞的眼睛盯着我，微微笑着。这是一双八十岁人的慈祥的眼睛。

该说点什么了。我想聊点能聊的东西，比如她的画什么的，但我却突然说出了几乎不可能说的话：

“您让我觉得很奇怪。”

她依然镇静自若地看着我：

“您当然知道我为什么让您觉得奇怪。”

她的声音很平静，甚至有点低沉。这是年轻的声音，发音有点拖长。她说话时完全不是问询的语气。她的嗓音里包含着一种不容置疑的肯定，这声音仿佛不能再高，否则就变成提问了。

“知道一些，”我说道，同时努力让自己说得准确，“但不完全知道。我心里有很多不明白的地方。”

“是的，完全知道是不可能的。但是可能您知道的地方，您说得都对。我非常喜欢您。您很深邃。”

“但我不喜欢您！”我不自主地高声说道，“就是说，既极其喜欢，又极其不喜欢！既高兴，又害怕！这无法用语言解释……”

“因此这令您痛苦，”她说出了我没有说完的话，“那您就说说可以用语言解释的东西吧。”

于是我一字不差地向她讲述了她坐在桌子后面时我所想象的关于她的一切。是的，我就这样讲了，甚至没有想想措辞。我的朋友们，你们是了解我的。你们一定会相信这个女人身上有某种不同寻常的、无与伦比的东西。因为你们无法相信，也无法想象，我这样一个受过良好教育、天性持重、当外交官的人会和一个陌生的法国女人、一位女画家那样讲话。请相信我，不要说对她说谎，就是对她说点什么不太准确的东西，你都做不到。至少我做不到。不知道其他人怎样。似乎，和她说话的人也不多。

她静静地、一动不动地听我说话，哪怕我在她面前已是第十次重复着我的台词。我想不出其他更好的比喻了。当我说完话时，她说道：

“您说得对。虽然这是您最初的猜测，但没错。您这样想没问题。我确实既可以说是二十六岁，又可以说是八十一岁。的确是这样。”

“您这是在搞什么名堂！”我几乎憎恨地喊起来，“您想利用我无法解释的想象去故意强调它？您为什么要这样？”

但她甚至笑都没笑一下。

“不要生气，亲爱的。我们现在最好还是做朋友吧。常到我家里坐坐吧。晚上我都在的。现在我们聊点别的。关于这个话题，我们随时都可以再聊的。”

她在谈笑间以一种惊人的引导力把话题转到另一个不寻常的重要问题上，因为我不仅没有发现这种转换的不自然之处，甚至也没有发觉话题是怎么转换的。我们聊了很久，什么都聊，也聊到她的画。她的声音和话语里还是有那种不容置疑的自信，呆板的面孔，深不见底的忧郁，年轻清纯的外表之下的苍老，我曾在她眼里见到过这种老态。无论在她的眼里，还是在她的声音里，这种老态都令我感到震惊和恐惧。不能结合在一起，主要是不应该结合在一起的东西结合到了一起。

无论我和她说什么，我的话题始终只有一个，那就是她。

四

如果跟您说我爱上了这个女人，那还不至于。说喜欢上了她？不，也不是。但我越常见到她（我开始每周去她家里一次，后来是每周两次），越多地和她交谈，越多地看着她，我心里就越多地滋生出魅惑的恐惧和又喜又怕的感觉。我已经不能也不想和这种感觉抗争了。我愿沉醉其中。

她一个人住，极少出门，总是忙于工作。有时候有人来拜访她，但拜访者似乎不那么情愿去拜访她，就像她也不那么情愿接待他们一样。我发现，对其他人而言，她身上确实有种使人感到疏远的东西。可能就是我在她身边感受到的那种奇怪的、并非爱情的奴役感吧。人们从她那儿离开，并没有认真想过到底是她身上的什么东西使人不快——因为彼此的交往就到此为止了。

有时候，我觉得如果她的身上没有那种令人费解、折磨意志的东西，我会像爱一位美妙的女子一样爱着她，会非常认真地爱她。一开始我并不喜欢她，确切说是一开始我就被她脸上那种说不清道不明的东西吓到了，没有更多想法。但后来，我尽最大的努力去想象这张脸，须臾之间，我会把这张苍白的面孔想象为充满活力的少女的脸庞。可一想到她，以前的那种恐惧又立刻袭上心头，并且这种恐惧会因为巨大又无法接受的痛苦而更加强烈，这痛苦就像我们永远失去心爱之人时所感受到的那样。

后来，我就完全忘却了那模棱两可的爱，在这个可怕的女人面前，我像是被她那既无女性温柔又缺乏仁慈的精神枷锁铐住了一般。

我们最常待在她工作室旁边的小客厅里，确切地说是书房里。那里的家具就像今天我们这里的一样，灰暗、沉重，壁炉里的煤时不时地泛着红色的光。她住的酒店真的就像一个阴森的宫殿。每次我都要穿过一排死寂无声的大厅，才能走到通向书房和工作室的楼梯处。

伯爵小姐接待我时总是很温柔、稳重、漂亮，总是穿着孝服一般的黑色长裙。

是的，很稳重，很……但我发现，她也毫不掩饰，她对我的温柔和好感在与日俱增。我对她总是很坦诚。我对她也不能不坦诚。她知道我对她的所有看法，知道我与日俱增的、恐惧和欣喜交织在一起的痛苦。她似乎不仅明白我的痛苦，而且还能化解我的这些痛苦，然而她并没有去化解它。有时，她听我说话，一言不发，或者用很小的声音说出几个不容置疑的词，话语中透着安静、忧郁和遥不可及的温柔。而我也从不固执己见，不强求，不追问，不催促——因为我不能这样做。就像慢慢地走一段路，想要随意地缩短行程是不可能的。

当我一个人独处的时候，痛苦的感觉就更加强烈。而她身上有种强大的、令人顺从的安静。所以她在我身边的时候，我的心就安静了下来。

就这样过了一个冬天，我们成了无话不说的亲密朋友。最终我也没有弄明白自己和她，就像当初我们相遇的那一天一样。

似乎没有她我就活不了，但和她在一起我也是活不成的。一种不可名状的沉重感越发强烈。我尝试一周都不去见她。这时已是春天。最终，一周后我决定去找她，但不是马上去，而是再等个三天左右。但这个计划并没能实现。早上我收到了她的第一张便条，她在上面写道："我的朋友，请今晚到我这儿来吧。伊冯娜·德·休佐尔。"

我想都没想过要拒绝。约定的时间到了，我也到了她的家里。

五

伯爵小姐在楼下迎接了我。我们一起走过长长的、空寂的大厅，上了楼梯。

壁炉里炉火正旺。天花板反着光，四周墙壁昏暗。她坐到炉子边高高的靠背椅里。炉火红色的反光映照在她高傲、年轻又威严的脸上。那双涣散、苍老的眼睛没有因为光线的炽热而发生变化，还是那样黯淡没有生气，但依然美丽。

在我看这双眼睛之前，我说出了自己一直以来的想法：

"伯爵小姐，您奇怪为什么我这么久没到您这里来吗？"

她回答说：

“不，我不奇怪。”

我一下子回过神来，她不曾也不会奇怪的。

她继续说道：

“您明白了吧，我现在该和您讲讲我自己了。以前我不可能讲，也不需要讲，而现在需要说说了。因为……或许，我们很快就要分别了。”

在说“或许”之前，她停顿了一下，又特别着重地把这个词说出来。我猛然间想起，这是我第一次听她说这个词。她从来不说“或许”“我希望”“我认为”“可能”这样的话……但我刚意识到这一点，整个人就分明听到“分别”这个词了。

“您要走了？”我几乎是喊着说出来，“我们要分别了吗？”

“是的。我不走。但您……或许要离开了……”

又是一个“或许”，并且也是加重语气说的。

“我哪儿也不去！我没想过要走，也没计划走！我们为什么要分别？”

她沉默了一会儿。

“总之您是要离开的。”最后她说道，“不管您想不想，都是要走的。今天我该告诉您，您所不知道的事情。我告诉您这些全是因为我爱您。”

她以一种平常的、不容反驳的、谦卑的平静态度说出这番话，以至于我也同样平静地用心听着她的这些话。我想不出来该如何回应她，是爱她抑或是不爱她。我对她的感情超过爱情，又比任何一种爱情都难以名状。

“如果需要讲，那就请讲出来吧，”我说道，“我也觉得现在该讲讲了。”

一时间，一种奇异的平静，几乎是茫然笼罩了我。我就这样听完了她漫长又波澜不惊的讲述，清晰明了，也让人心生畏惧。

下面就是她对我讲述的一切。

六

您知道，休佐尔伯爵出于各种原因没认我这个女儿，我和我的母亲远离他十六年多。十七岁以前，在一切发生改变的那一天以前，我都没有见过他。我们住在巴黎，生活贫困，母亲还生着病。我不得不习惯了独立，拥有我这个年龄的年轻姑娘们少有的自由。我在学校有很多朋友——因为对画画无法抑制的爱，我上了绘画学校。我有着超越年龄的充沛精力，活泼、炽烈、热情。父亲对母亲的不公平待遇长久地折磨着我，使我愤怒，让我一想到这一点就攥紧拳头：我恨他，我的父亲。我把自己命运的不顺也归罪于他。我本可以不像当时那样学习画画的，我本可以成为一个有出息的人……我对自己充满希冀和信心。但我也想过，如果最终生活让我遍体鳞伤，我将永远从这个世界上消失。

对自己命运的思考折磨得我十分痛苦。有时候我因一连串没来由的、无法回避的恐惧和不幸而感到害怕，思考着怎么克服它们，我和我的母亲将面临什么。我惊慌失措，整夜哭泣。有时候又恰恰相反，我心里充满了对美好和至上幸福的无限希望。我想行动起来，最好是迎面而上——但该怎么做，该往何处走，不得而知。不要忘了，我是一个人带着一个半疯的妈妈，而我那时也不过十六岁而已。

有一次，我学校里的一个女友——一个上流社会的姑娘告诉我：“现在整个巴黎都在为一个新出现的占卜家、预言家所疯狂。大家都说他是一个出身显贵的法国人，他在埃及、印度还有其他什么地方待过很多年，长期研究这些国家的古代智慧秘术，他不用最猎奇的、招摇撞骗的法子，不用催眠和鬼把戏，就能简简单单地像古代那些有先见之明的人一样预言。他很有钱，而且占卜不收钱——这一点让高度不信任他的人怀疑他是否在骗人——他占卜从来都是来者不拒。人们争先恐后地请他进入上流社会的客厅。但是，他逃避参加聚会。”

过了一段时间，我在报纸上看到了同样的内容。我考虑了几天，然后打定了主意，在一个晚上（白天我很忙）去找他。

我觉得我在做一件大胆的事。一个人几乎是连夜到占卜师那里……多么可耻的一件事！多么愚蠢的迷信！他大概是个骗子……那就让他是个骗子吧！干吗不去呢，反正心里好奇。我想象着他家里的摆设是什么样的，他从印度、埃及都搞来了什么玩意儿……

看到楼梯的那一瞬间，我失望了，这楼梯让我坚信他是个骗子。都说他有钱，可怎么看都不像。那是一个贫困街区里的一套普普通通甚至有点儿寒酸的小房子。我的心怦怦地跳，我按了门铃，期待着能在那里碰到很多人。这甚至让我提起了一丝精神。

没有什么让人感到惊奇的，开门的是一个邋邋遢遢的家庭女工。她马上把我领进一个小小的接待室。屋子里没什么像样的家具，空无一人。我刚想坐下，隔壁房间里就走出一个其貌不扬的老头。他穿着灰色长袍，人小小的，有点儿秃顶，面部有一小绺花白胡须。他就是占卜师本人。

我不喜欢他那张皱皱巴巴的小脸，带着亲昵、狡黠的微笑，看上去有点儿好笑。

他没问我姓甚名谁，为何而来——他很容易就能猜到。他在一张狭长的木桌后坐下来，坐在灯旁，让我坐在他对面。他温柔地请我伸出手，伸手时我已经没什么不好意思的了。这都不是主要的！他端详了我的手掌好久，然后问了我的出生年月、日期。接着又看了我的眼睛好几次。

他讲得时间越长，我就越懊恼，差不多是愤恨了，还夹杂着些许嘲笑。终于，我把手从他手里抽了出来，不无鄙视地冲着他的脸大笑起来。

“这就是您能和我说的，是吧？”

“是的，我的孩子……这一切是我从您的手上、眼睛里看出来的。等待您的将会是令人羡慕的命运。您会很有钱，会出名……会遇到一些不顺，但都能过去。很多年里，您都过着富足、光鲜的生活，您会有幸福的爱情，但不会结婚……会生几次病，但都能康复，因为您的寿命很长……”

总之，他又重复了一遍最开始说过的话，在个别地方增加了点内容，但总归还是那几句。这些可恶的，什么也没说且什么也没保证，却又什么都保证了的枯燥无味的话使我几近发狂。好像有一个恶魔控制着我，而且越来越强烈。终于，我喊了起来：

“带着您卑鄙的欺骗滚开吧！你们这些骗子，一点儿想象力都没有的家伙！全世界的占卜师对老实人讲的都是同样的话，净说些对谁都左右逢源的话！无外乎长寿啊……爱情啊……疾病啊……不顺啊……雨过天晴啊……随便哪个女厨子看着牌也能说出来——猜都能猜得到！所谓的古代印度智慧在哪儿啊？哪儿也没看出来！真无聊！”

“我的孩子……”老头刚要说话。

但我打断了他。我当时过于激动和痛苦。我腾地一下从椅子上站起来，站在他面前，以意想不到的激烈的语气说道：

“不，如果有人能预言我的，听着，是我的，我的未来，我就相信他。世界上没有一样的人，也没有一样的命运。我要的是我的命运，我的幸与不幸，表达我的情感的心灵——这些我都想听，给我讲讲这些吧。如果可以，您给我说说，装饰着我未来幸福的房间的壁纸是什么颜色！给我展示一下我未来爱人眼睛的颜色！那时我就会相信的确有智慧、先知、预言的存在！但是您不能。您就歇歇吧。用您的‘古老科学’去安慰其他人吧！”

“我的孩子……”老头又开始说。

我看了看他。他收起了笑容。我觉得他突然被吓到了，而他那个样子也吓到了我。我沉默起来。沉默的还有他。然后他很奇怪地说道：

“是您吗？”

他苦笑了一下，但和此前完全不同。在这笑声里，窃喜糅杂着怜悯。我不知道该说点什么。

“真的是您吗？”他又问了一遍。

没等我回答，他继续说：

“您想知道自己这辈子的命吗？细到爱人眼睛的颜色、心跳最后的时刻和……”

“您嘲笑我！您毫无意义地重复我的话！是的，我当然想知道这些，怎么不想！我知道这不可能，我鄙视您和您所谓的‘科学’，因为我不需要知道其他的东西。再见吧！”

我本已走向门口。说句公道话，他并没有阻拦我。但当我看了他一眼后，我停下了脚步。

于是他接着说：

“真的是您。曾有人告诉我，有一次，并且只有一次会有一个女人到我这儿来，会提出像您刚才提的那样的要求。只有这一次我被允许答应她的要求。注意，是被允许，不是被命令。如果您拒绝实现自己的愿望，我是可以不说的。”

他说得我忽然就相信了。

“永远不会拒绝！永远不！哦，如果可以，求您了！快点儿，快点儿，如果可以，请您马上就说！”

“您不需要求我，”他语气近乎严厉地说，“如果您不反对，我可以马上说。但今天，现在这个时候，我不能说。您需要想想，您要问点儿什么。

回家想想吧。如果想过之后还要来问，那就明天这个时候过来。如果明天您不来……”

我明白不能和他争辩。我只说了句：

“好，我明天来。我当然会来！没什么可左思右想的。”

“不，有您可想的。”他坚持说道。他站起来，把我送到门口。“想想，想想吧，我的孩子。并且……”他靠着门，突然低声说道，“在您想的时候，向那些认识和想要祈祷的人祈祷吧。”

七

期待、激动和高兴让我一晚上没睡着。在那个老头说出最后一番话时，不得不让人相信他。我对他坚信不疑，只是懊恼于他固执地把事情往后推了一整夜。有什么可想的呢？有什么可怀疑的呢？我被赋予了这样无上的幸福，这种获知未来的力量！未来之秘即将在我眼前打开！人们一门心思地想知道哪怕部分秘密，而我将知道所有秘密！什么样的疯子才会拒绝啊！我对老头让我“想一想”的建议嗤之以鼻，我只顾着思考将怎样得知这一切。他讲给我？但是语言不能填满想象的全部空间啊。他演示给我？可眼睛又看不见自己的感情和思想啊。而他已经答应我让我知道一切，一切！我将知道谁是我的父亲，我将向他复仇。对，向他复仇，对于这一点，我毫不怀疑。

夜晚过去了。白天是如此漫长。我在家待了一天。我可“想”够了！老头让我祈祷的建议我早忘了。我从来不是笃信宗教的人，况且，当我什么都将知道时，我还祈祷什么、请求什么、询问什么呢？

各种笑疯狂地控制了我。我一整天都没头没脑地哈哈大笑，家里人任谁问我什么我都报之一笑。天刚擦黑，我就迫不及待地戴上帽子，沿着街道扬长而去。天上稀稀拉拉地洒落着入秋前的细雨。看着衣衫褴褛的穷人们扑通一声跌倒在泥泞中，每一步都走得颤颤巍巍，每一步都迈向未知的泥潭，我强忍住自己的笑。他们不知道第一个转身之后等待着他们的将是什么。可怜啊，可怜！

时间一分一秒地过去。约定的时间正在到来。在约好的时刻，我准时出现在老头的家门口。

他亲自给我开了门，我一按门铃，门马上就开了。其他人，甚至那位女仆，我都没有看到。老头手里握了一支蜡烛，尽管过道里、接待室里都点着灯……

“是您啊，我的孩子，”老头说道，“您来了。我就知道您会来的。”

他依旧穿着那件灰色长袍，和昨晚一模一样，又完全不一样：他颤抖着，像被一种掺杂着惊恐的神秘的喜悦攫住了心灵一般。他像一只胆怯的、令人生厌的灰色老鸟，把自己的光头缩进了长袍的大领子里。这只鸟怯懦，但又大又有力。我立刻感受到了他的力量——我再次明白，他不会骗我的。

在接待室里，老头没有放下手里的蜡烛，他停下脚步，好像更小心翼翼地说道：

“我的孩子，您想过了，您自己决定了……我建议您想想的。您在尽情地思考了一番之后来到了我这里，依然还是那个请求，是吧？让我……”

“是的，是的！”我忍不住喊起来，“您不要重复我的话了！这已经定了！”

他的颤抖传染给了我。我已经不笑也不喜形于色了。一种不安的、说不清道不明的、不好的感觉袭上我的心头。我被即将面临的恐惧吓了一跳。

他说不出哪里让我感觉非常亲近……而恐惧也似乎感觉不到了。

“您还要犹豫很久吗?”我很粗鲁地喊道。

老头一下子转过身来，平静而严厉地低声说了句“跟我来”，然后就向角落里的那扇门走去，我之前竟然没有发现这扇门。他推开门走了进去。

我在门槛处踯躅了一小下，只是一瞬间。似乎是谁在暗中伸出一只温柔的手想要阻挡我，但手撤回去了，一股突如其来的恐惧划过心头，就像一只冰冷的老鼠从我身体上跑过。我跟着老头进去了。

这是一个非常大的房间，天花板压得低低的，空空荡荡。只有天花板、地板和光滑雪白的墙壁。没有看到窗户。不过有一堵墙上做了一个壁炉，又大又黑，好像老年人张大的嘴。老头把蜡烛放在壁炉上。我看到在一个几乎被移到房屋中间的壁炉后有一把普通的木椅，只有这么一把椅子。

我感觉我又在等待什么不一样的东西出现，等待柔和的光、神秘的地毯、使人迷惑的熏香和令人着迷又害怕的东西。而房间奇异的空旷和耀眼的雪白蒙住了我的心。渐渐爬上心头的恐惧不是我想要的那种，它让人感觉不舒服，难以名状，愚钝而郁闷，就像硕大房间里那支蜡烛发出的昏暗的光一样。

“请坐，我的孩子，坐到椅子上，”老头忙乱地说，同时夹着点狡黠亲昵的小心，“请坐。马上……马上……”

我乖乖地坐下来，坐得就像那把椅子一样笔直，背对壁炉，面朝白墙。这堵墙似乎望不到尽头，和天花板及其他几面墙交融在一起。我差不多恢复了常态，甚至还想了首先会遇到什么。显然，他不会告诉我，可能是我在这面墙上看到了自己和一切。

但雪白的墙壁平淡无奇，什么迹象也看不出来。

老头平静了下来。

“我的孩子，”他的声音冰冷而坚定，“我应该回答，如果……我最后问一次，您真想……”

“是的，是的。”我说道。但我已经不是在用大脑说话了，而是舌头自己在说话。

老头从他的长袍兜里掏出一块白色丝帕。

“好的，好的。就让这一切实现吧。”他很快地说着，“安静地坐着。没事。我只是把手放到你头上。但我自己不看。我不可以，也不应该看。喏，我把我的眼睛蒙起来了。”

他用哆哆嗦嗦的手将手帕紧紧地系在光头上。手帕很大，两头滑稽地向下耷拉着。但老头马上从椅子后走了出去，我只听到他的喃喃私语：

“马上，马上。您在这儿吗？我要把手放到您的头上。我放手——举手。没有其他的……没有其他的。”

喃喃声停住了。我感觉到他慢慢地把大概是交叉着的双手放到我的头上，好像还没有碰到头，噢，现在碰到了……哦，好重啊！碰到了，放下了，又……

马上抬开了。在他双手的上抬下落间，我竟然感受不到时间的流逝。无论我们怎样压缩时间，哪怕是算到千分之一秒、百万分之一秒，这都需要时间，但他的动作之间却没有。说句瞎话，是什么也没有。哦，什么也没有！不，什么都有，只是没有时间。

我站起身，把脸调过来对着老头。他扯下蒙眼布，在近处看着我现在崭新的面孔——我到现在都记得他的眼睛：可怜，凄楚，憎恨，充满对死亡的恐惧。杀人犯或者施暴者才会用这样的眼睛看着自己双手犯下的罪过。

他看了一眼，转过脸去。我走开了，没有回头。他一个人留在那里。

八

“您还不清楚我那时发生了什么。在那个间歇，在他的双手一上一下的运动间，我感受不到时间的存在。一个幸福的凡人很难理解这一点。我努力说清楚，但如果您有哪儿不明白，请不要困惑，您要相信，您能做到这一点。”

“我曾想知道我将来的命运，想知道我全部的人世生活是我将要度过的样子，是我感觉的那个样子。知道死前的全部命运，知道未来的每个瞬间。为此，首先我需要度过一生。我度过了。您应该相信我，当我告诉您在那没有时间存在或者说时间永恒的一瞬间，在他两手的上下运动间，一个从未见过的我就从内心里感受到了我生命中所有注定经历的时光，感受到了所有曾经有过和将要有的想法，流淌了所有我能流淌的泪水，被各种事情折腾得筋疲力尽，得了这辈子该得的病，听见了许多人将要听到的话，知道了我将知道的一切，看见了所有我要见到的人和事。关于我的一生，我差不多都看到了，一直到弥留之际身体最后的那一下挣扎……”

伯爵小姐伊冯娜停了下来。她说得不错，但是我还没有明白，没有理解这是怎么回事。

“相信吧，”过了一会儿她说道，“相信了您才会明白，才可以想象，这是怎么回事，而我又是怎么回事。大家都知道自己的过去。我就像大家知道自己的过去那样知道自己的未来。我，记得自己的未来。”

“但是，伯爵小姐……”我咕哝道，“我们总在一点点遗忘过去，也不是所有过去都能被记住……您也会忘记的……”

“当然，我们在遗忘……不会对一切都记得清清楚楚。但这改变不了什么。您一集中精力想过去的事情，它便清晰地浮现在您眼前。我就是这样，无论我回忆什么，它就在这儿了，它已经发生了。我甚至知道我是什么时候想什么事。每一个想法，每一个身体和心灵的动作都是再次来到我这儿，并且我知道它们来的时间。我度过了两个半生，因为连我在时间崩塌时的第一次经历也只是我未来另一半生活的真实写照，也就是说，完全是它本来的样子。人生的下一半是被预知的生活！我的朋友，您是我全心（如果不是理智上）爱着的人、爱过的人，我将失去曾失去的人，我感受得到您心灵的自由和幸福，您终将明白我前所未有的绵绵痛苦——我从来没有在第一次爱过您，当我爱着您时已经是第二次爱了！可又要失去您，只因我从来没有在第一次拥有过爱情……”

我不知道我是否理解她。脑海里混沌、压抑、平淡无奇的恐惧中有一些不连贯的想法和问题在碰撞。于是我加重语气说道：

“伯爵小姐……伯爵小姐……难道我们不该有自由的意志吗？要知道，这是古老的宿命，这是命运使然……我不相信我们无权改变命运。”

“是的，的确有自由的意志。在老头那里待的那个晚上，我获得了自由的意志，也一下子用完了它……在执拗地想知道未来以后，我改变了自己的命运。由于我的愿望和愿望的实现，我的命运被改变了。我知道了自己因为提前知晓而发生了变化的命运，而我不打算知道会真实发生的那个命运，我并不了解。要知道，不是命运之神在等我一点点揭开它的面纱，我的命运在第一天晚上就已经被老头预示给我了。它看起来就是我的命。唯一一次爱情……只是他说，是幸福的爱情。但我经历了，也将经受不幸的爱情。我的命运之所以不幸，同样是因为我想知道一切。我知道了一切，便也改变了一切。”

“但是，伯爵小姐，如果您想知道，”我继续说道，“如果您就是想改变点什么……您会早于您希望的时间死去吗？您会改变，改变……”

“会比我想要死去的时间早。我知道我想要什么和为此要做什么。我知道我还要经历多少这种愿望带来的痛苦——去对抗不可避免之事，在结束之前提前终止它……我也知道什么样的想法和感情能使我停下来。我会把它们告诉您。”

她站起身来，用手支在壁炉上，浑身上下一袭黑，整个人都显得很可怕，她本身——就像宿命。我已经不像看待一个普通人那样去看待她了。

“因为我任性地违背了对未来要保持未知的幸福法则，我就与所有人类的东西渐行渐远了。我，孤单地活着。人活着就意味着可以希冀、信仰、怀疑、追求、高兴、希望、失望、害怕和祈求……可对我而言，生命中既没有恐惧，也没有希望。我无所期待，因为我怀疑自己并没有什么可要的。岁月长河里的时间对我而言是不存在的，是一片虚无。没有时间，没有生命的流逝！而那时呢？当我再度，也就是第二次和最后一次感受濒死的痛苦并闭上眼睛时，会发生什么呢？看出来了吧，彼时我能够发问是因为那时我拥有未知、信仰、期待和希望所赋予的全部幸福！那时我和普通人一样，和他们很接近。那时我既希望又担心。因此，我不想也不希望一意孤行地打破惩罚的界限，而想要实现所有。可能，很可能那时候我能够获得心灵的安息，获得人的活力和新的、永恒的自由……”

她站在我面前，脸对着炉火和我。她的脸在瞬间——顷刻之间就变了样儿。我竟认不出它来：泛着红光，年轻而永恒。这张脸是那样的好看，以至于我颤抖着低下眼睛不敢去看它。当我抬起眼时，一切都过去了。和以前一样令人生畏的女人，用她那苍老、空洞的眼睛望着我。

我应该是明白她了。因为一种无以言表的可怕填塞了我的心灵。但这种可怕的感觉中已经没有那种令人神往、夺人意志、与恐惧（当我们不知道或不理解恐惧产生的原因时而具有的那种恐惧）交织的喜悦了。未知被已知代替。恐惧被痛苦和因惋惜而产生的同情放大了十倍，但兴奋感也消失了。它留在了永远都不被理解的非人类法则面前，但不是她这个女人面前。因为不是这样的话，她可怕的命运，我可是再清楚不过了。

在绝望至极的恐惧中，我体会不到喜悦，有的只是死一般的沉寂。我的心里满是绝望带来的恐惧，也不再有波澜。

过了片刻。

伊冯娜又坐进椅子里。炉火渐熄。

“我再和您说几句，”她用低沉、疲惫的声音说道，“给您讲这些对我来说是很沉重的，但我最好还是讲出来，我也不得不这样。我一生中应该和两个人讲述这一切。只有两个人可以走进我的生命，察觉我脸上可怕又神秘的地方，并为此而困惑、痛苦。我对其中一个人讲了，因为我爱他；对另外一个人也讲了，却是因为我恨他。要是您没看出这一点，您会感觉更糟糕的。要是他没看出这一点……唉，干什么说这个啊，难道我能不这样做吗？要知道，这第二个人，不，第一个，唉，反正都一样，正是我的父亲——德·休佐尔伯爵。您知道的，他后来和我母亲和解了，把我们接到他身边。他像他能做到的那样竭尽所能地爱我，在女儿面前，他意识到了自己的过错。在他老去前的全部生命中，只剩下两种感情——对我的依恋和对死亡的恐惧。”

伯爵小姐停了一会儿，专注地看了我一眼继续说道：

“您猜到是这样的。这显而易见，是的，我知道自己的未来，也知道那些命运和我有关的人的未来。因为我知道这些人说过的和还未说出的话！这么说吧，我知道将来有人会告诉我他刚刚经历的不幸。我早就从他以后要说的话里知道这件事了，这些话他本人现在还不知道。但我过去、现在和将来对任何人都不会说上一句。永远不会！我不会打破别人所拥有的未知之幸，我不应该，也不能这样做。因此，我独自走着自己的路，尽力避免和别人接触。这样做的好处是，我人生旅途上的行人稀少，只有两个人在看到我的脸时停下来。您，我有责任用揭开真相的方式来保护您。我爱您。我的父亲，却被真相毁灭了。我恨他，或者说我恨过他。他的爱和对一切的洞悉让他在我身边永远承受痛苦的折磨。我说了，真相将击溃他，他不信。于是我告诉了他一切。我告诉了他死去的时刻。我只告诉他一个人。我不得不这么做！因为我和他说的那个时刻正是他要死去的时刻！我预先知道他的死亡——他死在我的怀里。对我的爱、怜悯，连同失望和对不可抗的死亡的恐惧杀死了他。”

死亡！死亡！

尽管这个词对她来说也意味着希望，但却让我感受到了最后的寒意。我，一个可怜的、心情压抑的、一无所知的人，一个因为活着而幸福的人，此时在这里做什么呢？我为何要和这个女人在一起？她爱我……不，如果一个活人被死人爱着，这并不是一件什么好事。要知道我也爱过她，或者说试图爱过……哦，不知道，我不知道了！我们真的有勇气去爱一个将死之人吗？

我像一个得了重病的人似的，吃力地站起来。

“伯爵小姐，”我说道，“我现在讲不了什么。我不知道您把什么都告诉我究竟是好还是坏。但我任何时候都不曾对您撒谎。我一旦能明白自己的心意，我就全部对您……”

“您会把一切都写信告诉我的。”她简单回应道，边说边站起来。

我想问“为什么是写信给您”，但马上想起来，她可是什么都知道的，她比谁都更清楚。我应该是给她写信说的……

我的脚勉强挪动，步履沉重，像凝住了一般。她在门口停下来，双手捧住我的头，吻了一下我的唇。

在这个吻里，我感受到的尽是冰冷、庄严、无上荣光和永恒而又令人生畏的迷醉——这是死神和爱神共舞的结果。

在一阵说不出的虔诚的战栗中，我像一个并不够格的朝圣者朝拜圣人那已经死去但神圣非凡的身体一样，向这个女人的脚边跪拜下去，并吻了吻她的裙裾。

……

九

现在，我把剩下的讲完。

第二天，我收到了父亲大人病重的电报，召我回俄罗斯。我决定夜里出发。临行前我给伯爵小姐写了一封信，告知我给你们讲的这些，述说我自己和我的心。我不能向她撒谎。我告诉她我要走了，以及为什么走。她昨天就知道这些了！我忽然想起来她说过“您将离开……”其实她昨天就已经知道我的心了，因为我是今天才写的信。而她已经读过我的信！

我陷入了虚幻与谵妄之中。来自俄罗斯的不幸电报成了我的确幸，将我从中解脱出来。我该离开了。

我的父亲去世了。此后，我再未回到巴黎。我没有收到过伯爵小姐的回信——也没有期待收到。我再未见过她……但也没有爱过其他女人。不仅是爱情，我的很多东西，比如我对死亡的看法，我最可怕又神圣的希望——普通人那儿没有的这些东西，在我这里总是和对她经常的想念联系在一起。

朋友们啊，请原谅我托了假名，我极不坦诚地开始我的讲述——因为我觉得你们会把它当成一段杜撰的故事。但我看到了你们对它真实存在的畏惧，也明白了这个回忆是如何与我的心灵纠缠在一起的。可能，我的灵魂就是从恐惧和痛苦中生长起来的吧。我多想让你们明白（如果不明白，那便去相信），这一切都是真的。

伯爵小姐至今还活着。你们中的很多人一定听说过她的真名。这是一个非常知名的名字。只要伯爵小姐活着，她就会承受因为违背了不可逾越的未知法则而带来的所有痛苦。而她对未来的知悉直到死神降临时才会结束。

伯爵小姐一直活着——因为我永远记得她。但我不会再见到她。如果我能见到她，那不会是在这里，而是在那里，那个有着宽容和原谅的彼岸。

……

波利托夫不再说下去。朋友们也默默无语。大家静静地熄了炉火。黑暗的墙壁，黑暗的帷幔，凝重、温暖而又沉闷的静寂。时间似乎静止了——未知的将来将它的洪流无声地跨越过现时之门——终将变成可以被看见、可以被知晓的过去。

大家都不敢动，哪怕是挪动一下，生怕回到了现实，分清了已知和未知、过往和将来。

我的初恋

张婵译

一

为什么要杜撰呢？真实的故事乍看起来不如杜撰的故事生动，但也不尽然。只要深入思考，谁都会明白，我们生活中那些与事实不符的东西毫无意义。

就拿我的初恋来说吧，其实，之所以把它叫作初恋，是因为那是我第一次有意识地去恋爱。从形式上来说，这其实是我的第二次恋爱了。第一次是在萨拉托夫，那是一个年轻的客人——一个脖子上系着一条丝绒带的黑发姑娘。我到现在还记得她，一切就像发生在昨天一样，而我当时只有四岁。可不管是四岁还是四十岁，爱情都是纯粹的，不掺杂任何杂质，爱情带给人两种强烈而错综复杂的情感——幸福感和神秘感。当然了，这是爱情的基础。然而在我四岁那次过早的恋爱经历中，不可能有什么能让爱情复杂化的东西。我沉浸于幸福感和神秘感之中。说到神秘感，我毫不怀疑，正是它使得爱情的结局注定不幸。

奇怪的是，大人们竟完全不了解孩子，难道是他们忘了自己小时候吗？其他姑且不谈，即便是最为关心孩子的妈妈，也不清楚自己的孩子是在多大的时候（五岁、六岁，有时是七岁，因人而异）还离不开她，也就是孩子还分不清他和母亲之间有什么差异，而且也不知道自己是否能够独立思考，还是依然什么事情都要与妈妈商量。对小孩子而言，男人和女人是一样的，而能够证明他们不一样的只是他们周围的物和人。我不记得自己恋爱的秘密是在何时又是如何被妈妈知道的，尽管她可能就是听我说的。总之，她知道了，可她什么都不懂，她没弄明白爱情之中最重要的东西就是神秘感。我鬼使神差地对她说："妈妈，这算是一个大秘密吗？"如果当时我意识到这一点，我就应当想到，妈妈是妈妈，我是我，秘密是不应该被说出来的。要知道，秘密之所以是秘密，正是因为它不能被公开，不能透露给任何人，没有例外。

于是妈妈知道我很喜欢这个女客人，仅此而已。

那天，我跟保姆坐在客厅的椅子上，背对窗户。妈妈在我对面，在铺着天鹅绒布的桌子后头，而妈妈旁边的沙发椅上坐着的就是"她"。突然我听到妈妈和她在谈论我，妈妈用手指着我，笑着对她说："您可是被深爱着呢……"

"她"笑了，转过身来问我："是吗？你爱我吗？"

就算是现在，我仍无法描述出那种惊吓、怨恨和绝望交织在一起的复杂心情，感觉有一股火从我的脊背一直蹿到后脑勺。爱情的幸福感突然消失殆尽，无影无踪。总而言之，我的所有热情都被瞬间浇灭了。不过我很清楚我该做什么，我要拯救爱情的神秘感，要守护这种神秘感，直到生命的最后时刻。

“你爱我吗?”她笑着问道。对于这个愚蠢至极的问题，我皱起眉头，一本正经地回答:

“不，我不爱你。”我尽可能地再次强调。“不，呸，你这个坏蛋……”

我清楚地记得，在这之后，在顶楼外婆的房间，妈妈训斥了我，她说我不能这么说话，叫我必须道歉。

“你听到没有?听到没?”

我的沉默让她更加恼火了，外婆则抚摸着我的头，试图缓和气氛，她一遍遍地重复着说我不会再这样了……会不会再这样?我一声不吭，似乎没听见，也似乎不懂妈妈为什么生气。大概（我现在也这样认为）那是我生平第一次有了懵懵懂懂的独立感，第一次感受到了孤独，甚至还有那么一丁点儿对于“别人”不理解的蔑视，包括对之前的“爱情”的满不在乎。

我所谓的第一次恋爱……不管怎么说，并不是我有意识的恋爱，而我真正的初恋是在那之后很久才出现的。

二

“你一定会来找我的。”

“我不知道，或许吧。”

我当然会去。让我感到幸福的是我能够来到她身边，可我回答她时必须要装作漫不经心的样子，不让她察觉我已经爱她爱得快要窒息了。我这样做是理所当然的，因为这又涉及神秘感，它是爱情里最重要的东西……另外，我知道，她并不爱我，我已经体验过嫉妒的痛苦。

这一切是什么时候发生的呢?我想我并不在意它是什么时候开始的，

我只知道它持续了很长时间。不，别笑，真的是持续很久，要知道我们刚认识的那会儿我刚满十一岁，一直持续到十二岁、十三岁……

之所以感觉这些年特别漫长，是因为在我十三岁那年，我感觉到时间过得尤其漫长，一个月就好像一年，一年则像一个世纪。总之我丝毫没有怀疑过，那是我一生的钟爱。

成年人可能对此嗤之以鼻，所谓的“成年人”就是那些什么都不记得，什么都不懂的人（大多数人都是这样：忘了一切，一无所知，然后死去）。而我呢，在十三岁那年，我已褪去了孩童时期的单纯，我能够从旁人的角度审视自己，甚至在面对他人的讥讽和嘲笑时也能很好地掩饰自己的秘密。其实这滋味挺不好受的，那又能怎么办呢？我害怕感情用事，自从那次过早的恋爱之后，十年来，我的生活不同寻常，有些波折，或者说，生活把我变糟糕了。

父亲过世后，我们搬到了莫斯科，住在奥斯托仁卡大街与扎恰季耶夫胡同交会的复活教堂旁边。从我狭小房间的窗户望去，能看到屋前庭院里的雪堆，也能看到围墙上方露出的一座黄色的低矮教堂的钟楼，以及灰色天空背景下的十字架。我挚爱的“她”，也就是我的表姐娜塔莎，也住在离这个教堂没多远的地方，只不过是在教堂的另一个方向，那是奥斯托仁卡大街上一个老旧的、带阁楼的私家木头房子，她就是在这个灰色的房子里出生的。

我们的家庭关系有些复杂，有点像凯普莱特和蒙太古两家[①]。我俩有同一个祖母，祖母单独住在一个房子里，像是故意要住在我们两家中间似的，她的房子就在复活教堂的正对面。祖母是我爸爸和她妈妈的母亲，她妈妈

① 莎士比亚所著悲剧《罗密欧与朱丽叶》中朱丽叶和罗密欧分别所在的家族，两家有世仇。——译者注

去世很久了，留下了相差一岁的两姐妹，我爱的那个“她”是妹妹。自从姐妹俩的妈妈去世后，她们就疏远了母亲这边的亲戚，与父亲那边走得更近，而不知为何，我们的祖母对她们俩的父亲很有成见。不久之后，两姐妹成了孤儿（她们的父亲也去世了），于是她们跟着自己的奶奶和他们父亲的弟弟（也就是她们的叔叔）一起生活。这个叔叔把她们抚养成人，为了她们一直没有结婚，他也不愿跟我们的祖母有一点儿来往。他对我的母亲，甚至是对我，都很不友善，而我的妈妈跟这事又有什么关系呢？虽说他根本不认识我们，可我们还是成了“蒙太古”家的人……

这姐妹俩来我家做客的时候经常不让她们的叔叔知道，当然了，她们的叔叔并不会直接反对她们来我家，但会表现出不高兴。我妈妈则很少去看望这两个没有血缘关系的外甥女。

可是姐妹俩却十分爱她，尤其是妹妹，她们不知道有妈妈是什么感觉。于是她们时常来我家玩，就这样，我的爱情发芽了。

这姐妹俩跟我没有相似之处，虽说是亲戚，可她们也是外人，从各个方面都与我有着千差万别。譬如我们的生活方式不同，再加上她们是莫斯科人（而我大概就是来这儿旅行的），她们的成长没有父母的陪伴；另外，她们属于“敌对家族”的人；最后是年龄差异……要知道，她们早就是大姑娘了……

姐妹俩中的妹妹在自己家被叫作“塔莎”，我们不喜欢这么叫她，我们叫她“娜塔莎”。她算不上漂亮，有一头顺滑的淡褐色头发，天蓝色的眼睛，有些近视，脸色苍白，下巴尖尖的……唉，我怎么能这么描述她！她其实很美！是能够用语言准确描述出来的美！她有自己独特的美——她的笑，她的声音，她说话的方式，她耳朵上圆圆的金耳环，她烟色的裙子，甚至她冬天胡乱缠在帽子上的灰色头巾——她的一切都是特有的美，无须多言。

然而，不仅是我一个人感受到了她的魅力，她身上无声闪耀着的光芒，不管是妈妈还是我的小妹妹们，大家都被她吸引着，我怀疑她们也爱上了她，正如我曾经爱上那个脖子上系着丝绒带的女客人一样。

我非常清楚，尤利娅（她的姐姐）非常漂亮，她面色红润，身材匀称，有着漂亮的丝绒一样的眉毛。但我说不出娜塔莎的外貌有什么过人之处，可我就是爱她。

她坐在我们家的角落里跟妈妈聊着天，轻声地笑着。我的内心充满了幸福，可我不能说出口，这种感觉让我陷入了无尽的烦恼之中。天哪！莫非我要像这样暗地里爱她一辈子！可我能怎么办呢？对她的爱怎么也不能停止！

我在日记里（我的日记中有爱情的炽热，也有愤恨的宣泄）恨恨地写道：“单方面的爱既愚蠢又可笑，我要尽快结束这已经开始了的愚蠢的行为……”在同样的地方，我又悄悄添上了小小的一行字：“这不是真的！我会一直爱下去，我想永远地爱她！”

三

我那急躁不安、简单直白、风风火火的性格让我无法控制自己，我被她的安静深深吸引，可我也因为这个吃了不少苦头。

在十一岁之前，除了儒勒·凡尔纳[①]，父亲只允许我读果戈理。这或

---

① 法国科幻小说作家。——译者注

许是件好事，因为果戈理就这样被镌刻在我的内心深处，以至于他写的每一行字我都能够倒背如流。然而在父亲去世三年后，我的脑子里装满了俄罗斯文学各个流派的作家作品，我得承认，连我自己都惊讶于自己读了如此之多的作品。现实和书本混杂在一起，我没办法分清它们，在我心里总是纠结着：我找不到能用来形容她的词语，又不能跟谁谈论她，总不能对她本人——娜塔莎说吧？关于这点我很清楚：娜塔莎是现实，书中的爱情没有一个与我的爱情相似，我的爱情是独一无二的。

我被毫无理智的嫉妒折磨着——我嫉妒当前的，也嫉妒未来的。当前的嫉妒源自她的表妹阿纽塔（不是我的表亲，而是她父亲那边的表妹），阿纽塔可以大大方方地去她家，要是愿意的话，甚至还能在她们家过夜，娜塔莎在谈起她的时候流露出满心的怜爱和柔情。好啊，好啊，阿纽塔……无所谓了，不就是一个阿纽塔吗？随她去吧，可万一……要是娜塔莎突然被什么人求婚，而她又答应了，那可怎么办呢？

这个可怕的念头把我吓出一身冷汗，我眯上眼，不敢再往下想了。

我的苦闷、自尊心和无法说出的秘密有时会让我做出傻事，我沿着人行道在灰色房子附近来回地走，时不时往房子的窗户里瞥上几眼：娜塔莎会不会恰好从窗子里看见我，然后……把我叫住呢？我总是偶然经过，顺路走到这儿……可还是什么也没有发生……

有一回我成功了，我真的被她叫住了。那是一个无比幸福、令人难忘的夜晚，她的叔叔不在家，不知怎么他的房间里只剩下我和娜塔莎，只有我们俩。她叔叔的房间里没有火炉，外面很冷，我冻得直打哆嗦。娜塔莎裹着一条毛披肩……我不知道我们都说了些什么，我们小声地聊着，挨得很近……总之，我不记得还有比那天晚上更幸福的时刻了。

我们总能在教堂里遇见。教堂晚祷时，人们排着队，然后去亲吻十字架或圣像，我就紧跟在她后面。每逢盛大的节日进行涂膏礼[①]的时候——我更是竭力跟在她的后面，这样一来，神父的小刷子在碰过她之后就能立刻碰到我了。我有些心慌：这不是罪吗？我的天，这是什么样的罪过，竟如此美妙——主啊，感谢你赐予我光明！

复活节之夜，教堂讲台上的灯碗里燃着蜡油，升起缕缕烟气，教堂里挤满了人，水泄不通，但我们提前溜了进去，因此站得靠前，毕竟尤利娅和娜塔莎是本教区的居民。一个上了年纪的神父用十字架在她面前画了十字，祝福了她——我亲爱的她……我心神不定，仿佛丢了魂，沉浸在自己的胡思乱想中……我想象着她在离开某地时怎样安慰我，许诺说我们还会再相见……这是不是意味着，她不在我身边的时候是爱我的呢？那就更别说……她比时此刻在我身边的时候了，只不过大家对此都心照不宣而已。

我偷偷地望向她，烛光从下方映亮了她那张严肃的、苍白的小脸。游行仪式结束了，人们开始高唱“基督复活”，似乎大家的欢呼声和兴高采烈的歌声从头到尾都在打断神父的讲话……我的心跳得特别厉害，不仅仅是爱情的缘故，还因为欢乐的节日氛围带来的幸福感和满足感。我当下决定，我要第一个跟她互吻祝福[②]，这样一来，没人能在我之前吻她了——得立刻行动，马上就要开始熄蜡烛了……

我突然转过头，她吓了一跳，不过她马上就明白了，她笑了笑，跟我互吻道了祝福。“这如何如何，那又怎样怎样。”我忘乎所以，飘飘然起来，嘴里不停地念叨着。刚走出教堂门，我们就分开了（姑娘们要回家开斋，叔叔在家里等着她们呢！）——我这才清醒过来，对自己嘲讽道：真蠢啊，

① 东正教宗教仪式，由神职人员为教徒涂抹圣膏进行祝福。——译者注
② 在东正教复活节时，人们有互吻面颊三次以示祝福的传统。——译者注

真是自作多情！我瞎想些什么啊，她爱不爱我？她不爱我，也不应当爱我，一切都无所谓了，生活还得继续啊……

街上节日的灯火依旧欢快地闪烁着，到处都能嗅到春天的味道，教堂的钟声在莫斯科夜晚清新的空气中清脆作响，我又开心起来，明天白天娜塔莎会来我们家。我什么也不去想了，只想着她会来，而且，我们还会再次亲吻问候……

四

俄罗斯有一幅叫作《意外之喜乐》的圣母圣像画，不知道为什么，我感觉这几个词当中蕴含着特别的魅力。对孩子般纯真的心灵来说，这种魅力确实存在，它仿佛一个巨大的、不断扩张的、如彩虹般五彩斑斓的光圈。意外之喜——这绝对不是什么出其不意、意料之外的幸事突然降临到你的头上，不，不是的，它说的是如果你有一个愿望，那种不为人知又不能表达出来的愿望，是你对自己都没能说出口、连想都不敢想的奢望，它仅仅是个想法而已——突然间，这愿望能够实现了，它成功地来到你的生命之中，闪着炫目的光芒，亮得你只能眯起眼，这才是“意外之喜”呢！

每年的夏天，我们都在莫斯科近郊的沃斯克列先斯克村度假，已经连续三年了，沃斯克列先斯克村简直就是天堂！两旁云杉耸立的林荫路通向黄色石亭和池塘，池塘中白色的小船在岸边的木码头旁摇曳，淡紫色的丁香丛散发着沁人的香气。世上没有比沃斯克列先斯克村更棒的地方了（它其实是莫斯科近郊最普通的一个庄园，这是我要补充的）。我在那儿的生活虽有些波折，却也因为爱情洋溢着幸福和愉悦。

我跟“她”分别长达三个月之久，这简直令人绝望。娜塔莎和姐姐每年夏天都去阿纽塔——我的“情敌”家做客。想让叔叔允许娜塔莎来我家做客，哪怕只一天，都是奢望，我们——她和我都十分清楚这一点。要是能在这里见上一面，在园子里，在丁香丛间相见——应该就是我的那个只能在内心想想而无法说出口的愿望了。

我妈妈经常去城里，晚上才回来。车站离家还有七俄里路，家人通常会派一辆马车在傍晚时候去接站。于是我养成了一个习惯，我总是跑到池塘边，再把船划到桥的附近。这座桥是马车回程的必经之路，马车过了桥再走上一段坡路，绕过教堂和公园，就可以驶回家了。

那是个六月的晚上，我坐上了我的白色小船——那只轻巧的、摇摇晃晃的小船，布满水藻的池塘寂静无声，同样安静的还有夕阳西下时的一片碧绿和粉红色的世界。我轻轻地划着长长的白色船桨，并不着急赶路，时间来得及，足够我在桥底下等上一阵子。从远处传来女人们的歌声……之后又静了下来。我划船到了桥附近，水滴从被提起的船桨上轻轻滑落，小船轻轻地晃悠着……可是为什么呢，为什么我的心怦怦直跳呢？

可能是我担心妈妈不会回来了？不，她说了一定会回来的。还早呢，现在还太早……

不早了，已经可以听到一点儿动静了，远处隐约传来了车轮声。我听得出那不是四轮马车的声音，可能就是我们家的轻便马车，是妈妈回来了。可是我的心为什么跳得这么厉害呀？

我从小船上站起身，把桨丢到一旁，往路上望，往桥上望……就在这时，一辆马车从柳树林的后面出现了，从我的旁边经过，驶上了桥。

是她。坐在妈妈旁边靠近我这个方向的正是娜塔莎。

她们看到了我，大声喊了什么——然后马车走远了。

没什么可惊讶的，就是有点儿头晕目眩，梦想照进现实的灿烂光芒让我晕头转向，那是幸福的光芒——曾经的不可能变成了可能——意外之喜终究是来了。

我几乎喘不过气来，船桨深深地切入水中，轻快的小船向码头飞驰而去，船上的锚链发出哗啦啦的响声。我上气不接下气地向前跑着，脚下磕磕绊绊，我跑上山坡，跑向家的方向。林荫路是那样悠长，我怎么也跑不到头儿！我快要跑不动了，胸膛里火烧火燎……没关系，就要到了。

主啊！我们何德何能？——生而在世，如此幸福。

到这儿，我要停止讲述我初恋的真实故事了，不仅是因为关于它我能说个没完没了，更是因为我也不知道最后的结局会怎样。我的初恋……想必是结束了，可它在什么时候结束的呢？我感觉不到它的消失，以至于如果把这次恋爱叫作"初恋"，我都不记得自己有过第二次，或者可以被称作"第二次"的恋爱。

不久后，我和娜塔莎分开了，我们再也没能住在同一个城市。然而，不管命运把我带向何处——我们的离别必将以重逢作为终点，无所谓重逢的时间是漫长或是短暂，哪怕只是一瞬间……就这样，历经多年，时光流逝，而她在莫斯科的生活，包括她本人，似乎都没有发生任何变化。她的姐姐尤利娅年纪轻轻就死了，叔叔也去世了，灰色的小房子被拆除了……我跟娜塔莎坐在她的新房子里，新房子也是木制的，就在扎恰季耶夫修道院对面，同样在复活教堂附近——我觉得什么都没有改变，感觉叔叔下一秒钟就会趿拉着鞋子走出来……而我明天就要走了，不是去圣彼得堡，也不是出国，而是回到我住的巷子去，到了晚上我还要复习功课。

我们把所有话题都聊了个遍，不过，关于爱情能说些什么呢？永远也不能说，也没什么可说的。我知道娜塔莎那时是爱过我的——可那又能怎样？我对她的爱——她是知道的，可她又知道些什么啊？而我呢，对于爱，我最终又知道些什么呢？

我们的人生迥然不同，我们本身也不是一类人，对于这一点，很早之前我们就很清楚。她看着我，她的身材干瘪瘦弱，微笑却如从前一样灿烂，我一时恍惚，不清楚自己是想哭还是想笑。

“你是我生命中的诗歌，”她的话语极其简单，不带任何感伤的情绪，“你来来去去，可我知道，你无论身在何处，总是与我同在。”

岁月如梭，又是多年过去，近几年我过得不尽如人意，之后又过着对外界充耳不闻的生活。你究竟在哪儿啊？娜塔莎！

“从冷漠的唇边传来了她的死讯……”[①]奇怪的是，我平静地接受了这个消息，就像听到别的消息一样，没有丝毫的惊讶。

她早在两年前就去世了，贫困潦倒地死去，甚至不是在她的故乡莫斯科，而是死在了穆罗姆她一个远房的侄女家里。出于怜悯，她的侄女收留了她，为她养老送终。

好吧，她先于我来到这世上，又在我之前离开。她隐忍耐心，她始终等待着……等待着我们下一次的相遇。她知道，当我们分别，就一定会再次相遇，在我们重逢之前，“无论我身在何处，总是与她同在”。

至于我的初恋——人们说，天使会在天国将初恋记录下来，每个天使都有用来记录初恋的记事本。

---

① 出自普希金的诗歌《在自己祖国的蓝天下》。——译者注

心儿啊，安歇吧……

张婵译

那是在1915年，还是战争时期，我遇见了这个上了年纪的漂亮女人。那时候还没有谁能够适应战争的残酷，就连前线都是如此，更别提后方了。人们为战士的母亲们感到痛心，她们无时无刻不在经受着怀揣希望和担惊受怕的双重折磨，涅克拉索夫[①]的诗句不时地浮现在人们的脑海里："我听见战争的惨烈"和"可怜的母亲们的泪水……"

① 19世纪俄罗斯诗人、散文作家、评论家。——译者注

也就是在那时，我遇见了玛丽亚·马尔科夫娜。那次见面让我触动很深，于是在我负伤后，在尚未接到新的前线派遣通知之前，我便立即把自己的所见所闻记录了下来，随后刊登在了圣彼得堡的一家报纸上。编辑部收到了大量的读者来信，大部分信是母亲们写来的，有些人赞赏和羡慕玛丽亚·马尔科夫娜，另一些人则对她充满了愤慨，她们指责她，甚至迁怒于我，可我不过是原原本本地叙述了从她那里听来的故事，没有任何的主观评判。我不知道该如何评判，直到现在也不知道。如今谈起关于母亲们的痛苦有些不合时宜，也许是战争已经结束了，母亲们的生活也发生了变化……要知道，我们，尤其是我们，我们经历和承受过的痛苦胜过任何一场战争本身。然而，我认为长期的心理痛苦问题，仍旧留在了人们内心深处，那些心中仍有伤痛的人将会对玛丽亚·马尔科夫娜的故事有所共鸣。遗憾的是，那次见面的记录没能保存下来，过了这么多年，很多东西我都已淡忘，那就简单地写下我能记起来的最主要的部分吧。

事情是这样的：那年夏天我从圣彼得堡的军队医院出院了，虽然没落下残疾，但身体并没有完全康复，因此在秋天之前我还不能重返前线。伯父和伯母是我唯一的亲人，他们建议我不要总是病恹恹地待在城里，让我去他们的小庄园里住上一段时间。他们很长时间都没在庄园里生活了，全家人都出了国，目前在克里米亚。他们的房子是幢老房子，位于偏僻的郊区，不过用伯母的话说，那地方很是宜人。我非常喜欢郊外，于是兴致勃勃地赶去了。

那里的确是个好地方，河流在高高的堤岸中间流过，河边就是村庄，教堂有个绿色的穹顶，远处是一片森林……我住的房子有些破旧，看门人是个聋子，他的老婆更是除了煎鸡蛋和白菜汤什么都不会做……可我对这一切都十分满意。

从我住的地方过一座木排桥可以到达高高的河对岸，那儿有一段上坡路通向教堂。从此岸向对面看去，教堂在天空的背景下轮廓分明，它旁边的郁郁葱葱的一片古树也清晰可见。在河岸几乎最陡峭的地方，有一幢被树木隐约遮住的带柱子的白色房子。我被这房子吸引住了，它漂亮得像被画在古董画上一样，就是那种真正的阔绰人家的宅子，甚至可以称得上是“宫殿”。房子看上去也确实很古老，最让人奇怪的是——它并没有被废弃，窗子也没有被封住，虽然玻璃窗没那么明亮，但这房子明显是有人住的。

我经常从木排桥那儿向上看，看着这栋房子陷入沉思。其实，当我望着这一切，望向人们，望向天空时，总是会陷入某种奇怪的思绪之中不愿走出来。

这种情况似乎是从我受伤和长时间昏迷之后开始的。

当时正值八月，教堂和白色房子中间的树木枝繁叶茂，盛开着金色和红色的花朵，很是漂亮。教堂附近的老桦树已变得金灿灿的，我喜欢在教堂的墓园中闲坐，每个墓碑和石板方碑的中间都有长椅，环境整洁又静谧。除了教堂里的执事，这地方永远碰不到其他人，执事的家就在附近。

我不记得第一次在墓园见到她是什么时候了，远处的长椅上坐着一个身材匀称、穿着深灰色裙子的女人，在梳得精致的灰白发髻上蒙着同样银灰色的头纱。她和关于她的一切都是我无意中发现的，而我还记得，再次见到她时，我已经很留心地观察她了，甚至注意到她还是坐在上次的那张长椅上，那张长椅位于一个崭新且漂亮的、可能是大理石材质的墓碑附近，椅子腿被草丛围住，草丛间点缀着一些晚开的小玫瑰花。

我仔细地端详着这个女人，她长得很清秀，从她的脸上看不出严肃，却带着一种出奇的平和。我被她的平和感染，目光竟无法从她的脸上移开，我什么都不去想，只是坐着，如她一样地坐着，看着她。

她站起身，静静地离开了，消失在树后，而我也渐渐地回过神来。稍微过了一会儿，我沿着小路走到她坐过的长椅附近的墓碑前。那块墓碑是由一块普通的灰色大理石切割成的，上面简简单单地刻着几个金色的字：瓦连京·博罗维科夫（1894—1914）。是个二十岁的孩子啊……大概，是她的儿子吧，难道是上了战场？博罗维科夫……我脑中浮现出一个模糊的印象，但没能想起来，它就一闪而过了。我坐在长椅上，再次陷入漫无目的的思绪之中。突然，我被教堂执事的大嗓门吓了一大跳。

“空气可真好啊！上帝赐福！您在散步呢？”他挨着我坐到了长椅上。

“我们这地方很不错，”他接着滔滔不绝地讲起来，“教区也挺好，只是博罗维科夫夫人……”

“是刚才在这里坐着的那位？”

“还能是谁？园子后面就是他们家的房子，就连这片庄园都是用博罗维科夫家的姓氏来命名的。这曾经是个有钱人家，而现在……她在这里住了两年，一个人形单影只地生活，下人也只有厨师、看门人和几个女仆，家里有马车夫，他也赶着马车四处游逛，可是女主人哪儿都不去。”

“这个坟墓——”我指着墓碑，“这是她的儿子吗？”

执事双唇紧闭，他有些奇怪地斜眼瞄了一下那墓碑，说道：“儿子，对，是儿子。”

他沉默了一会儿，然后突然俯身靠向我，神神秘秘地对我耳语：“可那里面什么都没有。”

我吃了一惊，可转而立即猜到了是怎么回事，这种情况在战争时期并不少见。

“也就是说，他上了前线是吗？这种事也是有的，遗体运不回来了，他们只给开具一张证明。”

执事咧开嘴笑了笑，他摇了摇头。“哪有什么证明！别说证明了，玛丽亚·马尔科夫娜吩咐下面的人，不让任何人从邮局给她取任何东西，于是也就没人给她取了。另外，她也不让人拜访。春天的时候，曾经有一位老爷来过，她没有接待，甚至连名片也不让拿。就连她的钱到账了，都是委托管家去取，所以，您说的证明……”

我耸了耸肩，真奇怪，她是疯了吗？可执事又摇摇头：“不不不，她就是这样的性格，她决定什么就是什么。她人很好，为身边的人做了不少好事呢！她只不过就是这个性格。”

“什么性格？她做了什么决定？”

也许是执事不想说，又或是他讲不出什么具体的事情。他摆出一副神秘兮兮的样子，把话题转向了别处。他说，按理说他们不能给他做安灵弥撒，但是墓碑却被安放到了教堂的地界，因为她有关系。在跟我说了一堆没有头绪的话之后，他被妻子叫走了。如果他说这番话是想引起我的兴趣，那么我得承认他做到了。那天我不止一次地想起这个白色房子的女主人，而几天后我又故意在傍晚时去了教堂的墓园，希望能遇到她。

不得不说，战争——也就是在前线战壕里的日子，它改变了我们中的许多人，还在某种意义上简化了我们的人际关系，尤其是社交生活。就拿我来说吧，我曾经被称作“优秀”的年轻人，懂得“人情世故”，待人接物八面玲珑，像是受过特别的训练，未来会大有可为。然而在经历了一年的战壕生活后，这一切都不见了。倒不是说我的行为粗鲁，而是整个人变得固执和简单了，那些社会上的常规礼节都离我而去，如今的我总是有一种感觉，我觉得在我的思想和灵魂深处有一些东西要比从前那些人情世故重要得多。

从前的我去接近一个漂亮的陌生女士并与她交谈，也许仅仅是被她恬静美丽的外表所吸引，而现在的我却丝毫没有这样的想法。我走近她，向她鞠躬问好，询问她是否允许我坐到她旁边跟她说几句话。

她并没有感到惊讶，也没展现出任何礼节，只是用平静的语气说："您是军官吧？我不需要您跟我说什么，我也不会听关于战争的任何事。"

"我本来也没打算和您说战争的事，就是想问问您……其实，我也不知道要说什么，不过，我不会提及战争，我已经有两个月没想过它了。"

"这很好，"她并没有看我，开口说道，"您可以坐下来。"

我们的谈话不冷不热，不温不火，非常平静。我们沉默了一会儿，这期间她一直望着远方，她突然问道："您的母亲健在吗？"

"不，我甚至都不记得她的模样了，我已经没有什么亲人了，只剩我自己。"

"这很好。"她又说道。

在那一刻，我竟也认同了她，感觉一个人也不错。我没有察觉到自己是怎样又一次陷入了沉思，我望着傍晚晴朗的天空发呆，遥远的天边呈现出一条静止的黑色边界——那应该是一片树林。

"当你长时间盯着静止的东西时，"我开口说道，"时间仿佛也静止了。"

她在我旁边静静地笑了。

"对，或者说时间已经流逝了……您看到我的房子了吗？"她突然补上一句。

"它让我很喜欢呢。"

"如果您愿意，哪天晚上有空去我家做客吧。晚些时候去，我们可以一起喝茶，我有一些书很不错，但是些旧书。"

"可您不是不待客的吗……"

“哦，您听说了，不过我会招待您。”

我理所当然地去了她家，之后没多久，我几乎每个晚上都是在博罗维科夫家度过的。

走进这些房间，我仿佛进入了另一个世界。关于这些房间，我在这里不做过多赘述。我看到了有关乡村生活的版画，比如说一些是19世纪30年代的，它们当中任何一幅画的场景都栩栩如生，胜过一切言语的描述。只是你在这些版画上闻不到任何气味，可我却能感觉得到，那气味非常特别，我毫不怀疑一百年前它就是这样的味道。莫非印刷于19世纪初的书仍保留了原本的气味吗？玛丽亚·马尔科夫娜有许多这样的书，我们通常会在傍晚时在她的会客室里一起读书，甚至有些我曾经熟悉的书似乎也从未读过，这些书又一次燃起我内心的激情——我钟情于它们皮质的封面，还有手指在粗糙泛黄的书页上轻轻抚过时所感受到的柔软。可吸引我的并非书的年代感，也不是它的艺术性，是连我自己也说不清楚的东西。

玛丽亚·马尔科夫娜对过去的时代毫不推崇，既不惋惜，也不歌颂，她不像所有上了年纪的人那样偏爱从前。这确实很难解释，我很久也没弄明白，然而她却从所有的时光中挑出了她所喜爱的东西，有所取舍，自由且洒脱——仿佛她所经历的所有时光都在她的身边流过，都超然于她，与她无关。或者可以说，她已经将一切置身事外了。

这个女人身上所具有的非同寻常的平和与我彼时陷入沉思时的感觉很是相似，我可以连着几个小时一动不动地坐着发呆，几乎什么也不想，处于一种完全意义上的休止状态。在墓碑旁的玛丽亚·马尔科夫娜当时在我看来有些难以理解，她的“古怪”引起了我的兴趣，而如今我再没有过这种想法，也完全忘记了那些有过的奇奇怪怪的感觉，它们已经自然而然地消失了。

我们曾一起品读茹科夫斯基[1]的作品，在我面前的那本柔软的、深褐色皮质封面的书像是有了生命！开始是我在读，后来玛丽亚·马尔科夫娜把书拿了过去。

玫瑰花盛开了，
心儿啊，安歇吧！[2]

她读得是那样美妙动听！而诗句也仿佛带着魔力！

我的心终将明朗，
似玫瑰的艳丽。
心儿如花般绽放……

"您喜欢玫瑰?"我突然打断她，"现在，在墓园里……您儿子坟前的玫瑰花开了，他是死在战场上的吗?"

我并非好奇，只是自然而然地问出了口，她回答得也很自然。

"我不知道，他是去战场的时候死的。"

"去的时候?"我仿佛被惊醒一样，又追问道，"在哪里？怎么死的?"

"就在这里，您见过他的墓，从那时起我就没离开过这儿。"

这个回答彻底把我弄糊涂了，我还想多问一些，却一时找不到合适的话语。她看到我满是疑问和慌张的样子，笑了笑，平静地对我解释道：

"您不记得自己的母亲，这是好事，也许您很快会理解我的，这很容

① 俄罗斯 19 世纪初期浪漫主义代表作家。——译者注
② 出自茹科夫斯基的诗歌《抒情诗（玫瑰花盛开了……）》。——译者注

易，人们能与他人产生共情。瓦连京是我的心肝儿，是我生活的全部意义。从他年少时，甚至在他还年幼的时候，因为我太爱他，对他充满期待，也害怕失去他，这些让我饱受痛苦和折磨，所以到最后我的内心再也没了气力。瓦连京清楚这一点，我们心有灵犀，有时用一个眼神就知道对方的意思。如果今天他说要去前线，那就意味着，他一定会去，可我还是恳求他再考虑考虑，明天再做最后的决定。可是即使等到明天，他也不会改变主意。那时候我就知道，我们两个人都只会徒劳地难过到明天，不会有任何改变。”

她停住了，望着漆黑的窗子，似乎窗外什么也没有，世界末日即将来临。会客室里温暖而舒适，老式的油灯静静地燃烧着——这种灯好像叫作卡索灯。玛丽亚·马尔科夫娜的脸上十分平静，然而这种平静并没有让我觉得安心，反倒令我不安起来。

“后来，”她接着说，“后来我就把他送走了，永远地送走了。在他出发的那天夜里，我经历了一场生离死别，就好像他真的死了一样，我把他抱在怀里，我跟他告了别——当他死了一样和他告了别，最后一次亲吻了他的唇。关于这些，他都是知道的，他接受了这一切，所以现在……”

“要是他现在还活着呢？”我处于无以言表的震惊中，低声问她。

“我不知道，这已经无关紧要了，人也只能死一次。早死晚死有什么区别呢？这都无所谓，对我来说，一切都了结了。”

“可是他完全有可能还活着啊！如果他回来了呢？活着回来了！到那时怎么办？”

我激动得有些失声了，玛丽亚·马尔科夫娜勉强笑了笑，把她苍白的手放到我的手上，像是要安慰我。

“到那时……那就当作我又生他一回，不过我没有想过这个，我把他珍藏在心里。我的心啊！用尽最后一丝力气——去接受他的死亡，只有接受了这个事实，我的心才会得到安宁。”

“您信仰上帝，”我轻声说道，“如果您信上帝，这就是罪孽啊！您摒弃了希望，这便不是爱。”

“不是爱，那是什么？我根本没有放弃希望，如果我在跟茹科夫斯基对话，我说‘心儿啊，安歇吧！’那么接下来，您就会听到——

“玫瑰花盛开了，
心儿啊，有了希望。
我们满怀期待，
在广阔天边的某个地方，
那里青春时光永驻，
那里春天鸟语花香。
在那片极乐净土，
我们的生活完全是另一番模样，
如玫瑰花盛开、绽放……”

“您看，”她放下书，补充道，“我的希望是最体面的，它纯洁而虔诚，这世上的爱……世上的希望……能抵得过人的痛苦吗？您听听圣人是怎么说的，‘尘世如露，亦不值得’……在别处有一片极乐净土，而去往那里——茹科夫斯基也说过，‘通往天堂的路经过坟冢，在坟冢之中——只是稍做休息’。”

她沉默了，她的沉默与她的话语一样没有丝毫悲伤，一样充满光明、安宁与平和。“有什么能伤害得了他呢？他是不会受伤的，希望就像是盾牌，把恐惧阻挡在外面。儿子的坟前开满了玫瑰，我的心便有了寄托……”

我同玛丽亚·马尔科夫娜道了别，走在回家的路上，那是个漆黑、寂静而阴郁的夜晚。实不相瞒，那时我的人生还处于转折点，我感到一股万籁俱寂的寒冷从她的灵魂处向我袭来，我仿佛正在向一个静谧、昏暗又幽雅的悬崖深处看去。她在哪里？这个女人，她是谁？那仅仅就是墓园中立在坟前的一块灰色墓碑吗？他——这个坟墓的主人，也许，他还活着……那她呢？她还活着吗？

我的内心充满了恐惧，可我的心早已被生活折磨得伤痕累累。正因如此，在莫名的恐惧感逐渐消失之后，我竟感到了……妒忌。每个人都可以感受到希望，也能体会失去后的痛苦和爱的折磨，而所有的这些都是母亲们命中注定的。可以痛快地将杯中之酒一饮而尽，然后对着自己的内心说：“与其在无望的期待之中痛苦，不如在充满希望的世界里安歇！”——这难道不是无上的幸福吗？

然而，我还是尽量不去评判，我知道对这件事我无法断定是非。不久后，我便离开了那里。很多年过去了，我再没有玛丽亚·马尔科夫娜的半点消息。至于她的儿子——我回想起之前听说有一个姓博罗维科夫的人在北方前线受了伤。或许那不是他。

在那些沉重又漫长的岁月中，玛丽亚·马尔科夫娜宁静平和的面容不止一次地浮现在我的眼前，还有那座教堂的墓园、家乡的枫树和坟前的玫瑰。我再次想到玛丽亚·马尔科夫娜是在听说我朋友瓦洛佳母亲的遭遇之后。那位母亲在希望与恐惧的折磨中度过了数千个日日夜夜，最后瓦洛佳死在了南方的战场，母亲的心无法得到安宁。过了一个月，她便在痛苦中死去了，她已无法相信那首诗里描述的美丽：

在那片极乐净土，

我们的生活完全是另一番模样，

如玫瑰花盛开、绽放……

安静的，可怕的

张婵 译

我的一个年轻朋友是个怪人，他似乎被紧紧裹缚在一个奇怪的襁褓之中，看得出来，他本人对此相当苦恼。他本想跟人谈谈自己的事，却说不出口。我试图把他从封闭的空间里拖出来（他简直就是在自我封闭！），于是就试着问他一系列具有启发性的问题，比如，什么是他所爱的？这个问题对人颇具启发性，当然了，你得把它分解成若干个小问题。可这些问题对我的朋友并不起什么作用，或者其实它们还是有作用的，只是结果出人意料。

对所有这些迂回婉转的问题，他一概回答：“不。”突然，他明确地表示：“我什么都不爱。”

这之后，我们陷入了沉默，我还能问什么呢？得给他些时间。

然而，出乎我的意料，他再次开了口。

“我们对‘爱’这个词有不同的见解。如果按您的说法，我真的……我真的什么都不爱。但您非要我说的话，那么我可以说，不久前，我爱过老妇人们。”

“怎么回事？老妇人们？什么老妇人？”

“您瞧，您已经不理解了，可我就是爱这些老妇人。换句话说，这不是您所谓的那种‘爱’，而是另外一种——我被她们所吸引，所震撼。她们萦绕在我的心头挥之不去，而我也在追随着她们。”

“可我不明白……”

“要是能创造出一个类似法语‘fascination’[①]这样的词就好了，把它翻译成俄语，无论用哪个词都感觉不恰当。有了这样的词，就能知道是什么样的老妇人深深地吸引我了。”

“也就是说，您并非喜欢所有老妇人？”

“当然不是所有的。首先，我爱的老妇人必须是陌生人，通常我会在街上遇见她。我走在她的身后，无法停下追随她的脚步。这些老妇人整洁端庄、妆容精致，她们虽说有些眼神不济，却也没到‘残年余力’的地步——这种并非我所说的老妇人。还有那种精明强干的，手里拿着篮子，拎着口袋，跟另一个老太太走在一起——这也不是我所喜欢的那种老妇人。我也不喜欢‘奶奶们’，她们的身边有婴儿车，总是跟女儿还有女儿的下一代在一起——我爱的不是这样的。”

“那您所说的老妇人究竟是什么样的呢？”

① 意为“魅力”。——译者注

“我跟您说吧，她无所事事，并且一定是独自一人。她穿着黑色或深色的衣服，不是衣衫褴褛，只是衣着素淡，是那种一看就没人疼爱、没人关注、没有心机的女人。除此之外，那衣服似乎就是她本人，而她也就是那件衣服。她的裙子过膝，斜边有些翘起，黑色长袜配一双无跟的皮鞋，鞋尖有点儿向上翘。她随便穿着一件毛衣 外面很少穿大衣，脖子上系着一条三角羊毛围巾，头上戴一顶颜色灰暗的帽子，帽子上有一个被压扁的蝴蝶结，或者没有。手上戴的是黑色的线手套，每根手指的指根处都有亮闪闪的宝石。有时候，她手里拿着伞，提着一个大大的红褐色手提包。我爱的老妇人，通常干瘪消瘦，身材矮小，佝偻着背，但也会有腰身挺直的时候，她走得是那么……”

“那她的脸长什么样?”

“等等，让我说完。她走得慢慢悠悠，呃……怎么说呢？她走得漫无目的，能看得出来她没有目的地。她能在商店的橱窗前停住一动不动地看上很久，有可能是在看香肠、药房里的瓶瓶罐罐、古董家具、堆成山的面包、长筒袜、电灯、皮箱、假牙、香槟酒、领带、衬衫、无烟煤……看什么对她来说都无所谓。她站在那里静静地看，用雨伞或手提包的黑色手柄把飘起的裙摆轻轻地压住。你问我她的脸长什么样儿，和她本人内在的品质一致——空洞。不过她的脸要更亮一些，更黄一些，还有一双也许能看得到东西的眼睛（看上去能看到，也应该能看到），又或许她什么都看不到。她的眼神也是空洞的，而我却被这种‘空洞’吸引，简直就是深深地被吸引——那是一种宁静。您懂我吗？街道上车来车往，嘈杂喧闹，行人熙熙攘攘，神色匆匆……而我的女王——一个无所用心的老妇人，她安安静静的，仿佛置身云中，她或停或走，都是同样地不慌不忙，漫无目的。长着这样的一张面孔，又带着这样的伞——她不能哪儿都不去吧。我追随着她，同样无法停下脚步，我试图走进她那片安静的云中，却没能成功，尽管我紧跟着她，与她在同一个橱窗前停下来，看那些药房的瓶瓶罐罐，看染坊里还未着色的手套，看行李箱……她走我也走。这之后，天色渐暗，而我呢，我自己也弄不明白，怎么就在灯火通明的地方把她跟丢了呢！也许是她转了个弯儿走进了某个角落，而我却没能跟上。她的安详、宁静和虚无开始占据我的身体，我突然感到自己并没有失去她。我沉浸在这令人陶醉的安静和可怕的情绪之中无法自拔。”

“老妇人不是同一个吧?”

“我不知道。当然了，她们各有不同。有的戴着包发帽而不是礼帽，有的是银白色的头发，有的头发斑白。还有一个头发很稀疏，而且没戴手套，手上劲儿很大。是不是同一个人不重要，重要的是她是独自一人，重要的是她在这里——也已经不在这里，她在自己安静的云中。甚至不能说是‘已经’不在这儿，因为‘已经’意味着时间，当你看到可怕的云时，你无法去想象时间，在彼时彼刻能想到的只有‘虚无’，只有‘空洞’……其实，我是白费力气……我形容不出，又怎么能讲得出来呢，你知道——这就像是神经质的妄想症罢了。反正我现在不再爱她了。”

“不，先等一下。好吧，就算是神经质的妄想，就让它顺其自然吧。可您怎么就不再爱她了？您是把她忘了吗？是渐渐地忘却了吗?”

“一下子就不爱了，这又是任何人都无法理解的，所以我还是长话短说，反正结果都一样。有一天，我走在宽阔又安静的街上，那是一个明媚的上午，街道两旁的树木刚刚冒出绿芽。突然，她迎面走过来——就是她！正对着我的方向，朝我走来。”

“她?”

“对，还是那双平跟靴子，那条裙子，那顶被压扁的帽子，还有那只手提包。只不过……她是那么美，真的是特别漂亮，就像十五岁女孩的那种‘漂亮’，但她的脸仍然还是那样空洞，毕竟这就是她。在这之前，当我在一片乌云中遇见她时，一切仿佛都被乌云包裹——包括我在内。而现在，祥和的云朵中映射出春光，照耀着清晨及周围的一切。她的的确确身在此处，然而也真真切切不在此地。她带着这一切向我走来，我甚至搞不清楚她是不是笑了，又或许她本身就是个微笑般的存在。也就在那时，我不想再爱她了。”

“不想了？”

“不，我又惊又怒，惊的是我之前的恐惧毫无意义，而我喜欢的却远超出我的能力所及。我不理解这点，也不愿去承受，我因此感到愤慨。她迎面走向我，就像从前我没有爱过她，没有追随过她，没有害怕过她的时候一样，但我觉得我终究还是永远地失去了她。就在距离完全不一样的她还有两三步远的时候，我突然转过身，迅速地往回走，走得又快又急……我再也没有回头。就这样，我的爱结束了。”

“就这么结束了？”

“正如我预感的一样，结束了，对她，对她们——对老妇人们的爱结束了。我已经不与她们相见，或者不准备再见，更确切地说，我把爱从她们那儿移走了。可爱情还在，那是我的爱情，什么样的爱才是适合我的呢？与我的身高相配还是其他的什么东西呢？我找到了爱……我付出了我的爱……”

“我的天哪！又找到了谁啊？这又是什么样的爱啊？”

“吸引力，魅力，神经质的臆想……您怎么想都行，那是一种对可怕和安静的爱慕。”

“您在哪里找到了这种爱慕之情？在谁那儿找到的？”

“在猫那儿。我现在爱的是猫，您会嘲笑我吗？您会认为这很‘俗气’吗？那就让它俗气吧，我又不是为了您或是别人，我是为自己去爱。我看到了那种可怕感和安静感，并被深深地吸引住，我放任自己被它诱惑，如果我控制住自己，那就什么都不会发生了。我走在宽阔僻静的街道上，黄昏时分，天气有些凉，我第一次在猫的身上看到了那种可怕和安静。那是一只小小的黑猫，它蜷着前爪，静静地趴在前门的门槛上，就像一团黑色的绒球，大概这是一只看门猫吧。我从它旁边走过，回头望了望它，那毛茸茸的黑色小球儿丝毫未动。然而，在那一团黑色当中，我看到了一双又大又圆且黯淡的眼睛——活生生的，却空洞无光。我意识到了，我并不清楚这只猫在什么地方，也许，它并不存在。就在那时，我被它吸引了。”

“又是这样。”

“不，不完全一样。毕竟，如果那是一个人——我是说，一个与我差不多的人——一个人类，会更容易被接受，而这次有所不同。我分得清猫，它们是有个性的，每只猫都是不同的，而它最主要的特征与其他特征统一起来，一切就构成了它的个体。将猫分类比较容易——可以按照长相、姿势、行为来分，这些都是很主观的，并且在很大程度上取决于猫的成长轨迹。比如，我知道有一只猫，它感觉自己‘家财万贯’，我时常在周日看到它趴在一家高档酒店门口的椅子上，显然它就出生在酒店这样的环境之中。还有另一只……其实这没什么新奇的，但关键不在于此，您知道关键在哪儿吗？让我惊讶的是——有那么多喜爱猫的人，可没人注意到它们最重要的特征——安静。人也好，金丝雀也好，所有的动物都很吵。狗摇头摆尾，上蹿下跳，尖声狂吠，鼻子嗅这嗅那，尾巴甩来甩去……难道不是吗？而猫就像是在真空中移动，它不发出声响，发出的呜呜声是它静到极致的表现，至于喵喵叫——您不会没见过吧——它大张着嘴可没发出任何动静，猫只有在死亡或激情之时才会叫。当您理解了猫的安静时，就能够明白它的那种空虚……看来您并不理解。”

“对我个人来说，或许是不理解……但对于您……”

我们再一次陷入了沉默，两个人都沉默了许久。也许这个话题已经到了尽头，没什么可说的了，哪怕我们再从猫的话题说起，也会是同样的结局。

但是我的朋友绕了个圈子，他故弄玄虚地说道：“我在梦里见过她两次。”

“谁？”

“她，嗯……就是在早上，最后那次迎面向我走来的那位老妇人。愚蠢的梦，两次的梦竟然一模一样。”

“梦都是愚蠢的，只有杜撰出来的才是明智的，给我讲讲吧。”

“讲出来的才是最蠢的。梦是鲜活的，你无法触碰它，当你在讲述它的时候，其实你讲的是关于它的回忆，而不是梦——梦已经死了。我可以简单讲讲，但您自己分析吧，梦里其实什么内容也没有，可我确实做梦了。好像还是在那条街上，或者是其他类似的街上。街上很明亮，她仍旧是那样向我迎面走过来。在梦里，您知道的，即使离得很远也能像在近处一样看得真切，我能清晰地分辨出她的每一个特征——手、手提包、脸。突然间，我好像看到，我的那位老妇人根本不是一个老人，随着我们走出的每一步，她变得越来越年轻，这会儿她真的变成了一个十五岁的少女……我很高兴自己没有任何惊恐的感觉，但不知为什么，一个可怕的想法突然使我怔住了——如果继续这样走下去，那在我们相遇之前，她一定会变得越来越小，也许会小到完全消失……出于这样的恐惧，我开始哭泣，并朝着她狂奔。在梦里人怎么跑您是知道的，我哭啊，跑啊，可就是原地不动……”

“那后来呢?”

“当然什么也没有发生。我哭着醒来，之后又哭了很久，不是在梦中，而是真正地哭，两次都是。不过没关系，那不是难过的眼泪。跟梦一样，梦中的眼泪也大致有两种，一种是‘好的’，另一种是‘不好的’，这与梦的内容无关，如果按内容来分，那只有一种——愚蠢的梦。”

“这倒是事实。”

“所以我的这个梦——是个好梦。在我第二次的梦中，我记起自己做过这个梦，正当我哭的时候，梦醒了。而当我还沉浸在梦里时，我对自己说，好吧，还会有第三次的，到那时我无论如何都要跑到终点，哪怕赔上命也要跑到尽头……然后，到了早上，我笑了，并没有做第三次的梦。”

“那您没梦见过猫吗?”

“没有，没梦到过。”我的朋友迅速地说道，然后站起身。

“我很抱歉，再见吧。请原谅我说的这些胡说八道的废话，这些很少发生在我身上——可以说从未发生过，这是我对您的惩罚。”他笑着补充道，“您既然想要打探出我所爱的东西，那我就开始虚构……想象力也够丰富了吧，我可不是索洛古勃[①]，没法为您提供更夸张的‘创作奇谈’……”

“你别再自欺欺人了，别怪罪自己，也不要胆小退缩。我是在听您讲这些，可如果您希望我把它忘了，那我会如您所愿忘掉的。”

他走了。我现在比之前更了解我的朋友了吗?

我不知道，又或许，我知道。

① 俄罗斯白银时代著名诗人、作家。——译者注

德米特里·梅列日科夫斯基

爱能拯救死亡

圣者萨提尔（译自佛罗伦萨神话）

德米特里·梅列日科夫斯基

全名德米特里·谢尔盖耶维奇·梅列日科夫斯基（1865—1941），俄罗斯著名作家、诗人、文学评论家、翻译家、历史学家、宗教哲学家和社会活动家，俄罗斯文学白银时代的杰出代表。梅列日科夫斯基的创作生涯始于诗歌创作，出版有《诗集》《象征》《新诗集》《诗选集》等作品。他是俄罗斯文学象征主义的奠基人，并率先提出“新宗教意识”，著有《基督与反基督》三部曲、《圣三的奥秘》等。他还是杰出的文学批评家，“主观批评”是他独特的文学批评方法，《永恒的伴侣》《托尔斯泰与陀思妥耶夫斯基》《果戈理与鬼》等都是其著名的批评文集。时至今日，梅列日科夫斯基的作品仍在俄罗斯文学界具有相当大的影响力。

爱能拯救死亡

冯宇 译

一直以来，生活在佛罗伦萨的古老的阿尔梅里家族从事着两个上等行业：一个是肉品生意，他们信奉着神圣的肉商守护者圣·安东尼；另一个是羊毛生意，他们店铺的旗帜上有一只羊的形象。和祖先们一样，阿尔梅里家族的乔凡尼和马特奥兄弟也从事着这两个行业。乔凡尼在古老的美卡托·维奇奥市场上卖肉制品，马特奥则在河诺河下游经营一家毛纺作坊。顾客很乐意光顾乔凡尼的肉品店，不仅因为在这里可以找到新鲜的火腿、鲜嫩牛肉和肥鹅，还因为店主性格开朗、能说会道。没有人能像阿尔梅里家族肉品店的店主乔凡尼一样，跟偶尔经过的路人、买肉的人或者邻居开着恰到好处的玩笑，也没有人能够对现实世界的所有事情做如此幽默风趣的侃侃而谈：佛罗伦萨共和国的外交失误，土耳其苏丹的意图和法国国王的阴谋，甚至是一些奇闻逸事，比如近段时间常去修道院找修士的一个寡妇邻居的意外怀孕。不过，没有人会因为店主的玩笑而生气，他也经常用一句古老的谚语来为自己开脱："好邻居不会因为玩笑而翻脸，笑话中的语言就像刮脸的剃须刀一样伤不了人。"

马特奥不是一般人，他是个狡猾的家伙；而乔凡尼是一个粗心大意、马马虎虎却内心善良的小伙子。相比之下，马特奥非常聪明，性情温和，经常沉默不语而略显忧郁，为人处世也比乔凡尼更加圆滑。每年，马特奥都会有两艘满载羊毛货物的轮船从利沃恩港开到君士坦丁堡。他有着崇高而远大的理想，把贸易看作一条通往国家公职的途径，一生都在攀附权贵，追随那些富有、有社会地位的人。在佛罗伦萨，这些人被称为 popolo grasso（富人，有资产者）。他还希望能提高阿尔梅里家族的地位，或许，还可以将他的名字载入史册。他经常劝他哥哥乔凡尼放弃肉品店的生意，因为这些生意对他们来说是微不足道的，并不能提升他们的社会地位，他想要乔凡尼把钱投到他的生意中去。但是乔凡尼没有答应他的请求，虽然他尊重弟弟，也欣赏弟弟的精明强干，但是内心却对弟弟有一丝害怕与恐惧，在弟弟不说话的时候，他总觉得弟弟笑里藏刀。

有一天，天气非常炎热，乔凡尼从店铺回来，疲惫不堪，像往常一样吃着晚饭。在喝了点儿希腊酒之后，他觉得头有点儿晕，突然倒在了地上。更危险的是，他撞在了一个身材肥胖、脖子都要看不见了的屠夫身上。就在那天晚上，他把灵魂交给了上帝，甚至还没来得及忏悔和立一份正式遗嘱。遗孀蒙娜·厄休拉是一个谦逊又善良，但不太聪明的女人，她把丈夫的生意委托给了他弟弟马特奥，马特奥知道如何用花言巧语骗取嫂子的信任。他说服了这个淳朴的女人，让她相信，由于轻率，乔凡尼把自己的账簿弄得乱七八糟，因此在破产的前一天就死掉了。如果想挽救现状、赚回钱财，必须关掉在老市场的肉品店。“狡猾的老实人”马特奥无耻地欺骗着哥哥的遗孀，他用邪恶的语言欺骗她，为了实现自己的夙愿，他让她把乔凡尼肉品店的所有资产都投到自己的羊毛生意中去。不管怎样，从那时起，马特奥的事业就开始走上坡路了，每年从利夫诺到君士坦丁堡往来的不再是两艘船的货物，而是五艘或六艘装载上等毛斯卡纳羊毛的船只。几年后，这位毛纺作坊主已经声名显赫，既有地位又有钱。他“大方”地每个月给哥哥的遗孀微薄的救济金，蒙娜·厄休拉的生活困顿潦倒，她已经所剩不多，还要养育一个温柔可爱的小女儿吉内夫拉。那个时候的佛罗伦萨，很少有男人不要求新娘出嫁妆。虽然目前她们母女俩的生活非常窘迫，但是虔诚的蒙娜·厄休拉并没有气馁，她不断地向神的侍者们，特别是圣·安东尼祈祷。她坚信，上帝会派来一个善良而有尊严的好男人来迎娶她的女儿。

很难相信肥胖又笨拙的乔凡尼会有一个如此温柔漂亮的女儿。

吉内夫拉总是穿着朴素的深色布衣，但她的身材凹凸有致，从细小的蓝布衬衫中露出了她那迷人的纤长脖颈。像所有的佛罗伦萨女孩一样，她戴着一串镶着橄榄石的珍珠项链，古老的宝石上还有个半人马座的浮雕。金黄色的头发上罩着一层薄纱，一直垂到额前，透过它可以看到编织繁复的细碎秀发。她的辫子被编成精致的圆形或其他形状，如葡萄叶或蕨叶。吉内夫拉苍白而柔和的脸与菲利普·利皮笔下描绘的修道院圣女莫多娜，也就是《圣·伯纳德的想象》[①]中的那位纯洁少女有几分相似。她温柔又苍白，她的手指像教堂里的蜡烛一样修长而美丽。在她孩童般稚嫩的嘴唇上，在她平静忧郁的眼神里，在她无须修饰的高挑眉毛上，都流露着一股

① 《圣·伯纳德的想象》，油画名，为巴尔托洛梅奥修士所画。——译者注

邪恶无法侵蚀的纯真。尽管她身上散发着晨风般的清爽和寺院百合花的清香，整个人看上去圣洁无瑕，但她弱不禁风，她实在是太单薄柔弱了，仿佛她生下来就不食人间烟火一样。每当肉品店店主乔凡尼的女儿走在佛罗伦萨的大街小巷，或去往教堂的路上时，她总是默不作声，眼眸低垂，手里拿着经书。那些去赴宴或打猎的活泼的小伙子，每次见到她，都会停下马，表情立刻庄重起来，停止嬉戏和玩笑，毕恭毕敬地目送着美丽的吉内夫拉，久久不愿离去。

叔叔马特奥听到人们对侄女的赞誉，他盘算着让她嫁给佛罗伦萨共和国的一个秘书，虽然那个人已不年轻，但地位很尊贵，与当时的阿尔比茨市的市长关系密切。他叫弗朗西斯科·杰李依·阿戈兰蒂，他精通拉丁语，能像吉特·莉维和萨柳斯吉亚[①]那样严肃庄重地汇报工作和传达文件。实事求是地讲，他像极了罗马人。他有一张看起来很像共和党参议员的脸，和那些佛罗伦萨官员一样，他穿着一件长长的、带褶的深红色呢绒大衣，就像穿一件古罗马的托加服[②]一样。他非常喜欢古典的写作手法，在佛罗伦萨开始流行希腊语写作时，从君士坦丁堡归来的拜占庭学者开始讲解希腊语的语法，弗朗西斯科·杰李依·阿戈兰蒂并没有因为自己年龄大而感到不好意思，那时他已经是佛罗伦萨共和国的秘书了。他当时坐在学校长凳上与学生们一起学习希腊语的字母表，他在那里学到了很多知识，所以他可以读原版的亚里士多德的《工具论》和柏拉图的对话集。总而言之，狡猾的、爱慕虚荣的羊毛作坊老板想不出比这个人更有利的侄女婿人选。马特奥答应为他的侄女办一份丰厚的嫁妆，只要她同意嫁给弗朗西斯科·杰李依·阿戈兰蒂。

① 吉特·莉维（前59—17）和萨柳斯吉亚（前86），罗马历史学家。——译者注
② 托加服，一种古罗马男性穿的长款外套。——译者注

然而，事与愿违，这个未婚夫身上的这些显而易见的优点却得不到吉内夫拉的认可，她一直拒绝叔叔的好意，婚礼一年又一年地向后推迟。就在马特奥又一次逼迫他侄女快点做出决定时，她坦白了她有一位自己深爱的未婚夫，这让虔诚的母亲蒙娜·厄休拉感到大吃一惊，他的名字是安东尼奥·德·隆迪内利。这位未婚夫是一个年轻又穷困潦倒的雕塑家，在一个小巷子里经营着一个小型作坊，带着几个学徒。雕塑家安东尼奥是在吉内夫拉母亲的家里与她相识的。几个月前，城郊阔气的修道院请安东尼奥为受难教徒圣·瓦拉瓦拉做一个圣像，在塑造头部形象时，他想邀请美丽的吉内夫拉做模特。蒙娜无法拒绝这件虔诚又伟大的事。在工作期间，雕塑家爱上了这个美丽的模特，就像曾经的皮格马利翁[①]爱上加拉提亚一样。随后，他们又在城市的各种节日和冬季的庆祝活动上相遇，主人们总是乐于邀请吉内夫拉，因为她美得就像节日的装饰品一样。

当母亲蒙娜·厄休拉胆怯又礼貌地想要向马特奥表达歉意，说吉内夫拉已经有心上人的时候，尽管马特奥内心很生气，但他还是做出一副谦和的模样，说："蒙娜，如果不是我刚才亲耳听见，我绝不会相信，你这样一个善良又谨慎的女人会没有察觉到一个乳臭未干的孩子的轻浮行为。我不知道现在的世道变成什么样子了，但在我们那个时候，年轻女孩都不敢违背父亲或监护人的意愿去自己选择丈夫。你要好好考虑考虑，这个安东尼奥到底是个什么人？我的侄女会为自己的选择感到自豪吗？难道你真的不知道雕塑家、画家、诗人、演员和街头歌手都是一些别无选择的职业吗？既不体面又赚不到钱。这些人都是这个世界上最轻浮和最不可靠的人，都是一些酒鬼、淫棍、游民、没有信仰的人和下流的人，他们挥霍着自己和

① 皮格马利翁，雕塑家，克里特国王，他爱上了他创造的加拉提亚雕像。阿弗洛狄忒复活了雕像，加拉提亚成了皮格马利翁（希腊神话）的妻子。——译者注

其他人的财产。至于安东尼奥先生，当然，你应该也有所耳闻，佛罗伦萨的每个人都知道他是什么人，而且我也知道。所以，我要提醒你，这个年轻人有一个习惯，他的作坊里挂着一个篮子，篮子系在一根细绳上，而细绳挂在滑轮上，绳子的另一头用钉子钉在墙上。安东尼奥把所有赚来的钱数都不数地扔在篮子里。而任何人，不管是学生还是熟人，只要需要，就可以在不问主人的情况下放下篮子，随意地拿走他的铜币、银币或金币。你觉得，蒙娜，我会用我的钱把你的女儿嫁给他吗？我疯了不成？但这还不是最重要的，安东尼奥先生的脑子里都是魔鬼散播的卑鄙的、伊壁鸠鲁学派[①]的无神论思想。他从不去教堂，嘲笑神圣的圣礼，不相信上帝，这些你都知道吗？善良的人都说，他信奉的不是高贵的圣骨和有灵的圣像，而是那些从地下挖出来的、邪恶的异教所信奉的大理石雕像，那些都是一些蛊惑人心的形象。另外，我还从他的学徒口中得知，他们还解剖人的尸体，尸体是他们从医院的门卫手里花了大价钱买来的，还说这一切都是为了研究解剖学，了解人体的结构、神经和肌肉什么的，目的是做好他们的雕塑作品。事实上，我想，他们这么做是为了取悦上帝的宿敌——魔鬼，使他在雕塑上获得魔力。当然，这不是什么其他手段，只不过是这个异教徒在你无辜的女儿身上施行了妖魔术。”

马特奥的这番话吓坏了蒙娜·厄休拉，也说服了她。母亲告诉吉内夫拉，如果她还是拒绝和弗朗西斯科·杰李依·阿戈兰蒂结婚，她的叔叔将不再给她们每月的生活费，那么，她的母亲蒙娜·厄休拉将会在贫穷、饥饿与无尽的苦难中度过自己的晚年生活。最后这个悲伤的年轻女孩只好答应了她叔叔的要求。

---

① 伊壁鸠鲁学派是最有影响力的哲学学派之一。伊壁鸠鲁学派认为人死魂灭，同时提倡寻求快乐和幸福。这种快乐绝非肉欲物质享受之乐，而是排除情感困扰后的心灵宁静之乐。——译者注

今年佛罗伦萨遭遇了一场大灾难，许多占星师都预测到这一灾难，他们认为这是由于从天蝎座的星象图来看，二星距离火星太近了。一些来自东方的商人在带来了大批贵重的印度地毯的同时，也带来了瘟疫。神职人员在街道上进行了一场盛大的游行，悲伤地唱着祷告之歌，他们开始制定禁止城市居民倾倒污水的法律，禁止制革厂和屠宰场的腐烂垃圾污染阿诺河水域，采取措施隔离病人与健康的人。白天在日落之前，晚间在日出之前，死人被禁止停放在家中，即使家人强调死因并非瘟疫而是其他疾病也不可以，违反者将面临罚款、监禁，甚至死刑的惩罚。监督特使有权在白天或夜里的任何时间敲门，对病人或死者进行核查。到处是可怕的手推车，在火把的烟雾中，戴着面罩、穿着浸了焦油的黑色衣服的人拿着长长的钩子，为的是离尸体远一点儿，避免感染尸体上的瘟疫，他们将尸体抬到推车上。据传，这些被人们称为“黑魔鬼”的人带走的不仅是死者，还有奄奄一息的病人，以免再次回到同一个地方。传染从夏末一直持续到深秋，而当年早早出现的严寒也没有对这场瘟疫的蔓延产生任何影响。这就是为什么那些没有要紧事的人，都逃亡似的离开了佛罗伦萨，逃去了乡村别墅，因为那里的空气更清洁，更有利于健康。

马特奥害怕发生意外状况，又担心侄女心生变故，所以决定让他们匆匆举行婚礼，并以此为借口让蒙娜和她的女儿尽快地离开城市，到乡下去。他建议弗朗西斯科·杰李依·阿戈兰蒂与吉内夫拉和她的母亲一起走，在婚礼结束后马上请假，到他的乡村别墅去。

这正是弗朗西斯科先生所希望的，于是他爽快地答应了。几天后就是婚礼，婚礼现场没做任何装饰，就像平日一样。他们在一个令人悲伤的日子里举行了仪式，戴着婚冠的吉内夫拉脸色苍白，表情淡漠。叔叔希望在婚礼结束后，吉内夫拉能将她少女时那些异想天开的想法丢掉，而弗朗西斯科先生也能够赢得他年轻妻子的爱。他的愿望注定是不可能实现的：新婚夫妇离开教堂之后，新娘刚一进入她丈夫的家，就生病了，很快就死了。起初他们认为吉内夫拉是晕过去了，他们呼唤着她，但她的眼睛并没有睁开，她的呼吸慢慢减弱，她的脸和整个身体上的皮肤都渐渐褪去了血色，全身一片苍白。几个小时后，他们才给医生打电话（他们并不愿意打这个电话，担心在家里发生传染病的传言散播出去）。他们将一面镜子靠近吉内夫拉毫无生气的嘴唇，看不到它上面有哈气的痕迹，然后每个人都震惊了，被一种难以形容的悲伤和同情环绕——原来她真的死了，不是假的。邻居们开始说，上帝在惩罚阿尔梅里家族在不合时宜的时候举办了婚礼，这让弗朗西斯科年轻的妻子在婚礼结束后从教堂回来时染上了瘟疫而死。谣言容易被传播，女孩的亲戚们都害怕“黑魔鬼”的到访，将吉内夫拉的死讯拖到了最后一刻才公布于世。但傍晚时分，监察员来了，邻居们对吉内夫拉家中所发生的事情知无不言，并开始要求亲属交出吉内夫拉的遗体或立即埋葬她。经过长时间的交涉，这些邻居也得到了不少封口费，于是他们同意将死者的遗体在弗朗西斯科家停放到第二天傍晚。

然而，关于吉内夫拉的死，亲人们已经不再怀疑，只有她年迈的保姆不肯相信。但没有人注意到她，大家都认为她是老糊涂，胡言乱语罢了。悲痛欲绝的老妇人哀求不要埋葬死者，她说肯定是医生诊断错了，吉内夫拉不是死了，而是睡着了，她坚信这一点，并把手贴近她的心脏，说她能“感觉到它的微弱跳动，只是跳动得比飞蛾翅膀的振动还弱”。

一天之后，因为这位年轻女孩没有任何生命迹象，于是他们给她裹上了裹尸布，抬进棺材里，带到圣里帕塔大教堂。她的墓穴干燥而宽敞，用光滑的托斯卡砖铺成，位于教堂的两个入口之间低洼处的阿韦洛公墓里那棵高大的柏树下。这里是佛罗伦萨贵族阶层的家族墓地。有些人认为，这块墓地对肉品店店主的女儿来说已经价格不菲了，马特奥·阿尔梅里为此支付了一大笔钱，但这笔钱都是从吉内夫拉自己的嫁妆中拿出来的。葬礼进行得很隆重。他们不吝惜高高的蜡烛，为了纪念死者的灵魂，他们把大麦谷物和橄榄油分给乞丐们。尽管天气寒冷，还有可怕的瘟疫，但许多人都来参加了葬礼。有些甚至是陌生人，他们听到了新娘死亡的悲惨故事，都无法忍住泪水，重复彼特拉克的感伤诗句：

在她美丽的脸上，死亡似乎很美丽。

弗朗西斯科先生在葬礼上发表了演讲，不仅使用了拉丁语，还引用了柏拉图和荷马的希腊语录。当时这是新鲜事，许多听众虽然不懂希腊语，但也听得很入迷。

在葬礼的尾声，当人们把棺材抬出教堂放进墓穴里与死者诀别的时候，发生了一阵骚乱。一个脸色苍白的人穿着一件黑色的丝绸外套，向死者走来，掀开她脸上的薄纱，目不转睛地看着她。大家注意到，他作为一个“外人”，竟然先于亲人靠近死者。于是，大家要求他马上离开，因为这是非常没有礼貌的。当面色苍白的男子听到有人称他为“外人”，而将马特奥叔叔和弗朗西斯科先生称作“亲戚”时，他痛苦地冷笑了一声，亲吻了一下死者的嘴唇，放下她脸上的薄纱，然后一言不发地走开了。人群中有人窃窃私语，对他指指点点，说吉内夫拉就是因为她的恋人安东尼奥·德·隆迪内利才死的。

夜幕降临，葬礼结束了，人群散去。蒙娜·厄休拉想在棺材旁过夜，但马特奥叔叔不同意，因为她已悲痛欲绝，大家都担心她的身体状况。

墓地里只剩下修士玛利亚诺，他是天主教布道兄弟会的修士，理应为死者祈祷。

几个小时过去了，夜晚的寂静中，传来修士轻柔而有力的祷告声，时而掺杂着乔托大理石钟楼上铜钟的敲击声。午夜过后，修士玛利亚诺感到口渴，从口袋里掏出了特雷比安军用壶，低下头，痛快地喝上了几口，忽然他听到一声轻微的叹息。他仔细一听，又是一声叹息，这一次，他好像看到死者脸上的薄纱在颤动。他马上感到脊背发凉，但对于这种情况他不是第一次接触，他清楚地知道，即使习惯了夜里和尸体单独在一起的人也会出现各种幻觉，他决定忽略它。他在胸前画了个十字，继续声音洪亮地念祷文。又过了一会儿，修士的声音戛然而止，他一动不动地站在原地，吃惊地张大嘴，他的眼睛瞪得大大的，死死地盯着死者的脸——现在已经不是叹息声了，从她口中发出的是微弱的呻吟声。修士玛利亚诺不再怀疑，因为他清楚地看到她的胸口在缓慢地起伏着，脸上的薄纱在颤动着——她在呼吸。他吓得全身哆嗦，画着十字，冲向门口，从墓室里跳了出来。在新鲜的空气中，他稍微清醒了一些，又想了想，刚才可能是他的幻觉，他低声念叨着“万福玛利亚”，又回到门口，往墓穴里看。就在这一瞬间，恐怖的叫声从他的胸膛里迸发出来：死者正睁着眼睛坐在棺材里。修士玛利亚诺头也不回地跑起来，穿过墓地，穿过圣乔瓦尼广场，沿着里卡索利街道——他穿着的木制凉鞋发出咚咚的响声，敲击着冰冷的砖砌路面。

吉内夫拉·阿尔梅里从睡梦中或是从昏厥中醒来，困惑地环顾着墓穴。一想到自己差点儿被活埋，她就感到后怕。她费尽气力从棺材里爬了出来，裹紧裹尸布，从墓地的门里走出来，然后走到大教堂前面的广场上。透过被风吹散的云层，月光洒了下来，乔托大理石钟楼也泛着白光。吉内夫拉思绪混乱，头晕目眩，仿佛钟楼和她一起飘到了月光映照的云里，她不知道自己是活着还是死了，是在梦中还是在现实中。

她不知道要去哪里，走过几条荒凉的街道，看到了一所熟悉的房子，她停下来，走到门口，敲了敲门。这是马特奥叔叔的家。

尽管已经很晚了，但羊毛作坊主还没睡，等待着信使从君士坦丁堡带回来关于两艘商船的消息。有消息说，利沃尼亚海岸附近的一场暴风雨摧毁了许多小帆船和佛罗伦萨大帆船，所以马特奥叔叔担心他的船会不会出事。夜里，他感觉有些饿了，所以叫来了他的女仆南希，一个红头发、长着雀斑、牙齿洁白得如牛奶的漂亮女孩。马特奥叔叔是一个老光棍儿，但家里总是有年轻的女仆。在这个夜里，因为其他的房间都有些冷，他就坐在了厨房的火炉旁。南希脸上泛着红晕，她卷起袖子，旋转着在火焰上的烤肉叉子，火焰在干净的陶罐和盘子上反射出跳跃的红光。

“南希，你听到了吗？”叔叔警觉地说。

“是风。我不会再去看了。您已经打发我去看了三次了。”

“什么风？有人敲门，一定是信使。快去开门吧。”

胖胖的南希懒洋洋地走下很陡的木楼梯，马特奥叔叔在上面举着一盏灯，给她照亮。

“谁呀？”女仆问道。

“是我，我，吉内夫拉·阿尔梅里。”门外虚弱的声音回答道。

“耶稣！耶稣！教父的力量与我们同在！”南希含糊地说，她双腿发软，怕摔倒，她紧紧地抓住了楼梯扶手。马特奥叔叔脸色发白，灯差点儿从他手里掉落。

“南希，南希，快开门！”吉内夫拉恳求道，“让我暖和一下吧，我很冷……去告诉叔叔，是我回来了……”

女仆身材肥胖，飞奔上楼梯，脚下的台阶发出了断裂般的声音。

“这就是您说的信使！等到了——没什么好说的。我告诉过您，马特奥先生，躺下，像所有善良的基督徒一样睡觉……哎呀，我的妈呀，门又敲响了！听！可怜的灵魂在呻吟，您听她叫得多么凄惨啊！上帝啊，求您救救我们吧，可怜可怜我们吧！圣·劳伦斯，请为我们祈祷吧！”

“听着，南希，”叔叔犹豫地说，“我去看看是什么。不知道会不会是……”

“您可千万别去啊，”南希喊道，拍着手，“我的妈呀，您得多大胆啊！我怎么能让您去呢，您是不想活了还是怎么的？别胡闹了，坐在那儿别动，要不然不知道还会发生什么事儿呢！”

南希从书架上拿了罐圣水，把它洒在屋外的门上、楼梯上、厨房里和马特奥先生的身上。他不再争辩，任这位聪明的女仆摆布，他觉得她更知道如何对付鬼魂。南希大声念着祷告词：

“神圣的灵魂，同上帝去吧，愿上帝安抚你的灵魂。”

吉内夫拉听到有人说她已经死了，就知道她已经没有什么可等的了，她筋疲力尽地从门前站起来，吃力地继续寻找容身之所。

她勉强地拖着冻僵的双腿，来到了她丈夫弗朗西斯科·杰李依·阿戈兰蒂家旁边的那条巷子。

佛罗伦萨君主的秘书此刻正在用拉丁语给他在米兰的朋友穆齐奥·德尔乌伯蒂写一封很长的富有哲理的信，他的朋友是一位远古缪斯女神的崇拜者。这是一篇完整的神学文章，标题是《论灵魂不朽——源于爱妻吉内夫拉·阿尔梅里之死》。弗朗西斯科先生将亚里士多德的学说同柏拉图的学说相比较，驳斥了托马斯·阿奎那[①]的观点。他认为斯塔吉拉人[②]的哲学可以与天主教会关于天堂、地狱和炼狱的教义一致，像弗朗西斯科先生以

① 托马斯·阿奎那（1225 或 1226—1274），中世纪哲学家、神学家。——译者注
② 斯塔吉拉人，指亚里士多德，其出生于斯塔吉拉。——译者注

许多清晰而机智的三段论证明一样，这绝不是亚里士多德的教导。亚里士多德是一个隐秘的怀疑论者和无神论者，而伟大的敬拜者柏拉图的学说与基督教的信仰是一致的。

铜油灯闪着柔和的光，挂在木制写字台的上方。写字台光滑的台面略微有些倾斜，上面有很多为了放置纸、墨水和羽毛笔而设的抽屉和隔层。油灯的外形是一只蜥蜴拥抱着一个海女，因为在日常生活的所有细节中，弗朗西斯科先生喜欢效仿精致的古代形态。古老的提米乌斯羊皮卷或柔嫩如丝，或坚硬如象牙，金色的插画闪耀着光芒。插画上是赤裸的爱神或天使在舞蹈，他们的头上戴着天堂的花环。

弗朗西斯科先生刚刚开始从神学的角度来研究转世的学说，或者说是灵魂转移，并巧妙地嘲笑了毕达哥拉斯人。众所周知，他们不吃豆子，因为他们坚信豆子中有他们祖先的灵魂。他皱起眉头，因为他工作时不能忍受噪音，他选择了最安静的夜晚，这样他就不会被打扰。

尽管如此，他还是走到天窗旁边，打开窗户，望向街道，在苍白的月光下，他看到了裹着裹尸布的吉内夫拉。

就在这一刻，弗朗西斯科忘记了柏拉图和亚里士多德，匆忙关上了窗户，吉内夫拉还没来得及说出一句话，他就低声念起了“万福玛利亚”，并且惊恐万分地画着十字，就像南希一样。

然而，他很快就醒悟过来，为自己的怯懦而感到羞耻，并记得亚历山大新柏拉图主义者普罗克斯和波菲里所讲的死者现象，也就是说，恶魔是生活在天地中间的、具有天和地双重性质的物种，有时是善意地警醒世人，有时会幻化成某个死人形象的透明的躯体来恶意地恐吓世人。有人认为，这些透明的躯体是由潮湿的冷气凝结而成；还有人认为，它们是由火热的、无色的透明物质构成的。这种物质构成了地球上的各种植物生灵和有智慧及无智慧的动物。想到这些，弗朗西斯科先生用逻辑和自然的论据向自己解释了最初的恐惧后，他终于平静了下来，再次打开了窗户，用坚定的声音说：

“无论你是谁，是地狱的还是天堂的灵魂，消失吧，回到你原来的地方去，因为你想吓唬一个思想中闪烁着最高哲学光辉的人是徒劳的。你可以欺骗肉体，但不能蒙蔽我心灵的眼睛。回到地狱中去吧，尘归尘，土归土。”

这一次他彻底关上了窗户，再也不会打开它，不管哀怨的鬼魂如何敲打他的窗户，他都不会为之所动。

吉内夫拉继续向前走，因为她离老市场不远，所以她很快就看到了她母亲的房子。

蒙娜·厄休拉跪在十字架前，旁边是神情严肃的修士贾科莫，他面色苍白，筋疲力尽。她抬起眼睛看着他，充满了恐惧。

“我该怎么办，我的教父？帮帮我。我的灵魂无法安宁，我无法平静地祷告。我觉得上帝已经放弃了我，我的灵魂注定要灭亡……”

“你要从始至终都服从上帝，”修士敦促她说，“不要发牢骚，克制体内强烈的欲望，因为你对女儿过度的爱来自肉体，而不是来自精神。悲伤并不是因为她身体的死亡，而是因为在至高无上的主的审判面前，罪孽深重的罪人不知道忏悔。”

就在这个时候，有人敲门。

“妈妈，是我……快让我进去！”

“吉内夫拉！”蒙娜·厄休拉向修士喊道，她想跑向她的女儿，但被修士阻止了。

“你要去哪儿？疯子！你的女儿躺在棺材里，她已经死了，直到最后审判日才会起来。这个邪恶的灵魂用你女儿的声音，用你女儿的肉体和血液的声音在诱惑你。忏悔，祈祷，祈祷！趁一切还为时未晚，为你自己和吉内夫拉的罪恶灵魂祈祷吧，这样你们俩就都不会死。”

“妈妈，你听不见我的声音吗？我还活着，我没死……”

“让我去吧，我的教父，快让我去吧……”

这时，修士贾科莫举起手低声说：

“去吧，记住，从现在起，你不仅毁了你自己，还毁了吉内夫拉的灵魂。上帝会永远诅咒你！”

修士的脸上充满了憎恶，他的眼睛里也全是怒火，蒙娜·厄休拉惊恐地停了下来，双手合拢祈祷，瘫倒在他的脚下。

修士贾科莫转向门的方向，画着十字祈祷道：

“我以父与子，圣灵的名义！我用鲜血把你钉在十字架上——走开，走开，赶紧消失，罪孽深重。我们的地方是圣洁的。主啊，不要引诱我们，将我们从罪恶中拯救出来吧。”

“妈妈，妈妈，可怜可怜我吧，我快死了！”

母亲再一次全身颤抖着，向女儿伸出双臂，但是她们被无情的修士就像生死两隔一样分开。

吉内夫拉摔倒在地上，她感觉自己要冻僵了，双手抱住蜷缩的膝盖，低下头，决定不再站起来走动，就这样死去吧。“死人不应该回到活人身边，”她想，这时她想起了安东尼奥，“他会把我赶走吗？”她之前也想过他，但她感到羞愧，因为她不想自己以别人妻子的身份在大晚上一个人去见他。现在她对活人来说已经死了，不是吗？

月亮已经落下去了，冰雪覆盖的山脉在早晨的天空中变得苍白。吉内夫拉从她母亲的家门口站了起来。在亲人这里没有找到安身之处，她只好去别人那里。

安东尼奥先生在美卡托·维奇奥附近的作坊里，他整夜都在灯光下做着吉内夫拉的雕像。他没有注意到时间是如何流逝的，也没有发现冬季早晨的冰冷光线是如何照进圆形的玻璃窗的。协助这位艺术家的是他最喜欢的学徒巴托利诺，这是一个十七岁的男孩，金发碧眼，像女孩儿一样漂亮。

安东尼奥神情平静。他觉得自己复活了死者，赋予了她新的永生的生命：眼睑轻垂，好像马上就要睁开眼睛一样，胸膛在喘息，温暖的血液在她的血管中跳动着。

当轻轻的敲门声响起时，他正准备结束工作并努力试图赋予吉内夫拉的嘴唇一个天真无邪的微笑。

“巴托利诺，”安东尼奥一边继续手上的工作，一边说道，“开门。”

学徒走近门口问道：

“谁呀?”

“我是吉内夫拉·阿尔梅里。”一个微弱的声音回答，就像夜风的沙沙声。

巴托利诺马上冲到了房间的角落里，脸色苍白，浑身发抖。

“死人!”他画着十字，低声说着。

但安东尼奥听出了他心爱的人的声音，他跳了起来，跑向巴托利诺，从他手中夺下了钥匙。

“安东尼奥先生，醒醒，你在干什么?”学生嘟嘟囔囔地说，由于恐惧，他的牙齿在上下打架。安东尼奥跑到门口，打开门，看见吉内夫拉倒在门阶上，几乎没有呼吸：在早晨的光辉中，裹尸布泛着白光，蓬松的卷发上还挂着霜。

但他并不害怕，因为他的内心充满了爱怜。

他俯身说着情话，将她抱在怀里，把她抱进屋里。

他给她枕好枕头，盖上他最好的毛毯，派巴托利诺去找房东老太太。

他在壁炉里生火，暖了些酒，亲手喂吉内夫拉喝。她轻轻叹了口气，虽然还不能说话，但她睁开了眼睛。安东尼奥心里充满了喜悦。

“马上就好，马上就会好起来的，”他重复着，在房间里慌乱地走来走去，“房东太太马上就来了，我们会安排好一切的……只是别见怪，吉内夫拉小姐，我这儿这么乱……”

他为自己窘迫的经济状况感到羞愧，他把篮子从天花板上降下来，吱吱作响的声音仿佛也在嘲笑安东尼奥先生的窘迫。他拿出钱，给巴托利诺，让他赶紧去市场上买些肉、面包和蔬菜来做早饭，他还请房东太太做了热鸡汤，如此重视而周到，好像是为了挽救自己的生命一样。

学生急忙跑去买东西，房东太太去切鸡肉。留下安东尼奥和吉内夫拉单独待在一起。

她把他招呼过来，他俯身跪在了她的身旁，她把发生的一切都告诉了他。

“哦，亲爱的，”吉内夫拉说完了这个故事，“在我像个死人一样回来的时候，只有你不害怕，你是唯一爱我的人。”

“你想让我把你的亲人叫来吗？把叔叔、母亲和丈夫都叫来吗？”安东尼奥问道。

“我没有家人，没有丈夫，没有叔叔，没有母亲。除了你，其他人都是外人，因为对他们来说我已经死了，对你来说我还活着，我只有属于你一个人的权利。”

第一缕阳光照在窗户上。吉内夫拉对他微笑着，当太阳越来越耀眼的时候，生命的红晕爬上了她的脸颊，她的血管里流淌着温暖的血液。当安东尼奥弯下腰，拥抱她，亲吻她的嘴唇时，她觉得太阳让她复活了，给了她新的永生。

“安东尼奥，”吉内夫拉说，“愿死亡是福，它教会了我们爱，这福是爱，爱能拯救死亡！”

圣者萨提尔（译自佛罗伦萨神话）

冯宇译

那父亲般的光辉，
正是世间的明灯，
犹如驱散黑夜的黎明，
请让我在所有人面前歌颂你，
请带走黑暗的谎言，
请驱散成群的恶鬼，
请赶走懒惰，
免得它战胜懒惰的人。

（罗马祈祷者，第三个节日，晨祷。）

修士米诺比自己的哥哥更加谦逊，尽管他很年轻，但他把圣母百花大教堂管理得井井有条。米诺十分虔诚，喜欢沉浸在漫长的冥想和祷告中，有时甚至如痴如醉。就像圣·弗朗西斯科神父一样，他用世俗语言创作了一些表达对上帝纯粹的爱的歌曲。他曾在博洛尼亚大学研习自由七艺[①]，所以这些颂歌既押韵又有意境。

一天晚上，米诺漫步在修道院的拱廊之下，突然忆起在圣·弗朗西斯科还没有庇护他时，也就是在他情窦初开时，他爱过的那个佛罗伦萨女人，他心中顿时充满了慌乱和忧伤。他赶紧向上帝祷告，祈求驱走罪恶的幻象。但那种感伤仍弥漫在他的心中，久久不能平静。

“钟声响了，”他心想，“仿佛天使在歌唱——‘万福玛利亚’。但他们的声音被淹没在夜雾之中。佩鲁贾市的著名艺术家[②]在修道院的墙上惟妙惟肖地描绘了虔诚的‘抹香膏的女人’[③]，她们用无法言说的爱注视着救世主的棺材。黄昏遮蔽了她们的泪水，淹没了她们的哭声，我不能和她们一起痛哭。院子中间有一口井，井口满是飞来喝水的鸽子，但是它们又飞走了，因为它们没有在石墙的坑洼中找到水。啊，上帝啊，我的心，犹如那个发不出声的钟一样缄默，犹如那些‘抹香膏的女人’一样忧郁，犹如那口井一样干涸。亲爱的耶稣啊，如果您是霞光，是鸟鸣，是活水之源，那为什么我的心是如此冷漠、忧郁和沉闷？”

米诺害怕回到修士的房间，他觉得祈祷能够驱散悲伤，平息焦虑，他穿过修道院的门走进教堂。无声的黑暗充斥着整座建筑，这座教堂是

---

① 自由七艺，指自由人应该具有的学识和应该学习的七门学科，即七种人文学科——文法、修辞、逻辑学、算术、几何、天文和音乐。——编者注

② 指的是彼特罗·贝雷蒂尼，意大利画家、建筑师。——译者注

③ 玛利亚·玛格达丽娜、玛利亚·伊阿伽夫烈娃和撒罗米为耶稣的身体涂上香膏（《马可福音》16 章：1 节）。

一百五十年前伟大的玛格丽特在古罗马庙宇的废墟上建造起来的。米诺穿过教堂，跪在神坛的礼拜堂里，那里供奉着大天使米哈伊尔，他的故事就写在墙上。拱顶上悬挂着的长明灯灯光昏暗，无法真切地看到与恶魔交战着的、审视着人们灵魂的大天使。只有月光透过窗子，洒在拱廊下圣坛右侧萨提尔的棺木上。这是个大桶似的椭圆形的棺木，它比教堂还要古老，要不是大理石壁上雕刻了三个十字架，看上去完全就是一个多神教的石棺。

米诺向神坛叩头，叩拜了很久，却不能祷告。到了深夜，他觉得自己被麻木感吞噬，那是种让客西马尼园[①]里的基督教徒们感到苦恼的麻木感。当他怯懦地、一动不动地趴在那里，放下所有戒备时，他仿佛看见了白色的云漂浮在萨提尔棺木的上方。很快他便发现，这片云是由许多片小云彩组成的，而每片小云彩都是一个女人。她们翱翔在漆黑的天空中，透过薄薄的衣衫，轻盈的身体闪闪发光；她们之中还有一些长着山羊腿的年轻人，他们追逐着女神们。他们赤裸的身体流露出无法遏制的欲望。但女神们跑开了，在她们急促的脚步下，茂盛的草地和潺潺的溪水悄然出现。每当长着山羊腿的男人伸出手，就要抓到她们中的某一个时，就突然长出一棵柳树将自然女神藏到树洞之中，那树洞又黑又深，如同山洞一般，它的浅黄色的叶子发出轻柔的沙沙声和嘲笑的哈哈声。

当所有女人都藏到柳树里时，长着山羊腿的男人们就坐在草地上，开始吹奏木笛，那笛声悠扬婉转，使所有生物都为之神魂颠倒。女神们也被笛声吸引，从树后探出头来，渐渐地离开了绿荫的庇护，甚至情不自禁地向美妙的笛声走去。于是，那些长着山羊腿的男人虔诚又粗暴地扑向女神

① 客西马尼园，据说是耶稣基督经常祷告与默想之处。——译者注

们。在男人粗鲁的怀抱里，女神们刚开始的时候还试图开着玩笑，嬉笑不已，后来就不再嬉笑。她们仰着头，眼里流露出懵懵懂懂的幸福与恐惧，他们或呼唤着自己的母亲，或叫喊着“我要死了”，或保持着令人心虚的沉默。

修士米诺想要转过脸去，但是他不能，他的眼睛仍然不受控制地盯着这里的一切。

女神的手臂缠绕在山羊腿男人的腰上，轻啄着，爱抚着，他们沉醉在情欲的刺激之中，兴奋笼罩着他们的肉体，甚至比他们脚旁柳树下流淌着的小溪水更加澎湃、有力。

在这样的景象之下，米诺的意念和思维陷入了沉重的罪恶感。他想成为那些半人半兽的魔鬼中的一个，像他们那样，将那个自己情窦初开时爱着的、如今已不在人世的佛罗伦萨女人抱在怀里。

转眼间，那些长着山羊腿的男人跑向田野的各个方向。一些人在橡树洞里采蜜，另一些人用芦苇做着芦笛，或者奔跑起来用脑门上的角相互顶撞。而女神们静止的躯体、温柔的爱的躯壳，覆盖了整个草地。米诺呻吟着躺在石板上，他为他如此强烈的欲望感到了罪恶般的耻辱。

其中一个女神突然转身偶然看到了他，惊叫起来：

“人类！人类！”并用手指指着他给同伴们看。

“看啊，姐妹们！他不是牧人，因为他没有芦笛。他也不是葡萄园上方小山坡上由毛榉树雕成的普里阿普斯神[1]守护着的小花园的主人。如果他不是牧人，不是放牛人，也不是园丁，那他在我们中间做什么呢？他看起来历经磨难且郁郁寡欢，从他的目光中，我没有感受到任何对存在于天空、森林、山川之中的神与女神的爱。他穿着野人的衣服。有可能他是斯

① 普里阿普斯，罗马神话中狄俄尼索斯和维纳斯女神的儿子，田野和花园之神。（罗马神话）——译者注

基泰人。我们应当去试探一下这个陌生人，看看他是不是像我们的敌人一样要攻击我们的泉源，砍倒我们的树木，窃取我们的矿藏，让坏人知道我们福地的秘密。我们走吧，姆娜依丝、艾戈勒、奈耶拉、梅利比亚[1]。”

“我们走！”姆娜依丝答道，“带上武器！”

“我们走！”所有人高声说。

修士米诺看到她们起身摘下一捧玫瑰，并将玫瑰和玫瑰的刺当成武器，向他靠近。起初他觉得他们之间的距离那么近，近到他甚至能触摸到她们，自己的身体能感觉到她们的呼吸。突然，她们变得越来越大，仿佛从遥远的森林里走来。威胁的话语从她们凌厉的双唇中飞出。当她们走来时，不断地发生着变化，每走一步就失去一些美丽与光泽。她们的青春就像她们手中的玫瑰那样凋零了。她们的眼睛凹陷了下去，嘴角也垂了下来。之前洁净白皙的脖颈，变得满是深深的皱纹，一绺灰白的头发搭在皱巴巴的额头上。她们走近了，眼皮都泛红，嘴唇塌在起着褶皱的、没有牙的牙床上。她们走近了，手中握着干枯的玫瑰花，它们那黑色的、枯瘦的枝节，就像基安蒂[2]居民在冬夜里用来点燃篝火的老柳枝。她们迈着衰老的双腿，颤颤巍巍地走近了。

当她们到达米诺被吓呆的地方时，她们彻底变成了可怕的巫婆，她们头顶秃秃的，脸上却毛发厚重，鼻子几乎耷到下巴，胸部干瘪。她们凑到一起看着他：“啊！多好看的人啊！”其中一人说：“他的脸苍白得像布一样，心怦怦直跳，就像一只被猎狗捕获的兔子。艾戈勒，姐姐，我们该怎么处理他？”

“可爱的奈耶拉，”艾戈勒答道，“应该撕开他的胸膛，取出他的心脏，

① Мнаис, Эгле, Нэера и Мелибея——姆娜依丝、艾戈勒、奈耶拉、梅利比亚（音译人名）。——译者注

② 意大利基安蒂地区。——译者注

塞进他的嘴里。”

“不行，不行！”梅利比亚说道，“这个刑罚对因为好奇和愉快而偷看我们玩乐的人来说，太残酷了。这次我们不该如此严厉，就用柳枝抽他吧。”

紧接着，修士被围住了，姐妹们把他的衣服拉到头部，并且用她们手中带刺的枝条抽打他。

当看到他流血的时候，奈耶拉示意停止。

“够啦！”她说，“他是我的宝贝了，我刚才看到他在温柔地看着我呢！”

她微笑起来，又长又黑的牙齿从嘴里探出，都要伸到鼻孔里去了。她低声说：“到我这儿来，美男子！”

然后她勃然大怒：“什么？他竟然不愿意？他这么冷漠？真扫兴！他藐视我。姐妹们，复仇吧！姆娜依丝、艾戈勒、梅利比亚，为你们的姐妹复仇吧！”

话音刚落，所有人都举起了手中带刺的枝条，残忍地抽打着他，不一会儿，米诺的身体便皮开肉绽。她们停下歇息，边咳嗽边吐唾沫，然后更用力地继续抽打他，筋疲力尽后才停下来。

然后，奈耶拉说：“希望下次他不要再平白无故地藐视我了，到现在我还感到脸红。就饶他一命吧。但如果他把我们玩乐和欢愉的秘密泄露出去，我们就杀了他。再见了，美男子。”

说完，老巫婆坐到修士旁边，并且朝他倒了一种恶臭的液体。她所有的同伴也都依次这么做了，然后一个接着一个地从墓盖的缝隙中回到了棺木里，只留下被摧残的米诺躺在臭水洼里。

最后一位女神消失时，传来了鸡叫声。米诺苏醒过来，起了身。疲劳和疼痛让他筋疲力尽，他浑身几乎冻僵了，因为发烧而浑身颤抖，令人厌恶的气味差点儿让他窒息。他裹好衣服，在黎明时分，勉强走到自己的小修道室。

从这个夜晚起，米诺再也无法安宁。在圣·米歇尔礼拜堂的萨提尔棺木上发生的一切，让他在教会的祷告和灵修课程中感到不安。因为他满是恐惧，所以当他走进教堂时，他让他的兄弟们陪着他。同时，根据圣责，他应该亲吻石板，他的嘴唇竟然感受到了女神们的足迹，然后他低语道：

“救命的主啊！你难道没有听到我跟你说的，像你跟神父说的一样，不要让我们陷入诱惑之中。”起初，他想向教皇解释一切所见。但是，经过深思熟虑之后，他觉得最好是自己在闲暇时间琢磨清楚那些异象，在自己调查清楚之后，再将它们公之于世。那时也恰逢教皇与比萨的归尔甫党结盟，投入了与佛罗伦萨的吉伯林党的对抗，战争异常激烈，以至于教皇整整一个月都没有解开过自己的铁甲。这就是为什么米诺在没跟任何人说的情况下就对萨提尔圣墓和圣墓所在的礼拜堂进行了调查。他翻阅了古代作家和现代作家的大量著作，参考了前人的智慧，但是没有找到任何启示。

这一天早上，他像往常一样，工作了整整一个晚上。他想去田野里散步，放松心情，于是就沿着山路走，山路两边的榆树上爬满了开着花的葡萄藤，小路一直延伸到白檀和橄榄树的小树林中，昔日里罗马人称这里为圣地。米诺在森林中走了很久，脚陷在潮湿的草丛中，额头被露水打湿。突然，他发现了一眼泉水，泉水之上，三春柳正摆动着柔弱的柳条和粉红色花苞上的细毛。在下面水流略宽的地方，有一只一动不动的白鹭。小鸟在树枝上歌唱。湿润的薄荷的芬芳扑鼻而来，花朵在草丛中闪耀着。上帝说，即使在最荣耀的时候，所罗门王也没有像他们穿得那样。米诺坐在长满青苔的石头上，赞美了上帝之后，开始思考大自然的奥秘。

由于他在教堂里看到的一切总是挥之不去，所以他用手紧压额头，上千次地思索，这个梦代表着什么。“这样的幻象，”他对自己说，“应该具有某种意义，甚至是有一些意义可以运用瞬间的灵感，或者运用经院哲学的理论来解释。并且我认为，在这种情况下，我在博洛尼亚研究过的那些诗人，比如讽刺作家霍利斯或斯塔提乌斯[①]都应该给予我很大的帮助，因为许多真理都与他们的寓言有关。"

这样那样的想法在他的脑海中久久萦绕着，渐渐清晰起来。最后他抬起头，发现并不是自己一个人待在这里。有一个老人背靠着一个空心的橡树树干，透过树叶的缝隙望向天空，微笑着。在他的白发苍苍的头上耸立着两个小小的、圆圆的犄角。翘着鼻子的脸上长满了胡子，透过胡须可以看到他脖子上的肉瘤。粗硬的毛发在胸膛上竖立着，脚是两瓣蹄子的形状。嘴贴在芦苇管上，吹出微弱的声音。然后他用隐约能听见的声音唱道：

她笑了，跑了，
吃了一串成熟的葡萄，
但是，当你用手搂住她，
亲吻她的红唇的时候，
我却压碎了葡萄！

看到和听到这些之后，米诺画了一个十字。但这并没有打扰到老人，他诡异地注视着这个修士。在他沟壑纵横的脸上，蓝色透明的眼睛就像老橡树根之间的那眼泉水一样闪耀。

"你是人还是野兽？"米诺喊道，"我奉主基督耶稣的名义命令你，快说，你是谁？"

① 斯塔提乌斯（约45—96），罗马诗人。——译者注

“我的孩子，”老人答道，“我是圣者萨提尔！”但他说得很小声，怕惊到了鸟儿。

米诺用更小的声音继续说道：

“老头儿，既然你没有避开我画的十字，我就不能判定你是从地狱出来的魔鬼还是其他不干净的东西。但是，如果你确实是人类，或者更准确地说，是人类的灵魂，你就会尊崇教义，受到主耶稣的恩惠。那么请告诉我，恕我冒犯，为什么你会有山羊角、多毛的腿和蹄状脚？”

面对这样的问题，老人举起手指向天空说：

“我的孩子，在有人类、植物、动物和石头的自然界中，有着不朽神灵的秘密，为什么我的头上有以前女神用花枝缠绕的角，我并不比你多知道多少。我不知道，为什么我的脖子上长了这些肉瘤，为什么给了我英勇的山羊腿。我只能告诉你，我的孩子，在往昔的岁月里，在这些森林里，也有像我一样的女人们，她们额头上也有角，长着毛茸茸的小腿。但她们的胸部是圆圆的、白白的。她们的肚子和大腿都洁白光滑。那个时候，太阳还很年轻，喜欢透过叶子洒下它的光芒。她们是那么完美，我的孩子！唉，从那以后，她们就从森林里消失了，无一例外。我的伙伴们也像她们一样死去了，而我，是部落里的最后一个，我已经老了……”

“老人家，告诉我，你多大年纪，你的父母是谁，你的故乡呢？”

“我的孩子，我出生的时间比朱庇特推翻萨图尔努斯的王位之时还要早得多，我的眼睛见证了这个世界的朝气蓬勃的青春。那个时候，人类还没有被上帝用黏土创造出来。和我在一起的都是萨提尔，我们一起跳着圆圈舞，一起用蹄子踏响大地。她们的个头、力量和美貌都远远超过女神们，她们的腰身更加宽大，大量地吃着大地初生的种子。

“在萨图尔努斯的统治之下，女神们居住在泉边、山间和森林里。法乌努斯们[1]通过圆圈舞和女神们在森林的深处联系。与此同时，我生活得很幸福，十分满足地享受着野生葡萄和快乐的女伴们的双唇。我在草原深处享受着平静的梦乡。我用乡村长笛颂扬着萨图尔努斯之后的朱庇特，因为我的全部灵魂都在赞美着神——世界的统治者们。

“但是，唉！我已经老了，因为我只是一个神，岁月染白了我的毛发，也熄灭了我胸中的热情。当伟大的潘神死后，我承受了几个世纪的沉重负担，而朱庇特也遭遇了同萨图尔努斯相同的命运，被加利利人[2]推翻了政权。从那以后，我过上了凄惨的生活，到最后，我死了，躺在了棺木里。事实上，我现在只是我自己的灵魂。如果我还有那么一点存在感，那不过是因为没有什么会完全消失，也没有谁会彻底死去。死亡并不比活着更美好。消失在海洋中的生物，就像波浪一样，正如你所看到的，哦，我的孩子，它们在亚德里亚大海中浮浮沉沉。它们没有结束，也没有开始，出生和死亡都难以捉摸。捉摸不定，就像它们一样，我的灵魂也正在死去。萨提尔黄金时代的苍白记忆还历历在目，古老的颂歌还默默地萦绕在我的嘴边。”

他说完就沉默了。米诺看着这个老人，发现他只是一个幻象，一个幽灵而已。

“你出生时就有山羊脚，”米诺回答说，“但是，我不觉得你是一个魔鬼。那些上帝创造的非亚当后代的生物，既不能被救赎，也不能被谴责。我不觉得智慧过人的半人马喀戎[3]注定要受利维坦[4]的永世的折磨。有个老人潜入地狱，坚定地说，他看到喀戎坐在草坪上与特洛伊星群中最公正的里菲

① 法乌努斯，古意大利农神，是与希腊的潘（Pan）神相对应的罗马神。法乌努斯是一个神，但在罗马神话中还存在着曾有许多法乌努斯神的说法，在本篇小说里，法乌努斯和萨提尔在最初都是有很多的，故译为“法乌努斯们”“萨提尔们”。——译者注

② 生活在加利利的基督徒。——译者注

③ 喀戎，半人马，阿喀琉斯的导师。——译者注

④ 利维坦，巨兽（可能是鳄鱼），在《伯约记》中有所提及。——译者注

纪在交谈。而其他人坚信天堂的大门已向里菲纪·特洛伊敞开了。这个问题是可以被质疑的。老人家，你断言，你是一个圣者，不是人类，但是你在撒谎。”

长着山羊腿的老人回答道：

“我的孩子，在我年轻的时候，我为自己的力量和美丽而欢欣，我没有比哺育我的母羊和与我干架的山羊更能撒谎。在那些日子里，没有任何谎言，大家也没有学会用虚伪来涂染羊毛。从那时起，我的灵魂就没有改变过。看，我赤身裸体，就像在萨图尔努斯的黄金时期一样。思想上没有任何掩盖之物，就像身体一样。不，我没有说谎。为什么你会如此惊讶？我的孩子，我在加利利人面前是个圣人，是因为我不是圣母夏娃或皮拉[1]所生。圣·米哈伊尔也不是女人生的。我认识他，我有时也和他聊聊天。他经常给我讲他在加尔甘山上当牧牛人的那些日子……”

米诺打断了萨提尔：

“我不允许你把圣·米哈伊尔称作牧牛人，因为他曾在加尔甘山上保护了一群加尔甘人。但是，老人家，告诉我，你是怎么成为圣者的？”

“听着，”长着山羊腿的男人说道，“我会满足你的好奇心。”

“来自东方的人们，他们在亚利诺山谷中宣布，加利利人从朱庇特的宝座上被赶下台，他们砍下了挂着黏土做的女神像和蜡制圣牌的橡树，在圣泉上竖起了十字架，不让牧羊人给女神们送葡萄酒、牛奶和大麦饼这些贡品。法乌努斯族群、潘族群和西尔凡[2]族群感到被这种不公正所冒犯，这是一种侮辱。愤怒之下，他们奋起反抗新神。到了晚上，当传教士在他

① 皮拉，费萨尔王杜卡利翁（杜卡利翁是普罗米修斯的儿子）的妻子，她和她的丈夫一起，从宙斯想要摧毁人类的洪水中被拯救出来。——译者注

② 西尔凡，森林之神。——译者注

们的由干树叶铺成的床上睡着时，女神们偷偷走近他们，扯掉了他们的胡子，而年轻的法乌努斯们钻进了牲口栏，把驴尾巴上的毛拔掉。我试图平息兄弟们的愤怒，劝说他们屈服。‘我的孩子们，’我说，‘幼稚的游戏和恶作剧的时间过去了。鲁莽的人没有听我的话，所以灾难才降临到了他们的头上。’

“但是，作为见过萨图尔努斯灭亡的人，我发现了自然和真实，知道朱庇特也会按照顺序灭亡。我顺从地等待神的下台。我没有抵抗加利利人的送信人，甚至给他们提供了一些小服务。我比他们更了解森林里的小路，我收集了黑莓和浆果，并将它们放在圣徒居住的洞穴入口处的新鲜叶子上。我还给他们提供了金鸻蛋。如果他们要建小茅屋，我就把树枝和石头扛到肩上。作为奖励，他们在我的头上洒了圣水，并以基督耶稣的名义祝福我。

“我和他们住在一起，模仿着他们。爱他们的人也爱我。我感受到了他们所给予的尊重，我的神圣似乎等同于他们的神圣。

“我告诉过你，我的孩子，那时候我已经很老了。太阳勉强能温暖我麻木的四肢。我就像一棵破旧的空心树，失去了歌声和绿色的王冠。每一个新的秋天都加速了我的毁灭。有一次，在一个冬天的早晨，他们发现我毫无生气地瘫在路边。

“主教在祭司和老百姓的陪同下，为我举行了葬礼。然后我被放进了一个大的白色大理石石棺里，墓碑上刻着三个十字架，署名为圣者萨提尔，还有一串葡萄藤。

“那时候，我的孩子，墓地都建在路旁，我的墓地距离城市两千步，在去往佛罗伦萨的路边。新生的梧桐树在墓地上生长，遮住阳光，撒下阴凉，满是鸟儿的歌声，清新又欢快。满是东洋草，泉水潺潺流淌着，少男少女们一起在水里游泳。这个迷人的地方是神圣的。年轻妈妈们带着自己幼小的孩子们，让他们触摸石棺的大理石，为的是使他们的四肢变得美丽并获得力量，这就是民间的信仰。新生儿来到我的墓碑前，就可以得到过人的健康和勇气。这就是为什么会有人把高贵的托斯卡纳部落的颜色带到我的墓前，甚至是自家的驴，希望我能让他们变得富足。我的故事被缅怀着。每年，在春回大地的时候，主教在神职人员的陪同下，来到我的墓前进行祈祷，我看到，从远处，穿过草地，拿着十字架和蜡烛，还有红色华盖，唱着赞美诗的队伍缓缓走过来。我的孩子，这一切都发生在美好的贝连杰依大帝[①]时代。

“与此同时，萨提尔们、法乌努斯们和女神们正过着无家可归的凄惨生活。对他们来说，再也没有青草的圣坛，没有花环，也没有牛奶、面粉和蜂蜜的祭品。只是偶尔牧羊人会悄悄地在通往圣洞荆棘密布的路边放一小块奶酪。但这些稀缺的食物也会被松鼠和野兔吃掉。林中和黑暗的洞穴中的黑奴，被从东方来的传教士赶出去。作为森林和山洞原住民的女神们，被来自东方的传教士流放。可怜的乡村之神们也已经无法在自己圣洁的森林里找到安身之所了。曾经叩响大地母亲的萨提尔们的圆圈舞，也变成了苍白无声的云，掠过山坡，就像那清晨的雾霭，太阳一出来就散了。

“被上帝的愤怒所伤，仿佛被狂风吹着，这些鬼魂白天在尘土飞扬的路上盘旋。夜晚对他们来说少些敌意。夜晚并不完全属于加利利之神。他与恶魔共享权力。当黑暗笼罩山坡，法乌努斯们、女神们和潘神们俯身蹲下，紧贴着石碑，在黑暗势力诱人的魔法下，他们享受着短暂的安宁。他们更喜欢我的石棺，就像喜欢敬爱的曾祖父的墓地一样。很快，他们都聚集在大理石的墓檐下，墓檐朝向太阳的方向，上面没有长满青苔，一直很

① 贝连杰依大帝，俄罗斯神话中的国王。——译者注

干燥。在那里，每天晚上，他们的小族群都会飞过来，像一群鸽子飞进鸽舍一样。在这个角落里，每个人都不难找到地方，因为他们把由风车吹来的种子弄得很小，都很相似。我从自己安静的避难所出来，坐在他们中间，在大理石砖的遮蔽之下，用微弱的声音给他们唱着朱庇特和萨图尔努斯时代的歌，让他们想起了昔日的快乐。在狄安娜的注视下，他们在彼此描述着古老的游戏，迟到的赶路人觉得山谷中的雾霭在月光的映衬下，仿佛有了形状，像极了爱人们的身体。事实上，他们现在就是轻雾。寒冷给他们造成了很大的伤害。一天晚上，当积雪覆盖田野时，艾戈勒、奈耶拉、姆娜依丝和梅利比亚通过大理石的裂缝，进入我居住的黑暗又狭窄的避难所。她们的朋友成群地跟随着她们，法乌努斯们也成群地追上了女神们。我的家已成为他们的家。除了在月朗星稀的夜晚，我们去森林里散散步，其他时候我们谁都不出去。但只要公鸡一打鸣，我们马上就回家。因为你应该知道，我的孩子，在整个有角的部落里，只有我一个是光天化日之下能存在在这世界上的。这个优势，赋予了我圣洁。

“我的墓地比以往任何时候都更受到周围村庄居民的尊重，每天都有年轻的母亲把吃奶的婴儿带到我这里，他们把赤裸的孩子抱在怀里。当圣·弗朗西斯科的信徒们[①]来到这个地方，并在山坡上建造修道院时，他们请求主教允许将我的棺木转移到修道院里，以便将它保留在那里。他们得到了主教的首肯，我很荣幸地被转移到了圣·米哈伊尔的小礼拜堂里，在那里我得到了安息。我在田野里长大的家人们也跟随着我。我感到莫大的荣幸。但是，我承认，我仍然怀念以前的地方，在那儿，我能看到清早把一篮葡萄或无花果顶在头上的村民。时间没有让我宽心，我仍然想躺在

① 指方济各会僧侣。——译者注

圣路的梧桐树下。”

“这就是我的生活，”老萨提尔补充道，“它就这么好笑、甜蜜又神秘地流淌过几个世纪。如果有些悲伤与欢乐交织在一起，那么这就是神的旨意。哦，我的孩子，让我们赞美众神，赞美宇宙的主宰！”

米诺思考了片刻，然后说：“现在我明白圣·米哈伊尔小礼拜堂里那罪恶的一晚所见的意义了。然而，有一个细节我还是不明白。老人家，请告诉我，为什么那些与你同住、忘情于法乌努斯们的女神们，在靠近我时，却变成丑陋的老妇人了呢？”

“唉，我的孩子，”圣萨提尔回答说，“时间既不怜悯人，也不怜悯神。神只有在生命短暂的人的想象中是不朽的。事实上，他们也会感受到时间的流逝，并随着时间的推移而屈服于不可避免的衰败。女神会变老，就像女人会变老一样。没有哪朵玫瑰不会变成荆棘。没有哪个女神不会变成女巫。在欣赏我家人们的欢愉时，你应该看到了青春的记忆是如何让法乌努斯们和女神们在瞬间老去，爱情的炙热是如何让他们枯萎的美好复活的。但是马上，岁月的破坏性影响又会出现。唉！唉！女神族群繁盛又衰落了。”

米诺又问了一个问题：“老人家，如果这是真的，你已经通过不可思议的方式获得了无上幸福，虽然可能这有点儿荒唐，但你是一个圣者，那么你怎么能够同这些不会赞美上帝，以淫乱来亵渎主的地方的鬼魂们生活在一起呢？请回答我，老人家！”

但是，神圣的山羊腿男人没有回答他就消失在空气之中了。

米诺坐在泉水上方的一块石板上，反思着他所听到的话语，在深邃的黑暗中竟发现了意想不到的光芒。

“这个圣者萨提尔，”他想，“可以与那个在伪神时代向民众宣布救世主的古老女先知相提并论了。他的羊蹄子上还粘着谎言的淤泥，但是额头已经容光焕发，嘴里已经开始信奉真理了。”

山毛榉的影子已经延伸到了山坡的草坪上，修士从石板上起身，沿着那条引领圣·弗朗西斯科的信徒们回修道院的狭窄小路下了山。但是他不敢看水中睡着的花，因为这些花会让他想到女神们。他在大钟响起的时候，回到了修道室。这里很小，却很整洁，全部摆设只有一张床、一个板凳和一个用于写字的读经台。墙上是一个修士们按照乔托的风格画的十字架下圣洁的女人们。壁画之下，木质的书架上放着书，其中一些是神学书，还有一些是非宗教的书，因为米诺想要在人类社会的所有事情上都去赞美上帝，所以他研究了古代诗人，感谢维吉尔在那首著名的诗歌里预言了救世主的出现，在那首诗里，曼图亚[①]人向民众宣布：如今，出现了圣母。

在窗台上，粗糙的陶瓷花瓶里插着细茎的百合花。米诺喜欢用金色的粉尘在白色花瓣上写圣母玛利亚的名字。敞开的窗户非常狭窄，但是可以看到雪青色山丘上方的天空。

米诺把自己封闭在自己生活和愿望的这个甜蜜的墓地里，在有两块斜板的狭窄的读经台旁坐下，他已经习惯了在这里写字。在这里，他用芦苇笔蘸一下被固定在抽屉旁边的墨盒，抽屉里面有羊皮纸、毛笔、成管的颜料和金粉，他请苍蝇看在上帝的分上别来烦他，然后开始详细写下了在圣·米哈伊尔礼拜堂的所见所闻，在那个糟糕的夜晚，包括同一天在森林里和泉边的所见所闻。他在羊皮纸的右边写了以下几句：

“这个故事是方济各会[②]的米诺记录下的自己的所见所闻，用以教导信众。愿荣耀与尊荣归赐给我们平安与祝福的主耶稣基督。阿门。”

---

① 维吉尔生于曼图亚。——译者注

② 方济各会是天主教托钵修会之一，是拉丁语小兄弟会的意思，因其会士着灰色会服，故又称灰衣修士。方济各会提倡过清贫生活，衣麻跣足，托钵行乞，会士间互称“小兄弟”。他们效忠教皇，反对异端。——译者注

然后他开始按顺序记叙所有的所见所闻，无一遗漏：女神们是如何变为巫婆的，长着角的老人家是如何在树林里和他谈话的，那声音像古老芦笛的最后一声叹息，又像神圣竖笛的第一个旋律。在他正写着的时候，鸟儿叽叽喳喳地叫着，夜幕降临，天边的绚烂消失了。修士点上灯，继续写作。作为这件神奇事情的见证人，米诺按照所有经院哲学原理来解释它们的直接意义和精神意义。另外还有其他的，比如，为了加强防御，他们是如何用塔楼和城墙把城市围起来的。为了佐证自己的观点，他还引用了《圣经》里的名言。

最后，他从这些不寻常的现象中得出以下结论：第一，耶和华是上帝，是地上各样物的主，他是萨提尔们和法乌努斯们的上帝，就像是人类的上帝一样。这就是为什么圣·哲罗姆[①]在荒漠中看到了信仰基督的半人马。第二，上帝向异教徒开启了一些真理之光，使他们能够被拯救。这就是为什么库马、埃及和德尔斐的先知们在不信教的蒙昧中预言了牲口槽、长鞭、芦苇权杖、荆棘之冠和十字架。这就是为什么奥古斯丁[②]允许厄立特里亚的先知进入圣墓教堂。米诺感谢上帝给他揭示了这些秘密。当意识到维吉尔也是神选中的人之一时，巨大的喜悦萦绕他的心头。他愉快地写下了最后一页：

“这就是主内修士米诺的启示。我看到萨提尔的前额尖角上的光辉，像主慈悲的预兆，它是从古代智者和诗人的地狱之火中发出的。”

已经是深夜了，米诺躺在床上稍做休息。当他开始打盹的时候，一个老妇人在月光下飞进了窗户。他认出她就是那个最可怕的女巫，他在圣·彼

① 圣·哲罗姆（约 340—420），早期基督教拉丁教父，是古代西方教会领导群伦的圣经学者。——译者注

② 奥古斯丁，古罗马帝国时期天主教思想家，欧洲中世纪基督教神学、教父哲学的重要代表人物。——译者注

得教堂见过她。

“我的朋友，”她说，“你做了什么？我们警告过你，我和我的姐妹们，让你不要泄露我们的秘密。你若背叛我们，我们就掐死你。我为你感到难过，因为我温柔地爱着你！”

她拥抱着他，称他为她的阿多尼斯①，她的小东西，她的小心肝儿，她炽热地爱抚着他。

当发现他厌恶她的眼神时，她说道：“我的孩子，你看不起我，因为我眼睑发红，鼻孔溃烂，口臭，而且我的牙床上只剩一颗牙齿，一颗黑色的大牙。对，这就是你如今的奈耶拉。但是，如果你爱我，我将为你变回萨图尔努斯的黄金年代时那个青春貌美的我。哦，我的小男孩，我的神，爱会让一切变得美好。为了恢复我的美貌，你需要拿出一点儿勇气来。来吧，米诺，勇敢一点！”

听到这些话，加上伴随着的动作，米诺充满了恐惧和厌恶，他感觉自己身体虚弱，从床上滑到了小屋的石地上。就在他跌倒的时候，他觉得通过半睁的眼睛看见了一个绝妙的美女，她裸露的身体向他靠近，就如同牛奶洒了上来。

米诺醒来时，天已经大亮，他完全被自己的堕落瓦解了。他晚上写满的羊皮纸就铺在读经台上。他把这些资料重新读了一遍，把它们放在一起，盖上自己的印章，藏在衣服下面，他一点儿也不担心女巫对他发出的两次威胁，把这些揭露给了主教，主教在城中央的城堡上已经加高了雉堞。他在大厅里遇到了他，而主教刚好穿着马刺，被雇佣兵簇拥着走出来，要去

① 阿多尼斯，春季植物之神，王室美男子，有如花一般俊美精致的五官。他是一个受女性崇拜的神。现在“阿多尼斯”常被用来形容一个异常美丽、有吸引力的年轻男子。阿多尼斯是西方“美男子”的最早出处。——译者注

参加教皇与佛罗伦萨吉伯林党的战争。主教问修士来的目的，当得知原委之后，他便请修士立刻宣读报告。米诺马上照做。主教听到了最后。对于鬼魂，他对这件事没有特别准确的了解，但是他对伟大的教会充满了强烈的嫉妒。尽管还有战事的顾虑，但他一天都不耽误，马上指派了十二位著名的神学和宗规法的博士对这件事进行研究，以便他们尽快得出结论。经过深思熟虑，又经过米诺的反复询问之后，专家们得出这样的结论：应当打开圣·米哈伊尔大教堂的小礼拜堂里的圣者萨提尔的墓，对着他念威力最强的赎罪主祷文。至于米诺提出的教条的问题，他们没有得出任何结论，但是倾向于认为方济各会的证据过于大胆、轻率且不同寻常。

根据专家们的决定和主教的命令，圣者萨提尔的墓被打开了。他们在墓里发现了一小撮神父们洒过圣水的灰。打开的瞬间，从坟墓里升起一股白烟，白烟发出了平静的呻吟声。

晚上，仪式之后，米诺梦见女巫俯身于他的床榻之上，掏出了他的心。他黎明时分起床，感到剧烈的疼痛和干渴。他勉强走到曾有鸽子喝水的那口井旁边。但他刚刚在井边满是凹陷的井水中浸湿了嘴唇，就觉得心脏在胸中肿胀如海绵，他小声地说了一声：

“主啊！”

然后就气绝身亡了。

费奥多尔·索洛古勃

饥饿的眼神
狗
摆渡灵魂的小精灵
以兽为王
少年利恩的故事

费奥多尔·索洛古勃

费奥多尔·索洛古勃（1863—1927），原名费奥多尔·库兹米奇·捷杰尔尼科夫，俄罗斯象征派中诗歌、小说都取得突出成就的作家。索洛古勃擅长用荒诞的手法来揭示生活的荒诞，其代表作有诗集《火圈》、长篇小说《卑劣的小鬼》、三部曲《创造的传奇》等，此外，他还创作了大量短篇小说。在俄罗斯文学史上，索洛古勃起着“承上启下”的作用，在广泛汲取其他作家作品中的有益成分的基础上，他开创出了具有自己风格的写作模式。

饥饿的眼神

王宁 译

谢尔盖·马特维耶维奇·莫什金今天吃了一顿非常好的饭，当然，这里的"非常好"是相对的，对于一个丢了饭碗，已经赋闲了差不多一年，一直在毫无头绪地到处找工作的乡村教师来说，这顿饭已经好到奢侈的程度。虽说刚吃了顿好的，但他的眼中依然透着饥饿的光，那双忧郁的黑眼睛给他瘦削黝黑的脸增添了一种说不出的凝重感。这顿饭花光了莫什金最后的三个卢布，现在他的口袋里只剩下几个铜币在叮当作响，外加钱包里的那枚已经磨损得不像样子的十五戈比的硬币。他高兴地大吃了一顿，虽然他心里明白，自己高兴得很愚蠢，高兴得太早，而且也没什么值得高兴的事儿。但找了那么久的工作，花光了所有的钱之后，哪怕能看到一丁点儿希望的影子，也会让人高兴不已。

就在几天前，莫什金在《新时代》报上登了个求职启事，他在启事里吹嘘自己是一个擅长写作的教育工作者，为伏尔加河地区的一家报纸投过稿，也正是因为这篇稿子他被撤职了，上面追查到是谁给“左翼”报纸写了一些反动文章的事，就连本地学校的学监也受到了地方长官的责备，而学监自然也不会就这样忍气吞声地罢了。

“我们不需要这样的人。”学监在单独找莫什金谈话时这样说道。

“那您需要什么样的人呢？”莫什金反问道。

学监没有回答他这个不礼貌的问题，只是生硬地说道：

“您走吧，再见。希望我们在另一个世界还能再见面……”

莫什金在求职启事中还表示他能胜任秘书、报社的固定职员、家庭补习老师、孩子的保育员等工作，可以做去高加索或克里米亚的陪同人员，也可以做家庭事务管理等，还保证自己任劳任怨，不怕路途遥远。

接下来就是等待消息。终于，他收到了一张明信片。令人惊讶的是，这张明信片居然让莫什金看到了某种希望。

莫什金是在一天早上收到这张明信片的。他正在喝茶的时候，女房东走进了他的房间，用她那黑色的毒蛇般的小眼睛瞟了莫什金一眼，然后阴阳怪气地说道：

“谢尔盖·马特维耶维奇·莫什金先生的信件。”

在莫什金读明信片的时候，女房东一边摩挲着暗黄的三角形额头上的黑发，一边恶狠狠地低声嘟囔着：

“信顶什么用啊？你最好把伙食费和房费先付了。信也不顶饱，你得出门去找工作，别端着西班牙式的臭架子了。”

莫什金收到的这张明信片上写着：

“请您在晚六点至七点到6连队78号57室面谈。”

底下没有署名。

莫什金恶狠狠地瞪了女房东一眼。女房东站在房门口，身材笔挺敦实，垂着双手，安静地站在那里，像个假娃娃。冰冷且恶毒，令人恐惧的眼睛一动不动地盯着莫什金。

“够了！”莫什金愤怒地喊道，用拳头捶了一下桌子，然后站了起来，在房间里来回走着，嘴里一直叨咕着，“够了！”

女房东小声地、不怀好意地问道：

“你能不能交伙食费和房费啊？我说哆山和阿斯特拉罕的大记者，啊？瞧你这张自作聪明的嘴脸！”

莫什金在她面前站住了，张开手掌伸到她面前：

“瞧，我身无分文。”

莫什金故意没说他还有最后三个卢布。女房东继续嘟嘟囔囔地发泄着不满：

“我不是能养活你的阔太太，我得要钱生活。劈柴得花七卢布，我到哪儿弄这钱去？你要是自己养活不了自己，你就找一个有钱的女人。你是一个有能力的年轻人，长相也相当不错，肯定能有哪个蠢女人看上你，我可没有这个能力！干什么都需要花钱，吹一口气就是一卢布，吐口唾沫就又是一卢布，死个牲口就要一百五十卢布。”

莫什金停住脚站了一会儿，说道：

“普拉斯科维雅·彼得罗夫娜，您放心，我今天晚上就能找到工作，就能把欠的账给您结清了。”

说完，莫什金又开始在房间里走来走去，脚上的鞋子啪嗒啪嗒作响。

女房东在门口站了好长时间，嘴里抱怨个没完没了，最后终于走了。

走前她大喊道："我就够坚强的了！换另一个人早就翻着白眼对你说，'您去过自己的日子吧，您爱怎么闲逛就怎么闲逛，我可不是你的奴隶！'"

女房东走了，莫什金只记得她僵硬的、直挺挺的身形，垂下的双手，油光水滑的黑头发下暗黄色的大三角形额头，紧身三角形的、陈旧的半截黄裙子，还有小三角形的红鼻子头，他只记得有三个三角形。

莫什金已经饿了一整天，在他心里，欢快与愤怒交织在一起。他漫无目的地在大街上走来走去，他盯着姑娘们看，所有姑娘都是那么可爱，那么欢快，那么容易接近。当然，容易接近是针对富人而言的。莫什金在商店的橱窗前停住了脚步，橱窗里陈列的是奢华的物品。莫什金眼中透出的饥饿的光越发犀利起来。

他买了一份报纸，然后坐在花园的长椅上读了起来。花园里孩子们在跑着，嬉笑着，还有保姆们在比着谁更时髦。周围散发着尘土和树木凋零的气息，街道和花园里难闻的气味混合在一起，这种气味很像树胶的味道。报纸上刊登的一个故事让莫什金大吃了一惊：一个狂怒的、饥饿至极的暴徒在博物馆里用刀子划坏了著名画家的一幅画。

"这种事情我懂！"莫什金在林荫路上走着，嘴里重复着。

莫什金又走过了几条街道，边走边看着街道两边富丽堂皇的大房子，看着商店橱窗里奢华的物品，看着街边走过的先生女士们优雅的穿戴，看着从身边飞驰而过的马车，他看着生活中所有美好与令人慰藉的东西，但这些东西只属于有钱人，而他只能看着，观察着，羡慕着，同时体会着越发强烈的、足以摧毁人的那种憎恨感。"这种事情我懂！"这句话始终在他的脑中浮现着。

莫什金走到一个胖胖的、懒洋洋的、目空一切的看门人面前，冲着他大声喊道："这种事情我懂！"

看门人没搭理他，轻蔑地瞟了他一眼。莫什金欢快地哈哈大笑起来，说道：“好一个无政府主义者！”

“滚开！”看门人生气地喊道，“别在这儿闲逛。”莫什金走开了，他忽然感到害怕，因为警察就在不远处站着呢。

警察的白手套特别扎眼。莫什金沮丧地想：“真想给您这里扔个炸弹！”

看门人生气地朝他的背影啐了一口，然后转过身去。莫什金在街上走了很长时间。下午五点多钟，他走进了一个中档饭店，挑了张靠窗户的桌子坐了下来，喝了伏特加酒，吃了一份鲥鱼，这顿饭花了他七十五戈比。然后他喝了杯“加冰的夏布利葡萄酒”，最后又喝了一杯甜酒。莫什金有点醉了。在管风琴声中，他感到头晕目眩，连找的零钱都没有拿就离开了饭店。他的脚步有点蹒跚，饭店看门人毕恭毕敬地护送着他出了门，于是莫什金就给看门人手里塞了二十戈比做小费。

莫什金看了一眼自己的镀镍手表，六点刚过。该去面谈了，可千万不能迟到啊！可千万别让他们雇了别的人啊！想到这里，莫什金加快了脚步，朝依兹马伊尔军团的方向走去。

一路上，他遇到了各种不顺利：路面被挖得乱七八糟；暴躁又总是昏昏欲睡的马车夫把车停在了人行过道上；有很多行人，尤其是鲁莽的先生女士们，他们或者根本不避让迎面走来的人，或者总爱朝左侧避让来人，这样一来，从他们身边走过的人，就不得不在路上左右摇摆，因为行人根本就猜不到该从哪边走过去；还有那些乞丐，也在他的后面纠缠不休。

当人越着急的时候，脚下的路程就会变得越来越长，时间也会变得更加难熬起来！地面仿佛紧紧地吸在了脚上，走出的每一步都是用力气和疲倦换来的。小腿肚子又酸又疼。身体上的煎熬让心里的怨恨和眼睛里饥饿的光都越发强烈起来。莫什金心里暗暗发狠：真该用枪把这一切都干掉！

让这一切都去见鬼！去见各种鬼！

终于，莫什金走到了明信片上指定的地点。

这就是明信片上写的那个连队，还有78号楼。78号楼是一栋半新不旧的四层楼房，有两个单元，看上去很阴暗，中间的大门仿佛是张开的大嘴。莫什金看了看两个单元上的小牌子，只看到了一些小房号，里面并没有57室，附近一个人也没有。大门旁边有一个白色的小按钮，按钮上方布满锈斑的铜牌上写着“找看院子的请按铃”的字样。

莫什金按了一下铃，然后就走进了“大嘴”一样的大门里，他想找到住户的门牌。还没等他找到门牌，看院子的人就迎面走了过来，这是一个看起来很凶、长着黑色大胡子的人。

“57室在哪儿？”莫什金用他从地方长官那里学来的漫不经心的语气问道，就是因为那个长宫，他才丢了“饭碗”。找工作这一年左右的时间，让莫什金有了经验，他知道同看院子的这类人该怎么说话和不该怎么说话。踏遍陌生的院子和台阶寻找工作也能让人练出来一定的派头。

看院子的人用有点怀疑的语气问道：“您要找谁？”

莫什金用耿直的、漫不经心的语气拉着长音回答道：“连我自己也不知道啊。我登了求职启事，然后就收到信啦，信上没写是谁写的，只写了地址，57室住的是什么人啊？”

“是艾恩里卡拉多娃女士。”看院子的人说道。

“姓艾恩里卡拉德特？”莫什金又问了一遍。

看院子的人重复道：“艾恩里卡拉多娃。”

莫什金冷笑了一下，说道：“难道连姓氏也俄化了吗？”

“她的名字叫叶莲娜·彼得罗夫娜。”看院子的人补充道。

“她是不是一个老刁婆？”莫什金不知道为什么问了这么一句。

“不是的，她是一位年轻的小姐。请您从正门进去，然后往右走。”看门人露出了得意的微笑回答说。

“我看到门上有个小牌子，可牌子上的房号都是小房号。”莫什金说道。

“不，57 室也在那上面，在牌子的最下面写着呢。”看院子的人回答道。

“她是干什么的？有自己的生意吗？她开学校或办报社吗？”莫什金继续问道。

“没有，实际上，艾恩里卡拉多娃女士既没开学校，也没办报社，她靠自己的资本生活。”看院子的人解释说。

艾恩里卡拉多娃女士家的女仆是特别典型的村姑，女仆引导莫什金走过黑乎乎的过道，向右转进了客厅，然后让莫什金稍做等待。

莫什金在客厅里等着，无聊苦闷，于是就仔细地看起了房间里的陈设。客厅里堆了各种家具：单人扶手椅、桌子、椅子、好多屏风、挡板、架子、小柱子，架子和柱子上放着半身雕像、各式的灯和一些小摆设，墙上挂着镜子、画、石印品、钟表，窗户上挂着窗帘，窗台上摆着花。这些东西让客厅显得拥挤、憋闷又幽暗。在所剩无几的逼仄空间里，莫什金在地毯上不停地走动着，满心愤懑地看着墙上的画和客厅里的雕像。

真该用枪把这些都干掉！让这一切都去见鬼！去见各种鬼！莫什金又在心里暗自发狠。

但是在女主人走进客厅的那一刻，莫什金却藏起了自己眼中那饥饿的眼神，他垂下了眼帘。

艾恩里卡拉多娃女士是一位年轻、面色红润、高个子、看上去很漂亮的女士。她的脚步快而果断，就像乡村人家的女主人那样，走路的时候，还笨拙地甩动着结实白皙的手臂，两只小臂裸露在外。

女士走到莫什金面前，向他伸出了一只手，手伸到半高处，这个高度，你想行握手礼呢，可以，想行吻手礼呢，也行。莫什金故意行了个吻手礼——不怀好意的、带着玩笑意味的吻手礼，他飞快地、大声地“吧嗒”一声亲了一下女士的手，甚至还用牙齿啃了一下，手抖了一下。但女士什么也没说，朝长沙发的方向走了过去，挤进桌子后面，坐到了沙发上，然后示意莫什金坐到扶手椅上。莫什金坐下之后，女士问他：

“昨天是您登的启事吧？”

“是的。”莫什金嘟囔了一句，想了片刻，又换了个稍礼貌点的方式回答道：“是的，是我登的。”

这样说完，莫什金又开始沮丧起来，于是就又在心里狠狠地想：真该用枪把这些都干掉……

艾恩里卡拉多娃女士说了很多，还问了莫什金能干什么，什么学校毕业的，在哪里工作过。她小心翼翼地打探着，仿佛是在担心自己会不小心说漏了嘴多给工资。

这位艾恩里卡拉多娃女士想办本杂志，但具体是什么类型的杂志，她还没确定，反正就是本小杂志。她目前正在洽谈要买一个杂志社，但是关于杂志的办刊方向她却避而不谈。

她说可以雇莫什金做办公室工作，又因为莫什金在求职启事中写了自己是教育工作者，她就想到了，他在中学教过书。

而且，要是他可以做账本的话……

要是他可以受理订阅的话……

要是他还可以处理办公室和杂志社的来往信函的话……

若是他可以去邮局取钱……

他也应该可以在印刷品邮件上填号码……

并把这些邮件送往邮局……

应该还要做校对……

还有……

以及还有……

女士就这样说了大约半个小时，毫无条理地罗列着莫什金的各种职责。

“这些活儿要几个人干。”莫什金声色俱厉地说道。

女士有点失望地红了脸。贪婪的神色在她的脸上一闪而过，然后她说道：“我的杂志社规模很小，是一本专业性的杂志。像这样的小企业，要是雇佣几个人的话，那大家就都没什么活儿可干了。”

莫什金无奈地冷笑了一下，表示同意地说道：“也许真像您说的那样吧，在您这儿工作肯定不会觉得闷。”

“您要求我每天工作多长时间？”莫什金又问道。

“啊，是这样，早上呢，九点左右，这不晚吧？到晚上七点左右，这个点下班不早吧？有时候呢，要是有紧急的活儿，可能需要您晚点儿下班或者在节假日来上班。您的时间是自由的吧？”

“您准备出多少钱呢？”

“每个月十八卢布够了吧？”

莫什金思索片刻，笑了，回答道：

“这有点儿少。”

“那就二十二卢布，不能再多了。”

“那好吧。”

说完这话，莫什金突然愤怒地站起了身，把手伸到了口袋里，掏出了自己家的钥匙，低声却果断地说道：“举起手来！”

“啊！”女士喊了一声，然后慢慢地举起了双手。

女士坐在沙发上，脸色苍白，浑身发抖。她又高又壮，而他又瘦又小。她的衣袖都退到了肩膀处，两只向上举起的、裸露着的手臂雪白雪白的，胖胖的，像极了在家做训练的运动员的双腿。从姿势上能看出来，女士有的是力量，可以一直这样举手保持向上的姿势。透过脸上的惊恐表情，能看出她特别害怕。

这副狼狈的样子让莫什金得到了极大的满足，他慢慢地、恐吓地说道：“您动一下试试！您说个‘不’字试试！”

他走到一幅画前，问道：

“这个值多少钱？”

“二百二十卢布，不算画框。”女士声音颤抖着回答道。

莫什金把手伸到口袋里，拿出了一把铅笔刀，从上到下，再从右到左，把画划了个稀巴烂。

“哎呀！”女士大喊了一声。

莫什金又走到了一个大理石雕像前，问道：

“这个值多少？”

“三百卢布。”

莫什金用钥匙砸掉了雕像的一只耳朵，然后打烂了鼻子，又打烂了雕像的两个脸颊。女士看着这情景，嘴里发出了小声的“啊哈”声，这小声的“啊哈”让莫什金听起来特别舒服。

莫什金又撕坏了几幅画，割坏了所有扶手椅上的绸子面儿，还打碎了一些易碎的物件。

然后，莫什金走到女士跟前，大喊道：“钻到沙发底下去！”

女士照着他说的做了。

“在人来之前，您都给我老老实实地躺在那儿。要不然，我就用炸弹把这儿都炸了。”

莫什金离开了艾恩里卡拉多娃女士的家，过道里一个人也没碰到，台阶上也没有。

那个看院子的人在大门口站着。莫什金走到他面前说道：

“你们这儿的那个小姐有点怪怪的啊！”

“她怎么了?”

“特别无理。简直太爱滋事了，您去看看她吧。”

“她又没叫我，我去，不好吧?”

“那您就自己看着办吧。”

莫什金离开了这个院子，他眼中饥饿的光暗淡了些。

莫什金在大街上走了很久。他呆呆地、慢慢地回想着那个客厅，那些被他划坏了的画，还有沙发底下的那位女士。

运河里浑浊的水诱惑着人投入它的怀抱。落日的余晖使水面看起来美丽又忧伤，就像一个疯狂的作曲家谱写的曲子。河岸上的石板是那么坚硬，路面上的石头上布满了尘土，迎面走来的孩子们是那么愚蠢肮脏！这世界上没有一点儿出路，世界上的一切都充满了敌意。

河水瑟瑟，诱惑着人投入它的怀抱。

莫什金眼中的饥饿的光熄灭了，熄灭了。

水花飞溅那一瞬的声音是那么响亮。

然后，暗黑色的水纹一圈圈地扩散开来，划破了金绿色的水面。

狗

王宁 译

偏远荒凉的小城。缝纫店里的一切着实让人心生厌烦：衣服的纸样，“哒哒哒”响个没完没了的缝纫机，还有鸡蛋里挑骨头的女订货人。亚历山德拉·伊万诺夫娜，这个曾经的学徒工，在这里当了好几年裁剪师傅了。

现在亚历山德拉·伊万诺夫娜看什么都不顺眼，于是她开始找碴儿，挑大伙儿的毛病。她骂完女学徒没有责任心，就又开始指责达尼亚奇卡。达尼亚奇卡是一个年轻的女裁缝，以前也是这儿的学徒。一开始，达尼亚奇卡并没还嘴，后来才用非常礼貌的声音平静地说道：

“您，亚历山德拉·伊万诺夫娜，就是一只狗。”

话音落下，除了亚历山德拉·伊万诺夫娜，所有人都笑了起来。

亚历山德拉·伊万诺夫娜生气了。

“你才是狗！”她对达尼亚奇卡喊道。

达尼亚奇卡坐在那儿一动不动，继续缝着手里的衣服，间或停下手中的活儿，然后慢悠悠地、非常平静地说道："您总是像只狗一样，汪汪汪地叫个不停……所以啊，您就是一只狗……而且，您还长了一副狗脸……您的耳朵也像狗啊……您看您那头发乱的，真的好像狗尾巴……老板娘早晚会把您轰出去的，因为您不是一只好狗，您是一只恶狗，一只愚蠢凶恶的看门狗。"

达尼亚奇卡是一个非常年轻的小姑娘，面色红润，脸上略带婴儿肥，小脸儿清纯漂亮，还带着一丝丝的狡黠。她文静地看着人，穿着打扮也像个小学徒。她赤脚坐在那儿，眼睛清澈，两道弯眉上挑着，平添了一分欢快和灵动；额头平整光洁，弧度优美，深栗色的头发梳理得一丝不乱，头发的颜色远看像是黑色的。达尼亚奇卡的声音清脆、平和、甜美、有诱惑力——如果单听声音，不听说话的内容，你会认为，达尼亚奇卡现在正对着亚历山德拉·伊万诺夫娜嘘寒问暖呢。

其余的裁缝师傅们哄堂大笑，学徒们也都躲藏在黑暗的过道里，一边嗤嗤地小声笑着，一边小心翼翼地朝亚历山德拉·伊万诺夫娜那边张望着。亚历山德拉·伊万诺夫娜坐在那里，气得满脸通红，嘴里大骂着：

"贱货，看我不把你的耳朵揪下来！看我不把你的头发薅光！"

达尼亚奇卡依然不紧不慢，平静地说道：

"您那狗爪子有点儿短哦……疯狗汪汪叫，您这是要咬人吗？得给您买个嚼子戴上……"

亚历山德拉·伊万诺夫娜站起身，朝着达尼亚奇卡扑了过去，达尼亚奇卡还没来得及放下手里的活儿站起身，这时候，裁缝店的老板娘走了进来。老板娘是一个又高又壮的女人，穿着紫色的裙子，裙裾窸窣作响，她厉声说道：

"亚历山德拉·伊万诺夫娜，你怎么又和人打架了?!"

亚历山德拉·伊万诺夫娜激动地说：

“伊琳娜·彼得罗夫娜，您看看这叫什么事儿啊，您快管管她吧，她骂我是狗！”

达尼亚奇卡也向老板娘告状说：

“她无缘无故地就开始像狗一样汪汪叫，总是找我的茬儿，总朝我大喊大叫的。”

老板娘听了达尼亚奇卡的话，表情严肃地看着她说道：

“达尼亚奇卡，我知道你的小心思，难道这事儿不是你挑起的？你别以为你现在当上师傅，你就是个大人了，看我怎么把你妈找来！”

达尼亚奇卡的脸一下子就红了，但是她还是保持着一脸无辜的样子，平心静气地对老板娘说道：

“真对不起，伊琳娜·彼得罗夫娜，我以后再也不敢了。我都尽力不招惹老师傅了，可她们也太苛刻了，一言不合，就说‘看我不揪你耳朵’。我也是师傅啊，她们这样对我，难道是因为我是学徒出身吗？”

“你这个样子有很长时间了吧，达尼亚奇卡？”老板娘一边问，一边气势汹汹地朝达尼亚奇卡走了过去，然后安静下来的作坊里就听见了两声清脆的耳光，还有达尼亚奇卡微弱的两声惊呼：“啊！啊！”

亚历山德拉·伊万诺夫娜回到家的时候都快被气疯了。

达尼亚奇卡的话正好戳到了她的痛处。

亚历山德拉·伊万诺夫娜心里想道：唉，狗，是狗就是狗吧，可这和她达尼亚奇卡有什么关系啊，她又算干什么的啊！我又没到处打探她是什么东西——她是蛇？还是狐狸？我一没偷窥过她，二没跟踪过她。塔吉扬娜[1]，

① 达尼亚奇卡的大名。——译者注

这事儿就这样算了吧，谁是什么东西都有办法打听得到，可是到底为什么要骂人是狗呢？狗比别的动物差在哪儿啊？

风从附近的田野里吹来，吹到城市宁静的街道上，让人感到慵懒又清凉，这风仿佛是夏夜在苦恼，在叹息。月亮升起来了，是一轮明朗的满月。这轮圆月也曾经照着那片辽阔而荒凉的草原，那片草原是可以随心所欲地咆哮，可以因远古大地的哀愁而嚎叫的野兽的故乡。月亮还是那个月亮，无论是此时此地，还是彼时彼地。

忧郁的眼睛也像那时一样闪着荧光，生活在城市里，却无法忘记辽阔草原的野性之心收紧成了一团，要发出狂野嚎叫的渴望一下子涌到了喉头。亚历山德拉·伊万诺夫娜本来都要脱衣服睡觉了，又一想，算了，反正也睡不着。

于是，她走出房门，赤脚走在过道热乎乎的拼接木板上，脚下的木板发出了吱吱嘎嘎的响声，仿佛正唱着欢乐的歌，脚底的皮肤也痒痒的。

亚历山德拉·伊万诺夫娜来到大门前的台阶上。她看到斯捷潘妮达奶奶在台阶上坐着，斯捷潘妮达一身黑衣，戴着黑头巾，枯瘦干瘪，满脸皱纹。老妇人佝偻着身子坐在那里，仿佛想要从这清冷的月光里汲取一点温暖。

亚历山德拉·伊万诺夫娜在老太太的身边坐了下来，从侧面打量着老人。老太太长着一个大鹰钩鼻，那鼻子特别像一只老鸟的巨喙。

她应该是一只乌鸦吧？亚历山德拉·伊万诺夫娜暗自想着。

亚历山德拉·伊万诺夫娜不由自主地微笑了起来，她忘记了忧愁，也忘记了恐惧，狗一样聪明的眼睛中闪着喜悦的光芒，因为她猜中了老太太原来是一只乌鸦。绿莹莹的月光中，她年华渐老的脸上的细纹舒展开了，看不到了，她又变成十年前的那个年轻、欢快、轻盈的人儿。十年前的她，还没有受到月亮的诱惑，还不会夜夜倚在漆黑的浴室的小窗边，对着月亮发出嚎叫。

她往老太太那边挪了挪，小声地说道：

“斯捷潘妮达奶奶，我怎么总是什么事都想问您呢？”

老太太转过肤色晦暗、布满皱纹的脸，眼睛看着亚历山德拉·伊万诺夫娜，然后回答道：“美人儿，你想问什么？问吧。”她的声音刺耳又嘶哑，真的很像乌鸦在哑哑地叫着。

亚历山德拉·伊万诺夫娜轻声地笑了　后背忽然传来的一丝凉意让她不由自主地抖了一下纤瘦的肩膀，她小声地开口说道：

“斯捷潘妮达奶奶，我认为，可我不知道是真的还是假的，我也不知道该怎么说，奶奶，您别生气，我真的没有恶意……”

“说吧，说吧，别怕，亲爱的。”老太太说道。

老太太看着亚历山德拉·伊万诺夫娜，目光明亮犀利，她在等亚历山德拉·伊万诺夫娜问她，于是亚历山德拉·伊万诺夫娜开口了，她说：

“我认为，您，您可不要生我的气啊，奶奶，您，好像是一只乌鸦。”

老太太转过脸去，一言不发地晃着脑袋，仿佛想起了一些往事。那个长着特别突兀的鼻子的脑袋低垂了下去，一下一下地点着，甚至有那么个瞬间，亚历山德拉·伊万诺夫娜错以为老太太正在打盹儿。一边打着盹儿，一边嘴里还在嘟囔着什么。老太太摇头晃脑，嘴里悄声地念叨着古老而陈旧的话语，像是巫婆念的咒语……

院子里静悄悄的，半明半暗，周围的一切仿佛都中了这无声而古老的咒语的魔法。如痴如醉，绵软无力，皓月当空，心中忽然间就又充满了忧愁，似梦非梦。白天分辨不出的千万种气味，现在都可以非常清晰地被辨别出来，让人不禁想起了某些古老的、原始的、早被遗忘的东西。

她依稀还能听到老太太在嘟哝：

“我真的是一只乌鸦，只是我没有了翅膀，我哑哑哑地叫着，哑哑哑地叫着，可他们却还嫌痛苦少。我能未卜先知，所以我不能，美人儿，我不能不哑哑哑地叫，但是，那些人类根本就不想听。可是一看到注定要发生的事情，我就控制不住地想要哑哑哑地叫，控制不住地想叫。”

说到这里，老太太忽然张开了双臂，尖声地叫道：

“哑！哑！”

亚历山德拉·伊万诺夫娜吓得直哆嗦，然后问道：

“奶奶，您这是叫给谁听的？”

老太太回答说：“我是叫给你听呢，美人儿，叫给你听。”

亚历山德拉·伊万诺夫娜感到恐惧，她不敢继续坐在老太太身边了，于是就回到了自己的房间。亚历山德拉·伊万诺夫娜在敞开的窗前坐下，她听到有两个人在大门外聊天。

“它在嚎叫，一直嚎。”一个低沉的声音恶狠狠地说道。

“叔叔，您看见它了？”另一个男高音甜甜地问道。亚历山德拉·伊万诺夫娜一下就听出来了：说话的男高音是住在她们这个大院里的人，一个长着棕红色鬈发、有点儿胖的小伙子。

片刻的沉默过后，她忽然听到了那个嘶哑的、恶狠狠的声音说道：

“看见了，特别大，白色的，趴在浴室边，对着月亮嚎叫。”这声音让亚历山德拉·伊万诺夫娜想到了那个长着浓密黑色大胡子、窄额头、一对猪眼，叉着两只肥腿的男人。

“叔叔，它为什么要嚎叫呢？”甜甜的那个声音问道。

嘶哑的声音停了一会儿才说道：

“反正不会是因为好事而嚎叫，为什么嚎叫，我也不知道。”

“叔叔，难道，它是狼人？”甜甜的声音又问道。

“你别回头。”嘶哑的声音回答道。

这些话是什么意思？亚历山德拉·伊万诺夫娜不清楚，也不想去思考。她已经不想继续听下去了。人类的词语和声响对她来说又有什么意义呢？

月亮看着她的脸，执着地召唤着她，折磨着她。她心中充满了忧伤，便坐不住了。

亚历山德拉·伊万诺夫娜匆忙地脱去衣服。光着白白的身体，悄悄地走到了穿堂里，轻轻地把外面的门打开一个缝儿。台阶上，院子里，一个人也没有。她跑过院子，跑过菜园，跑到了浴室旁。身体感到的凉意和脚下凉凉的土地让她感到快乐。但很快，她的身体就像着了火一样燥热起来。

她趴在了草地上，用胳膊肘儿支撑起身体，把脸朝向苍白暗淡的月亮，拉长声音开始嚎叫了起来。

“叔叔，你听，它又开始嚎叫了。”鬈发的小伙子在大门旁边说道，甜甜的高音胆怯地颤抖着。

“该死的东西，又开始嚎叫了。”嘶哑而低沉的声音紧跟着说道。

他们从长椅上站起了身，栅栏门的插销响了一下。

两个人悄悄地走过院子和菜园。走在前面的是年龄大的、黑胡子的壮汉，手里拿着武器。鬈发的小伙子胆怯地紧跟着他，从他的身后张望着。

浴室后面的草地上趴着一只硕大的白狗，正在嚎叫着。它的脑袋高高抬着，正对着天空中冰冷的月亮，脑袋顶上的毛是黑色的，后腿用一种奇怪的姿势向后伸着，前腿有力地、笔直地支撑在地上。绿幽幽的、有点不真实的月光，让它看起来非常大，世界上就没有这么大的狗，它又胖、又肥。从头上开始的黑色斑点不均匀地延伸到了背部，看起来有点像是女人披散着的发辫。看不见它的尾巴，但它应该是有尾巴的。大狗的毛特别短，短得从远处看仿佛这狗根本就没有毛。它的皮毛在月亮下发着暗淡的光，就好像一个赤裸的女人躺在草地上，正在像狗一样地嚎叫。

黑胡子举枪瞄准，鬈发则画着十字，嘴里念念有词。

一声枪响。狗发出了一声尖叫，用后腿跳了起来，化成一个赤裸女人的样子，浑身是血地跑了起来，尖叫着。

黑胡子和鬈发一下子瘫在了草地上，极度的惊恐让他们放声大哭了起来……

摆渡灵魂的小精灵

王宁 译

加尔莫诺夫实在是太年轻了，还不懂得办事的分寸和拜访别人的尺度。他来找桑博尔耶夫，不但来得不是时候，而且该走的时候也不知道走。终于有一天，他感觉到桑博尔耶夫已经对他不耐烦了，加尔莫诺夫这才恍然大悟，原来他的来访打扰了桑博尔耶夫的工作。加尔莫诺夫想起他们两个人在交谈的时候，桑博尔耶夫一直刻意地保持着礼貌，但有时不经意间也会冒出几个语气生硬的词儿。想到这里，加尔莫诺夫情不自禁地涨红了脸，他迟疑着站起了身准备告辞，可是又坐下了，因为他发现桑博尔耶夫好像还有话说。

“戴上了面具!”桑博尔耶夫接着他的话题恼火地重复着这几个字,“您这句话是什么意思?”

“就是,就是,假装。”加尔莫诺夫窘迫地咕哝道,“当然,有时候是不得已……”

“这方面你懂什么?”桑博尔耶夫完全控制不住地愤怒了,他打断了加尔莫诺夫的话,质问道,“你懂什么是面具?你能懂什么?每个面具都是有灵魂的!不能随便把一张面具戴到与其灵魂不符的脸上,否则,面具就会自己掉下来。”

说完这话,桑博尔耶夫就沉默了,他没有看加尔莫诺夫的脸,而是表情阴郁地注视着自己的前方。他又一次感到了对加尔莫诺夫的那种莫名的憎恶感,这种感觉在他第一次见到加尔莫诺夫的时候就有。桑博尔耶夫一直在努力地掩饰着这种憎恶感,总是装出和颜悦色的样子,亲切地邀请加尔莫诺夫常来做客,并当着所有人的面夸赞加尔莫诺夫的诗,可也时不时毫无理由地对加尔莫诺夫说出一些恶意的、粗鲁的话,让这个腼腆的小伙子感到窘迫不已。于是桑博尔耶夫开始可怜他,可是过不了多久,他就又开始厌恶加尔莫诺夫那慢条斯理的样子,并认定了他是一个不够坦率的滑头。

加尔莫诺夫起身,道了别,走了。

桑博尔耶夫一个人待着。工作被打断让他很沮丧,现在他一点儿工作的心情都没有了,一种阴暗愤恨的情绪压在了他的心头。

加尔莫诺夫,这个脸庞黝黑、其貌不扬的年轻人,他身上有什么特别的东西吗?怎么就能把他激怒到这种程度呢?大嘴、黝黑的长脸、慢腾腾的动作、说话时拉长的声音,这一切的背后总能让人不由自主地感觉到某种双关含义，让人觉得含糊其词，让人觉得言犹未尽。

沮丧中的桑博尔耶夫在办公室里踱着步，然后在一面墙前停了下来。面对着墙，他说起话来。

在我们这个时代，有很多人已经习惯了和墙壁聊天，墙壁的确是一个非常好的交谈对象。

桑博尔耶夫说道："可以让人如此憎恨、如此痛恨的只有我们亲近的东西。但这魔鬼般的亲近感究竟来自何处？是哪个恶魔使用了哪些妖术，把彼此完全不同的灵魂连在一起了呢？我的灵魂是一个积极的、追求平静生活的灵魂，和他的灵魂——那个狡猾得像个阴谋者、迟缓得像个懦夫的大嘴年轻人的灵魂——完全不同啊！为什么他的性格里会有那么多和外表不一致的、奇怪的东西？是什么人偷走了这个乳臭未干的家伙的灵魂中最美好的东西呢？"

桑博尔耶夫低声说着这些话，几乎是在喃喃自语，然后忽然间沮丧地高声喊道："这到底是谁干的？是人类还是人类的敌人？"

然后他就听到了一个奇怪的回答声："是我。"

有人用严厉的高音喊出了这个词，那声音就像是生了锈的钢铁发出的刺耳又沉闷的声响。

桑博尔耶夫下意识地哆嗦了一下，他看了看四周，房间里除了他自己一个人也没有。

于是他坐到了转椅上，阴沉着脸看着堆满了书和文件的桌面，开始等待。

他在等着什么东西出现。这等待让他感到恐惧，于是他高声地说道：

"你在躲什么？既然已经开口了，就现身吧。说说你想说的，你到底要说什么？"

说完这话，桑博尔耶夫开始竖起耳朵听声儿，他全身的神经都绷紧了，仿佛任何一个最细小的声响都会像大天使长吹起的末日审判的号角那样震耳欲聋。

突然，一阵笑声响起，这笑声是那么刺耳，宛如生锈的金属撞击时发出的那种令人难受的声音。这笑声就像玩具里发条的转动，颤抖着，在寂静的夜晚里发出哒哒哒的响声。桑博尔耶夫用双手抱住了头，胳膊肘儿支在办公桌上，他仔细地倾听着。笑声渐渐地静止下来，机械地、匀速地停止下来。可以清楚地听到，这笑声是从桑博尔耶夫身边的某处传出来的，好像是从办公桌上传来的。

桑博尔耶夫在等待。他双眼紧张地盯着桌子上的铜墨水盒，用嘲笑的口吻问道："你成精了？是你在笑吗？"

那个刺耳的声音同栏用嘲笑的口吻回答说："不，你错了，你也太笨了。我不是墨水精。难道你不知道墨水精们的声音都是黏糊糊的？你可真不是一个细心的观察者。"

然后又是一阵笑声，又是生锈的发条转动时发出的哒哒哒声。

桑博尔耶夫说道："我不知道你是谁，我怎么可能知道这个呢！我又看不见你，只能推测你和你的同伙们是一样的，总是潜伏在我们人类的周围，四处乱窜，让我们忧愁，对我们施以邪恶的魔法，但你们却没有胆量出现在我们眼前。"

发条的声音回答道："我来就是要和你谈谈的。我喜欢和你这样的人说话——喜欢和你们这些只有一个灵魂的人说话。"

"访客"说完这句就没有声音了。现在桑博尔耶夫开始等待那个笑声了，他心中暗想：这个东西每说完一句话，都应该会发出一阵让人憎恶的大笑声。

果不其然，这个奇怪的“访客”真的掌握了这种谈话风格：说上几个词之后就会发出生锈金属般刺耳的笑声。仿佛它是在用这些词语给自己的发条上劲儿，然后又立刻让发条发出哒哒哒的声音。

笑声哒哒哒地响着，在机械般精准的笑声不断减弱的同时，这个不速之客终于从墨水盒后面现身到桑博尔耶夫的眼前。

它的个头很小，全身从头到脚大约只有人的无名指那么高。外表是钢灰色的，因为实在是太小了，而且动作又快，所以让人很难分辨出这钢灰色是他身体本身发出的暗淡的光泽，还是他穿着光滑又特别合身的钢灰色衣服。但无论是身体本身的颜色，还是穿着的衣服的颜色，看起来都非常光滑，就像故意地做了简单化处理一样。它的躯干好像一个细细的小罐子，腰的那个部位稍宽一点儿，而肩部和胯部稍窄一点儿。手臂和腿的长度和厚度一样，而且手和腿一样灵巧和柔韧。这样的手脚比例让人误认为它的手臂太长、太粗，相比之下，腿却显得又短、又细。这个小东西的脖子很短，脸像人的小指甲盖那么大，两条腿的间距有点大，躯干下面能看见个有点儿像尾巴或者是小疱样的东西。它腰部的两侧、关节下面也长着这样的赘物。它的动作敏捷、灵巧又准确到位。

这个丑陋的小东西坐到了墨水盒的横梁上，用一只脚把芦苇秆做的笔座踢了下去，好让自己坐得更舒服些，然后就安静了下来。

桑博尔耶夫仔细地打量着这个小东西的脸，那是一张瘦瘦的、灰色又光滑的脸，脸上长着一双小小的、亮闪闪的眼睛，嘴很大，两只尖尖的小耳朵向上竖起。它坐在那里，像猴子那样用双手和双脚挂在墨水盒的横梁上。

“尊贵的客人，你想和我说什么呢？”桑博尔耶夫问道。

于是桑博尔耶夫又听到了那个机械的、像生锈金属一样刺耳难听的声音："只有一个脑袋和一个灵魂的人，请你回忆一下自己的过去，回忆一下自己最原始的远古岁月，那时，你和他曾经生活在同一具躯壳里。"

它说完了这话，就又是一阵刺耳的、尖厉而响亮的大笑。这位不速之客一边笑着，一边机械又灵巧地翻了个跟斗，双手支撑倒立了起来，这时桑博尔耶夫才看清了，这小东西尾巴那里的赘物是它的第二个脑袋，这第二个脑袋和第一个脑袋一模一样。或者是因为这两个脑袋实在太小，又或者它们原本就一模一样，反正桑博尔耶夫没发现这两个脑袋有一丝一毫的不同之处。

它的手臂颠倒了过来，就像安装了关节一样，一下子手臂就变得和腿完全一样了，第一个脑袋也失去了光泽，藏到了刚刚由手臂变成的两条腿之间；而原来看起来像腿的物件儿，也机械地翻转了过来，然后也开始像真正的手臂一样动了起来。桑博尔耶夫惊异地看着自己的这个怪客。

怪客忸怩地手舞足蹈起来。当笑声渐渐停息之后，它的第二个脑袋开口说话了："你有几个灵魂？你又有多少自主的意识？你知道吗？你为自己各个器官绝妙的分化功能而感到自豪，你会想，你身体的每一个部分都在严格地履行着各自特定的功能。但是，愚蠢的人类，请你告诉我，你用什么来存储自己从前的经验与感受呢？把此生的经验与前世的经验放在一个脑袋里太拥挤了。你自作聪明，在自己可怜的意识边缘上耍花招，投机取巧，但你的可悲之处就在于，你只有一个脑袋。"

说完又是一阵响亮的、生锈金属一样的哈哈大笑声，而且，这一次笑的时间特别长。它一边笑着，一边跳着舞，还不断地翻着跟斗，一会儿又用一只手和一只脚支着身体，一侧腰朝上来了个侧翻。当然，前提是你得能把它的四肢区分为手和脚。侧翻之后，手脚又机械地颠倒过来，这时你就会发现，它躯干的两侧——腰的部位上也分别长了个脑袋。每个脑袋都按次序轮流着说话，轮流着哈哈大笑，轮流着扮鬼脸，也轮流着戏弄嘲笑桑博尔耶夫。

“闭嘴！”桑博尔耶夫歇斯底里地喊道。

但那个不速之客依旧跳着舞，喊叫着，哈哈笑着。

桑博尔耶夫心里想着：最好抓住它，然后将它捻死。或者是用一本厚书把这个邪恶讨厌的家伙原地拍碎。

不速之客仍然在哈哈大笑着，扮着小丑忸怩的作态。

桑博尔耶夫继续在心里琢磨：不可以用手去抓它，这个小东西说不定会把人的手烧焦或烫伤。能不能用刀把它切碎呢？

想到这里，桑博尔耶夫打开了一把削铅笔的刀，快速地用刀尖朝不速之客躯干正中间的位置捅了过去。谁知这四个脑袋的小怪物居然缩成了一个小球，四个脚爪挥舞着，然后又爆发了一串响亮的笑声。桑博尔耶夫把刀扔到了桌子上。

“你这个不要脸的家伙！”桑博尔耶夫喊道，“你究竟要对我做什么？”

不速之客跳到了墨水瓶的瓶盖上，用一只脚站在那里，向上举起了双手，然后用带着鼻音的刺耳的声音喊道：

“只有一个脑袋和一个灵魂的人，请你回忆一下自己的过去，那时，你和他生活在同一具躯壳里。回忆一下你们一起建功立业的时候，请你回忆一下那支舞，在那可怕的时刻跳的那支舞。”

房间里突然变暗了。笑声还在耳畔萦绕——嘶哑又卑鄙的笑声。桑博尔耶夫感到头晕目眩……

黑暗中慢慢浮现出纤细轻巧的柱子，不太高的天花板，房间里有好多大蜡烛，烛光暗淡。蜡火在甜腻腻的空气中摇曳，仿佛是红红的舌头，长笛抑扬婉转的演奏声中，好多条腿随着节奏变换着轻盈的舞步——那是一条条极美的青年男子的腿。

桑博尔耶夫有一种错觉，仿佛自己还年轻，身体还很强壮，仿佛自己正围着宴会的餐桌跳舞。一张皮肤松弛、目光放肆、醉醺醺的脸正看着自己，哈哈大笑着。那是一个宴会上的人在哈哈大笑，那人很快乐，那人喜欢看半裸着身体的小伙子们跳舞。

桑博尔耶夫愤恨填胸，疯狂的愤恨让他无法呼吸，也无法思考。于是他加快了舞步，准备从那个人的身边飞驰过去。他的双手在颤抖着，眼中也因愤怒浮起了模糊的血红色。

就在这个时候，第二个灵魂在他的身体里苏醒了，这是一个狡猾又温柔的像猫一样的灵魂。于是青年桑博尔耶夫对着那个扬扬得意的人微笑，变成了一个温柔似水的少年，舞步翩翩地从那个人的身边掠过。宴会上的人哈哈笑着，青年的美腿和裸露着的身躯让宴会的主人开心不已。

瞬间，仇恨就又让青年的双眼中浮起模糊的血红色，让他的双手不停地颤抖。可是狡猾的微笑却又一次地浮现在青年亲切和蔼的脸上。

有个人愤恨地小声说道："我们还要这样无意义地转多久？够了，够了，结束这一切吧。"

两股意念同心合力。两个灵魂合二为一。仇恨与狡黠合二为一。一个轻盈平稳的动作之后是一次猛烈的撞击，灵活轻盈的双腿让青年跳起了快而美的舞步。嘶哑的喊叫声，内心的慌乱……一切都交织在一起……

接着，眼前又是一阵黑暗。

桑博尔耶夫清醒了过来，他看到那个丑陋的小怪物依然在办公桌上跳着舞，忸怩作态，哈哈大笑着。

桑博尔耶夫问它："这是怎么回事？"

不速之客回答道："你看到的那个青年身体里曾经有两个灵魂，其中的一个现在属于你，属于你的这个灵魂有着火热的情感和热切的欲望，这是一个永不满足的、永远跳动的灵魂。”

接着又是一阵刺耳的笑声，丑陋的小怪物又跳起了舞。

“别跳了！”桑博尔耶夫大喊了一声，接着问道，“看来你是想说，那个青年的第二个灵魂在黝黑、可恨、孱弱的加尔莫诺夫这家伙的身体里？”

不速之客停住了笑，高声喊道：

“人类啊，你终于明白我要告诉你什么啦。那么现在你或许已经猜到了我为什么而来，我又是什么身份！”

待那阵刺耳的、震颤的笑声过后，桑博尔耶夫对这位不速之客说道：“你是连接灵魂的精灵。但为什么你不在我俩一出生的时候就做这件事呢？”

这个丑陋的小精灵发出了一阵嗞嗞声，缩成了一团，旋转起来，然后停了下来，把腰部一侧的脑袋转到了上面，喊道：

“如果你想这样，我们现在就可以改正啊。你想这样吗？”

“想。”桑博尔耶夫立刻回答道。

“那你就在新年之夜把他叫来，也叫上我。要想召唤我，你就拿上这根头发。”

丑陋的小精灵飞快地跑到了台灯前，把一根短短细细的黑色发丝放到了灯座上，然后说：“你把这根头发点着，我就会出现的。但你要知道，我把你们的灵魂连接在一起之后，无论是你，还是他，都将不复单独存在。然后从这里会走出去一个融合了两个灵魂的人，但这个人既不会是你，也不会是他。”

说完小精灵一下子就消失了。刺耳的生锈金属音的笑声还在桑博尔耶夫的耳畔回荡，但他面前的办公桌上已经什么都看不到了。光滑的台灯座上的那根黑色的头发提醒着桑博尔耶夫，那个消失的不速之客真的来过。

桑博尔耶夫拿起了那根头发，把它藏到了钱包里。

一年里的最后一天，接近午夜时分了。

加尔莫诺夫应邀来拜访桑博尔耶夫。他们小声地说着话，仿佛在压着嗓子。这情景有点瘆人。

“您不会怨恨我吧，我请您过来和我单独交谈?”桑博尔耶夫问道。

皮肤黝黑的青年咧开大嘴笑了，他笑的时候牙齿显得特别白。加尔莫诺夫慢条斯理地说些无聊又肤浅的东西，桑博尔耶夫听不下去了，于是他问了一个和刚才的谈话一点儿关系都没有的问题：“您还记得自己的从前吗?”

“不太记得了。”加尔莫诺夫回答说，很显然，他没有理解桑博尔耶夫所说的“从前”是什么，他以为桑博尔耶夫问的是他的童年时代。

桑博尔耶夫失望地皱起了眉头，然后开始解释自己要表达的意思。桑博尔耶夫感到自己的解释很混乱，又冗长又难懂，于是他就不再沮丧了。

但加尔莫诺夫却明白了，他突然高兴了起来，兴奋得脸都有点儿红了。

“是的，是的，”加尔莫诺夫带着从未有过的生动的表情说道，“我有时候会恍惚记得我从前的日子。那是一种很奇怪的感觉。好像从前的生活更充实、更勇敢、更自由。好像我现在不敢做的事儿，那个时候都敢做。”

“那您是否感觉到好像丢了某些东西？您是否感觉到那些东西是您现在生活中缺失的最重要的部分?”桑博尔耶夫激动地问道。

“是的，是的，就是这样的感觉。”加尔莫诺夫回答道。

“您想不想恢复这些缺失的部分?”桑博尔耶夫继续问道，“恢复之后，就又可以像从前一样完整和勇敢，就又可以像从前一样，将生命的全部和人性本质的对立与统一都放进同一具躯体——轻盈的、像年轻时那样自由的躯体里。合二为一，却会大于一。您会听到胸膛里仿佛有两颗心脏在跳动，您会成为连接两个对立灵魂的人，而您的内心由于两大矛盾的尖锐斗争，又会产生成就伟大功勋所需要的勇敢与坚定。”

“是的，是的，我有时候也会梦想成为这样的人。”加尔莫诺夫说道。

桑博尔耶夫不敢看加尔莫诺夫那张年轻的、不自信且有点窘迫的、黝黑的脸庞。他暗自害怕，害怕这张脸会令自己失望，于是桑博尔耶夫有点着急了。

已近午夜时分。

“是这样的，”桑博尔耶夫小声说道，“我手里有能实现这个愿望的东西，您想不想实现？”

“想。”加尔莫诺夫有点儿迟疑地回答道。

桑博尔耶夫抬起头，果断而执着地看着加尔莫诺夫，仿佛在要求他给自己提供某个迫切需要的东西。他无情地直视着那双年轻的黑眼睛，这双眼睛原本应该充满着火一样的热情，但现在，它们却属于一个只有一半灵魂的小人物，这双眼睛是那样阴险，那样无情。

桑博尔耶夫仿佛感觉到，在自己火热而执着的注视下，加尔莫诺夫的眼中燃起了狂喜与强烈的愤恨，那张年轻黝黑的脸也一下子变得凝重而严肃起来。

“您想吗？”桑博尔耶夫又问了一遍。

这一次，加尔莫诺夫坚定而快速地回答道：“想。”

一个尖厉而响亮的怪异的声音响起：“渺小而狡猾的，但在远古时代做出过伟大功勋的人，你之所以做出过功勋，是因为你把自己狡猾的灵魂与另一个愤怒者火热的灵魂连接到了一起，现在，在这个伟大而唯一的时刻，请你回答，你是否已经下定了决心，要把自己的灵魂与另外一个灵魂连接到一起。”

加尔莫诺夫用更快、更坚定的语气回答道：“我想。”

桑博尔耶夫仔细倾听着问话者尖厉的声音。他听出了这个声音，而且也听对了，因为加尔莫诺夫说的那句“我想”已经被那位不速之客的生锈金属般的笑声淹没了。

笑声停止后，桑博尔耶夫对加尔莫诺夫说道：“但您要知道，一旦做出这样的决定，您需要拒绝成为独立个体的诱惑与喜悦。我现在就要施魔法了，魔法一旦起作用，我们两个人都会死去，我们会以这样的方式解放我们的灵魂，或者以这样的方式将我们的灵魂融合成一体。那时候，将不再有我，也不再有你，将会产生一个新人，一个思想火热、行动冷静的新人。而我们两人注定会离去，因为我们要给这个新人让出位置，我们两人的灵魂将隐秘地融合到这个新人的身体里。我的朋友，您真的下定了决心要做这件可怕的事了吗？这是一件可怕而伟大的事。”

加尔莫诺夫奇怪而不确定地微笑着。但桑博尔耶夫的目光浇灭了他的笑容，于是年轻人用温柔的、毫无生气的、仿佛是认了命一般的嗓音说道：“我下定决心了。我想那样。我不怕。”

于是桑博尔耶夫用颤抖不已的手从钱包里拿出了那根有魔力的头发丝儿。然后他点燃了蜡烛。那个四个脑袋的不速之客就藏在蜡烛的后面。它今天是灰色的，一副摇摆不定、晃来晃去的样子，仿佛是烛光的阴影，那火苗仿佛正温柔地拥抱着蜡烛洁白而温顺的身体。

加尔莫诺夫睁大了双眼，不转眼珠地盯着桑博尔耶夫的动作。桑博尔耶夫把那根头发丝儿送到了火苗跟前。头发丝儿被火烤得卷曲了起来，接着变红了，然后就燃烧了起来。头发丝儿烧得非常慢，伴着轻轻的、有节奏的噼啪声，像极了那位深夜里来的不速之客的笑声。而那个奇怪的、丑陋的小精灵，也忸怩作态地跳着，从蜡烛后面出来了。

怪异的不速之客的口中念念有词，词语虽简单，但很可怕。桑博尔耶夫最开始并没有意识到这一点，因为他非常激动，并且全神贯注地打着点燃的那根魔法头发丝，而且，这个丑陋的小精灵说的也是他已经熟悉的普通词语，所以桑博尔耶夫一开始并没有多想这些词语背后的意思。可是他忽然感到非常恐惧，于是就开始仔细地听了起来，他听到了简单却很可怕、还带着些嘲讽意味的词语："小小的灵魂，短短的灵魂，胆小怯懦的灵魂。"

在恐惧中，桑博尔耶夫抬起头向加尔莫诺夫看去。皮肤黝黑的青年人坐在那里，怪异地抽搐着，脸色苍白，额头上全是汗珠，可怜的、被迫做出的微笑扭曲了他的嘴唇。在加尔莫诺夫发现桑博尔耶夫正看着自己时，他抽搐得更加厉害了，他用了最大的意志力控制了身体的抽搐，用几乎听不见的声音断断续续地对桑博尔耶夫说道："我很害怕。我很疼。不要做这个了。"

说完，加尔莫诺夫像一只狡猾、胆怯、炸了毛的猫一样弓起了身子，突然向前冲了过去，鲜红的嘴唇难看地向前噘起，朝马上就要烧没了的头发丝儿吹了一口气。头发丝儿上的火苗变成了一条细丝儿，抖动了一下，然后灭了，化作一丝蓝色的烟雾飘在安静的空气中。午夜的不速之客的刺耳笑声刺痛了耳膜。

"失败了！失败了！"小精灵说着可憎的词语。

加尔莫诺夫坐了下来，带着些许歉意狡黠地笑了。桑博尔耶夫用憎恨的眼神看着他。

隔壁房间里传来了钟声。钟声每响一下，那个连接灵魂的小精灵都会用嘶哑的嗓音喊一声"失败了"，喊完后还会发出发条般刺耳的笑声。小精灵忸怩地旋转着，然后仿佛渐渐地融化在电灯昏黄的光线中。

一年最后的第十二响钟声响起，然后停止，嘶哑的"失败了"的喊声消失了，渐渐消失的小精灵那嘶哑的笑声也停止了。加尔莫诺夫站起了身，像是带着劫后余生的喜悦，慢条斯理地拉着长声说道：“新年快乐。”

以兽为王

王宁 译

不知道是什么人，将很多逸闻传说记录在了一些莎草纸上。因年代久远，如今这些纸张已经半腐朽了，故事里讲的人和事也早成了永恒的过去。下面我要给各位讲的就是那众多故事中的一个。故事的原文中有些地方让人感觉莫名其妙，所以读起来会让人有点儿不连贯的感觉。为什么会这样？我认为，最大的可能是：这个故事原本是某个手稿的一部分，手稿的其他部分没有保存下来，因此，记录故事的人只好用推理的方法还原了它。故事中提到的国家名我们今天已经无从知晓，故事的结尾也没保存下来，史书中关于那个时代的记载，也带有传说与神话的色彩，所以我们也不知道这个故事是古代那位记录人的别有寓意，还是他相信他所记录的这个关于残暴青年的神奇变化的故事是真的确有其事。

故事中的国家要选国王。长老们商定让上天来确定国王的人选。夜晚来临前，他们将一枚金蛋放到了城门外大路边的草地里，金蛋上装饰着珍贵的祖母绿宝石和蓝宝石。如果有人从遥远的异国走向这个城市，并拿起了藏在草丛中的金蛋，那他就是上天为这个城市王国指派的统治者。我不知道用这种方法确定国王的人选是哪个地方的风俗，还是这次是个特例，是长老们临时起意，要用这种特殊的方式来确定国王的人选。故事中的某些情节，让我倾向于后者。

喷着火焰、光芒四射的天之龙站在城市的上空，火龙是人们给古老的恒星——红红的太阳起的名字，伟大的统治者降临的这个日子，必须是阳光四射的晴天。长老们走到了城门下，身后跟着全城的百姓，所有人都在虔诚的静默中等待，等待上天向他们提示国王的人选。城外的大路上始终悄无人迹，仿佛是掌管着这个国度的两大神灵或两大恶魔还在商量，谁做国王才是完美的选择。最后，终于有答案了。

大路上出现了两个少年，衣衫褴褛，仅能蔽体，他们正朝城市的方向走来。一个是脸庞黝黑、身形纤瘦的黑发、黑眼睛的少年；另一个少年满头红色的鬈发，立在山顶的天之龙用自己金红的“目光”给少年的鬈发镀上了一层金光。红发少年的身体是橄榄色的，脸颊火红，眼中闪着永无休止的欲望之光。虽然头发和皮肤的颜色不同，但两个少年的面容却惊人地相像，仿佛是黑脸庞的少年在照一面奇怪的、烧得通红的镜子，因魔法玻璃的作用，镜子里的人变成了金发红脸。

两个少年愉快地聊着天，无忧无虑地笑着，他们从藏在草丛中的金蛋边上走了过去，离城门越来越近了。

千人众口的窃窃私语变成了巨大的声响传向远处，这声音让两个少年停下了脚步。他们慌张又窘迫地站在满是尘土的大路边，四处张望着，努力地想要弄明白，那黑压压的人群到底在看什么，又为什么发出了这么大的嘈杂声。黑脸的少年先看见了金蛋，并朝金蛋走了过去。

“梅底伊亚，你看，草里有个特别漂亮的玩具。”黑脸少年对同伴说道。

说完，黑脸少年就拿起了这枚金蛋。红头发的梅底伊亚跑到伙伴跟前，贪婪地看着黑脸少年的双手，用恳求的声音激动地喊着：“哎呀，亲爱的科尼亚，把这枚金蛋给我吧，给我吧。把它给我吧，给我吧。”

科尼亚笑了，把金蛋给了梅底伊亚，笑着说道：“你拿着吧，既然你这么想要这枚金蛋，那它就是你的啦。”

梅底伊亚笑了起来，把金蛋向上抛着，不住地欣赏着金蛋上镶嵌的美丽宝石。

长老们走出了城门，向手拿金蛋的少年梅底伊亚鞠躬致敬，尊他为这个城市王国的王。

可是，尊梅底伊亚为王这件事在民众中产生了争论。人们在争论到底谁才应该是国王。一些被认为是不太成熟稳重的青年人认为，应该把王冠戴在黑眼睛的少年科尼亚的头上。他们说：“是黑眼睛的少年拿起了金蛋，然后自愿把金蛋交给了那个红头发的贪婪男孩。黑眼睛的美少年科尼亚才应该是我们的国王，因为他慷慨，胸怀广阔，这样的人才应该当国王。”

美丽的姑娘们也附和着，她们小声地说着；“金色的王冠戴到科尼亚漆黑的头发上，那将会多漂亮啊！”

但是老人们不同意让科尼亚当国王，他们反驳道：“国王不是奉献者，国王应该是索取者。我们的城市需要的是统治者，而不是有着妇人之仁的软心肠少年。”

科尼亚的支持者们势单力薄，但还想坚持己见继续争论，虽然争论已经无济于事，但这些争论可以在民众中引发困扰。最终，科尼亚的支持者们被绑了起来，他们被砍了头，尸体也被烧掉了。

就这样，梅底伊亚成了这个城市王国的统治者。他对大臣们说："我和我的朋友科尼亚远道而来，一路艰辛。是我亲爱的朋友，是他的黑眼睛发现了茂密的草丛中属于我的国王之蛋。科尼亚曾经是我忠诚的朋友，他也将永远是我忠诚的朋友，华丽气派的国王宝座右侧的第一个位置是属于科尼亚的。你们要把城里能找到的最奢华、最漂亮的衣裳都给我的朋友科尼亚穿上，把城里能找到的最贵重、最漂亮的戒指戴在他的手上。"

下属们按国王梅底伊亚的命令做了。科尼亚坐在国王下首右侧的第一个座位上，但他并没有变得趾高气扬。他的黑眼睛闪着，像两颗即将熄灭却依然美丽的星星。他的双唇红润，像两朵玫瑰花，两朵能让夜莺也为之痛哭的、鲜艳欲滴的玫瑰花。镶着钻石的黄金指环在他的手上闪闪发光，仿佛是布满红霞的空中的晚星。但科尼亚的眼中没有了光芒，他的唇上没有了微笑，他的手也感觉不到快乐。

科尼亚黑色的眼睛平静地看着国王梅底伊亚，梅底伊亚也就开始惆怅起来。有一次，国王梅底伊亚问自己的朋友科尼亚："我亲爱的朋友科尼亚，你羡慕我吗？"

科尼亚像回答国王问话的所有人一样，深深地低下了头，然后平静地说道："伟大的王，我不羡慕您。"

国王皱起了眉头又问道："亲爱的科尼亚，你难道不想当国王吗？"

科尼亚回答道："我不想当国王。"

"科尼亚，那你会不会想，是你捡起了那枚金蛋，因此，你是有权当国王的呢？"梅底伊亚追问道。

"我是捡起了那枚金蛋，我把我的那枚金蛋送给了您，国王陛下，现在您有权拥有这枚金蛋，您可以放心地统治这个国家，谁也夺不去这枚金蛋。"科尼亚平静地回答道。

国王梅底伊亚沉默了，因为他不知道还能问科尼亚什么问题。但阴暗的沮丧折磨着国王的心。这时，一个最老也是最奸诈的大臣毕恭毕敬地来到了国王的跟前，这人长着花白的大胡子，名叫萨里哈。萨里哈在国王的耳边说起了恶毒阴险的话语：

“伟大的王，您是我们的宝库和安慰，可是那些轻浮的青年和骄纵放荡的姑娘却赞扬您的朋友科尼亚，赞扬他的美好。而您，也因为国王的仁慈之心，给了科尼亚至高的位置，让他坐到您国王宝座的右侧。但是科尼亚，这个轻浮无礼之徒，他居然胆敢说那是他的金蛋，在我们走出城墙，被您的伟大与美貌征服，向您俯首称臣的时候，那枚金蛋正在您阳光般炽热的手指间。科尼亚，他居然敢说这枚金蛋是他的，这枚金蛋可是掌管这个国度的神灵交到您强大的手中的啊！”

国王梅底伊亚因愤怒而涨红了脸，他的眼中也燃起了无法遏制的怒火。他用恼怒的目光看向自己的朋友科尼亚，但那个黑皮肤、黑眼睛的少年并没有感到丝毫的不自在，依然默默无语，依然一动不动，依然平静如常，仿佛是没有光也没有星星的黑夜。

另一个大臣也来到了国王梅底伊亚的跟前，这个大臣掌管着这个国家的最高法庭，人很聪明，却非常恶毒，他的名字叫汉纳。汉纳躬身在国王面前，也像萨里哈一样，小声地说起了恶毒阴险的谗言：“伟大的王，您的美貌胜过天空中所有的星；您的智慧、您的英勇豪迈胜过了我国，还有远远近近、大大小小各个国家的智者与名人。”邪恶的汉纳继续小声嘀咕道，“可是您的朋友，科尼亚，您抬举了他，还因为他的一丁点儿微不足道的好处就慷慨地奖赏了他，可他胆敢认为，还胆敢说自己比您好，因为是他把您的国王之蛋交给了您，而且还用这种方式显得他比您慷慨，比您胸怀仁厚。您的朋友正要与您为敌，伟大的王，一切恶意揣度我们伟大的国王的人，都理应受到严酷的惩罚。”

国王梅底伊亚愤怒得全身颤抖，覆盖着浓密的、棕红色汗毛的双手紧紧地抓住了国王的权杖，梅底伊亚问自己的朋友科尼亚：“科尼亚，请告诉我，你认为咱们两个人谁更好，谁更值得尊敬？”

“伟大的王，人们都尊您为王，都臣服于您，我和大家一样，我是您忠诚的仆人与奴隶，我将永远忠诚于您，永远顺从您。”科尼亚平静地回答道。

愤怒中的梅底伊亚站起了身，喊道：“神明指引我坐上了国王的宝座，因此，我不仅是这个国家，也是所有国家中最好的人，我也比你好。”

科尼亚回答道：“国王，您和我还都是少年，在这个世界上，我们还未做过值得赞扬或该受到责备的事。没有人会知道我们两个谁比谁更好，也没人能断言谁会更好。”

国王梅底伊亚对自己朋友的放肆感到吃惊，于是他小声地问道：“你真的不认为，你比我，比国王和统治者好？”

科尼亚回答道：“伟大的王，我真的没想过这个。我认为咱们两个都一样。咱们一起长大成人，而且又长得如此相像。每次，当我在早晨的朝霞中，或者在天空布满红色晚霞的时候到小溪边喝水，看到水中的倒影，我都会有一种错觉，我会觉得水中映出的是国王您的脸，带着彬彬有礼的微笑正在靠近我，您的嘴唇正伸向我，为了给我一个兄弟般甜美的吻。我们只是头发和皮肤的颜色不同，另外您的脸上有如火的红晕，而我的红晕被皮肤的颜色掩盖了。您长得和我是那样相像，您的脸就像火红的镜子中映出的我的脸。您和我一样美好，一样慷慨，一样仁慈和心胸宽广。”

大臣们七嘴八舌，愤怒地大喊起来，他们指责科尼亚，说他居然胆敢把自己和伟大的统治者相提并论。暴怒充斥了国王梅底伊亚的胸膛，他下了命令，无情地对自己的朋友科尼亚施以鞭刑。

当科尼亚全身赤裸、五花大绑地趴在国王梅底伊亚的面前，因无法忍受的剧痛呻吟着、哀号着的时候，看着科尼亚年轻的身体上布满血红的鞭痕，感受到科尼亚滚烫的鲜血喷溅到自己脸上，年轻国王的心中感受到了施虐者的狂喜，于是，他大声地笑了起来，朋友科尼亚的哀号与所受的折磨让国王梅底伊亚感到非常开心。看到这一场景的众人也都跟着国王笑起来。这时，科尼亚大声喊了起来：

“啊，伟大的王，您想一想，是我拿起了那枚国王的蛋，然后把它交给了您，您想一下，您就可怜可怜我吧！”

可是盛怒中的国王粗野地、大声地向他喊道：“我记着呢，科尼亚，我全都记着呢，为了让你以后不在我面前如此自夸，我现在就命令我忠诚的仆人们用鞭子抽死你。”

黑眼睛的科尼亚被鞭打着，直到再也发不出一声呻吟，然后他的尸体被拖了出去，扔到了王宫的门槛外。

从那一天起，残忍暴虐就充斥了国王梅底伊亚的心灵，听到被虐者的哀号他就会感到开心快乐。无论是谁，只要敢说一句同情少年科尼亚的话，或者是敢指责一句国王的残忍和忘恩，都会被国王下令带到他的宝座之下，折磨致死，然后他才心满意足。

看腻了伤痕累累的躯体，被肆意流淌的热血腥气迷醉的国王开始纵情狂饮，与舞女、驯蛇女、女占卜师及其他放荡的女人们嬉戏厮混。大臣与长老们不仅不劝阻他，还和他一起纵情于酒色，因为他们很高兴：国王既不理国事，也不干涉他们欺压弱者，他们靠压榨寡妇、孤儿和因庄稼歉收而挨饿的人们，大肆发着不义之财。大臣们家里的纨绔子弟也终日陪着国王大摆筵席，毫无羞耻、极尽谄媚地哄国王开心。

整个国家变得哀鸿遍野，人民极度恐慌起来。女人、少女和青年人开始在夜里悄悄地去森林中，给神灵们烧了很多贵重的祭品，用可怕的魔法召唤被杀死的少年科尼亚并恳求他显灵。被残忍杀害的黑眼睛少年科尼亚从坟墓的黑暗中现身了。

一天，当国王和大臣们及无知的青年们大摆筵席的时候，科尼亚来到了他的跟前。参加宴会的人都吓坏了。

当天边的晚霞燃尽，山谷里雾气弥漫，落日的余晖给奶白色的天空涂上了一抹红晕，第一颗银白色的星星升起来的时候，国王宫殿大门上厚重的帷幕突然被挑开了，明亮的晚霞中，一个黑色的身影出现了，这身影化成了黑眼睛、黑头发、皮肤黝黑的科尼亚，他身穿白色的短衣，线条美丽的双臂和双腿裸露着。除了一个已经醉得一塌糊涂、把脸贴在餐桌上的人还在大声喊叫，其他人都像中了失语和恐惧的魔法一样呆呆地看着科尼亚。有人手里的金酒杯落到了柏木地板上，发出了“当”的一声，落地的酒杯在国王和科尼亚之间划了一道弧线后悄声滚远了，杯中深红色的、如血般的葡萄酒流淌到了从坟墓的黑暗中复生的少年赤裸的脚下。

科尼亚平静地走到国王跟前，像从前一样坐到了国王的右侧，这个位置在科尼亚被处死后就一直空着。带着恐惧和愤怒，国王颤声问道：“科尼亚，你还活着？”

科尼亚回答道：“我从坟墓中起身来找您。记得当初我和您曾一起走向这个城市，我们两人都满心欢喜，都单纯无罪。后来我把我找到的金蛋交给了您，坐在您身边的我朴实，不谙世事。至高的权力激荡着您的心，也割裂了您和我，我因您的命令而承受了巨大的痛苦折磨，如今的我来找您，我不再无知，我足够睿智，我具备您所不具备的力量，哪怕您是一个强大的国王。我拾起了那枚价值非凡的蛋，它是善良人和智者放置的，却被无知者和恶人守护着。那枚金蛋是属于我的，与它有关联的一切也是属于我的。但是现在，我已经领教了强权会使人变得如何暴怒，虽然我的脸和国王您的脸长得一模一样，但我，科尼亚，我并不想当国王。而且，伟大的王，您和我，我们之间也将不会有产生分歧和纠纷的对象，就让我们和气地分享——请您留下国王之蛋上象征着王权的、价值连城的祖母绿宝石和蓝宝石，把国王之蛋上我双手能举起的、鲜血能盖住的黄金给我。”

狂怒让国王的眼睛喷着火，他大声叫喊着：“我现在听到的是谋反的言论，看到的是不肯臣服的奴隶挑衅的目光。我忠诚的仆人们，你们在哪里？抓住这个逆贼，给我狠狠地惩罚他，让我亲眼看着你们揍他，给我用藤条和牛皮鞭子抽他，把铅水灌到他的嗓子里去，再把他邪恶的黑眼睛给我抠出来。”

忠诚的奴隶们一丝不苟地执行了他们残暴的主子的全部命令。饱受折磨的少年科尼亚发出了凄厉的号叫。号叫声穿破了云端，假如大地上真的有天空笼罩，这凄厉的号叫声也一定会飞到天外。

少年被折磨致死，伤痕累累的尸体被拖到城墙外，扔到了垃圾场。远处，胆小的胡狼嗅到了鲜血的味道，发出了阵阵嚎叫。

富丽堂皇的王宫里，饮酒过量的嘶哑嗓音唱着欢快淫荡的歌。赤裸的荡妇在国王面前跳着舞。国王哈哈大笑着，用细细的鞭子抽着舞者，让她们加快舞步。荡妇们半真半假的尖叫声让国王感到非常开心。

残酷与罪恶日复一日。人们又开始在荒野的森林中用可怕的暗夜咒语祈求饱受折磨的少年。于是，科尼亚又一次现身了，又一次来到了国王的宫殿里。这一次，少年被撕成了碎片，尸体的碎片被喂了狗。

但科尼亚再一次来到了国王的宫殿。这一次，国王命令将科尼亚及一千名为他哭泣的青年男女一起用火烧死。所有人被驱赶到一所房子里，房子周围被堆上了干树枝，树枝上被浇了焦油，然后点着了。明亮的火焰高高腾起，欢快地舞动着，暗红的血染红了夜晚的云，火焰中一千人的大声哀号传遍了城外的四面八方，连在水边的芦苇丛中觅食的猛虎都受到了惊吓。而人们，为了迎合自己残暴的统治者，却在被烈焰吞噬的房子周围跳起了舞蹈。

但科尼亚又一次出现了。暴怒的国王胆战心惊。他问不断复活的少年：“你是不是要让我和你的痛苦就这样无休止地循环下去?”

科尼亚微笑着反驳道：“随您的便吧，伟大的王。把我的金子给我，您就会得到平静。”

“不给，”国王大声喊道，“我要一直让你承受着无法言说的痛苦，直到你厌倦这痛苦，直到你归于永恒的黑暗！”

“梅底伊亚国王，”科尼亚反驳道，“在至高无上的力量的支配下，我已无法停下脚步，我会无休止地来找您。您有两个选择——把属于我的金蛋上的金子给我，或者，您就像在荒凉之地守候猎物的野兽吞噬猎物那样，用您的牙齿咬死我，然后吞了我。那时候您就会真的成为一只野兽，您就会战胜我，而我，我也将永远不再来找您，因为您已经变成了野兽。”

梅底伊亚国王垂下了头，思考了良久，终于说道：“那就这样吧。我是国王，我应该不计任何代价战胜你。与其当一个认输者，把自己的东西给别人，还不如做一只无敌的、威武的野兽。”

黑眼睛的科尼亚笑了。令人震惊的变化瞬间就发生在了国王的身上。他全身都长出了棕红色的毛，皮毛和梅底伊亚国王的头发是一个颜色。身体变得像孟加拉虎一样柔韧灵活，四肢着地，还突然长出了一条僵硬绷紧的尾巴，手和脚长出了尖利的指甲，变成了可怕的大爪子。美丽的头颅也发生了可怕的变化：上颌骨变大，吓人的大牙在嘴里闪着光，那是白色、弯曲、尖利的獠牙。梅底伊亚国王的眼睛变圆了，眼中放着绿莹莹的光。国王暴怒得令人无法忍受的声音变成了野兽的咆哮，连最勇敢的男子听到这咆哮声也会感到恐惧。变成了野兽的梅底伊亚敏捷地一跳，猛地扑向了科尼亚，兴奋得“啊呜，啊呜”地低吼着，开始吞食科尼亚甜美的肉体，用牙齿咬碎他的骨头，警惕地微微抖动着毛茸茸的耳朵，埋头吃光了科尼亚的最后一块肉。

变成野兽的国王梅底伊亚吃掉了自己的朋友。大臣和长老们欢天喜地，陶醉在邪恶的喜悦中，他们赞美国王：

“伟大的神灵创造了这个伟大的奇迹，这是神灵对我国的恩赐。神灵赋予我们爱戴的国王梅底伊亚令人畏惧的野兽面貌，是要让他拥有可怕的利爪和强大的颌骨，好能像折断一根嫩芦苇一样，轻而易举地就撕碎敌人的骨头。”

大臣和长老们引领着野兽梅底伊亚走上了大街，威吓瑟瑟发抖的敌人们。野兽的头被戴上了亮闪闪的王冠，脖子上戴上了钻石项圈，棕红色的兽毛中间漂亮的红蓝宝石和晶莹剔透的祖母绿宝石闪闪发光。赤裸的少女将芬芳的花瓣洒在野兽走过的路上，它留下的恐怖的爪印上洒满了热血。人们被命令向崇高的野兽俯首叩拜，而野兽则在臣服的叩拜者中挑选“鲜嫩的”猎物，以青年与少女的肉体为食。

这个故事的结局含糊不清，只是交代说，在秘密森林里进行的暗夜占卜得到了这样的结果：胸膛中有燃烧得火热的煤的少女（也许该读一读《烈焰之心的少女》这篇故事）方能杀死这头野兽。这只野兽究竟有没有被杀死？在残暴的野兽统治下，瑟瑟发抖的民众是否得到了解救？被野兽控制的王国的命运不知所终，国名也被遗忘了。

少年利恩的故事

王宁 译

奉命剿灭逆民的罗马骑兵们大获全胜，打道回营。那个村子的刁民们既不肯献上贡品，也不愿意对皇帝的圣像虔诚膜拜。血流成河的杀戮过后，大量的逆民被消灭了，骑兵们自然也都疲惫不堪。此时，他们正急切地盼望着最快乐的那一刻——回到营地，回到自己的帐篷里，尽情地“享用”从村子里抢来的年轻美女们，也就是那些逆民的妻女。

在村里烧杀抢掠的同时，骑兵们也让村里的少妇和少女们体验到了匆忙而暴力的“甜美”。在被毁村庄的井畔，在她们的父兄和丈夫那因伤口而显得丑陋不堪的尸体旁，在她们母亲饱受折磨的、被棍棒和刀剑打得血淋淋的身体旁，骑兵们强暴了她们。骑兵们越是渴望，她们就越是反抗，现在，这些年轻的女人被捆得结结实实，扔到了马车里。强壮的马拉着大车正行驶在通往营地的大路上。

骑兵们选了一条绕远的路，之所以这样做，是因为队长得到消息说，有一些漏网的逆民朝这个方向逃跑了。虽然骑兵们个个浴血，手中的剑和长枪也因主人为了军人的荣誉，为了无愧于“忠君”的称号不断地砍杀而不再锋利，但敌人的身体永远也喂不饱罗马军团骑士的剑，它们总是贪婪地渴望饮下更多的人类的新鲜热血。

这是一个炎热的日子，此时刚过正午，正是一天中最热的时候。天空晴朗无云，阳光肆无忌惮地炙烤着大地。天上的太阳仿佛是冒着烟雾的邪恶火龙，它因狂怒而全身颤抖，丑陋的大嘴里冒着火，把愤怒的热浪喷向沉默不语、萎靡不振的原野。草都被烤焦了，紧紧地贴着期待甘霖的焦渴的地面。枯草与大地同悲，它们一样饱受折磨，一样低垂着头，也一样因灰尘而感到窒息。

马蹄下尘土飞扬，灰色的尘雾仿佛是缓慢移动的浮云，悬在静止的空气中。尘埃落在疲惫的骑兵们的盔甲上，让盔甲失去了原有的光泽，只有暗红的血色若隐若现。在灰蒙蒙的尘土的笼罩下，周围的一切都让疲惫的骑兵们的心里产生了某种不祥的、忧郁悲伤的预感。被愤怒的火龙炙烤到快要燃烧的大地毫无生机地躺在沉重的铁蹄之下。荒凉的、尘土飞扬的大路在沉重马蹄下呜咽着、颤抖着。

路边偶尔会看到荒芜贫穷的村落，屋舍简陋破败。酷热的折磨使骑兵队长忘了要一路仔细搜寻逆民的初衷，他坐在马背上，身子随着马步的节奏一起一伏，心里阴郁地想着：这酷热到底什么时候才能结束？这漫长的路究竟什么时候才能到头？我们什么时候才能回到营地？想着回到营地就会有人牵走他胯下的战马，也会有人帮他摘掉头盔，拿走盾牌，他在宽敞的行军帐篷里会很凉爽，烛光静谧。到那个时候，赤裸的女奴就又会开始哭泣，但她的哭声在征服者的耳中宛如芦笛般悦耳，她用异域语言发出的抱怨与哭诉也会显得可笑，女奴肯定会哭泣，但她将不得不亲吻征服者。征服者也一定会“爱抚”她，狠狠地“爱抚”她，为的是让她不再哭泣、不再诉说、不再抱怨，让她不再用那芦笛般的声音追忆那些被杀死的、与伟大的恺撒大帝为敌的亲人。

一个年轻的骑兵跑来打断了队长的思绪，他向队长禀报：

“马塞勒斯长官，那里，在右边，靠近大路的地方，我看到一群人，请您下命令吧，长官，让我们去追那些人，把他们驱散吧，我想马队的奔跑会唤醒被酷暑麻痹了的风，风来了就会吹散灰尘，也会带走我们的疲惫。”

队长认真地朝年轻战士指给他的方向看去，他的眼力非常好。

“不，卢齐利乌斯，”队长微笑着说，“那是一群孩子，他们在路边玩耍呢，没必要驱赶他们。就让男孩们看看我们强壮的战马，看看我们勇敢的骑士，这会让他们从小就开始崇拜我们罗马的军队，也会将对无敌而神圣的恺撒大帝的崇拜烙进他们的心里。”

年轻的骑兵不敢违抗队长的命令。他脸上的神采暗淡了下来，不满地骑马归队，悄悄地对自己的朋友，也是一个年轻的骑兵说道：

“这些孩子，也许是那些叛逆的混蛋们的后代。我原本想要痛痛快快地碾碎他们，可是队长因为上了年纪而变得爱感情用事，他已经失去了英勇骑士应该具备的决断力。”

可他的朋友明显也不赞同他的想法：

“为什么要杀孩子们？杀孩子难道是光荣的事？我们应该与那些有自

卫能力的人作战。”

充满激情的年轻骑兵沮丧地涨红了脸，不再说话了。

骑兵们离孩子们玩耍的地方越来越近。孩子们站在路边，看着骑兵们，因他们强壮的马匹、闪闪发光的盔甲和晒得黝黑的勇敢的脸庞而惊叹。

孩子们窃窃私语着，惊讶地睁大了眼睛。

只有一个孩子显得与众不同。这是一个漂亮的少年，他叫利恩。少年利恩阴沉着脸看着骑兵们，乌黑的眼睛里闪着愤怒的火花。当骑兵队从孩子们身边经过时，少年利恩大声喊道：

“你们这些杀人犯！”

少年利恩抬起了手，指着骑兵队长。队长沉着脸看了少年一眼，但还没来得及听清楚利恩喊的是什么，马就过去了。

惊恐万分的孩子们围住了少年利恩，怕他再喊出来什么，孩子们小声地对利恩说：

“快跑，要不他们会把我们都杀掉的！”

女孩们已经开始哭泣，那个漂亮的少年利恩却毫不畏惧地向前走去，大声地喊道：

“你们这些刽子手！你们这群滥杀无辜的恶魔！”

少年利恩又一次朝敌人举起了自己稚嫩的拳头，黑眸里怒火闪烁，因愤怒而全身颤抖，喘着粗气，一声高过一声，利恩大喊着：

“刽子手！刽子手！什么都洗不掉你们手上沾的无辜者的鲜血！”

女孩们想用哭喊声淹没少年利恩的叫喊声，男孩们则抓住利恩的手臂，把他从大路上拖了下来。但是，利恩挣脱了他们，被极度的愤怒焚烧着的利恩继续咒骂着“伟大的”罗马皇帝的士兵。

骑兵们勒住了战马，年轻一些的骑兵们都大声说道：

“这是叛逆者的后代！叛乱的念头已经污染了他们的心灵！我们必须消灭他们！一定要让胆敢侮辱罗马帝国军人的人无处容身！”

接着，年龄大些的骑兵们也开始劝队长：

“我们应该严惩这种流氓无耻的行径。马塞勒斯队长，请您下命令，让我们回去消灭他们，我们必须在这些孽种长大成人之前，在他们有能力反抗并危害伟大神圣的恺撒大帝和最强大的罗马帝国之前将他们消灭掉。”

于是队长下了命令：

“回去追上他们，把喊话的杀了，不要杀其他人，教训教训他们，好让他们到死都记着侮辱罗马士兵要付出的代价。”

骑兵们策马离开了尘土飞扬的大路，朝孩子们逃跑的方向追去。

少年利恩看见追兵，向伙伴们喊道：

“放开我，不要管我，你们救不了我，你们也不用逃跑，要是逃跑，所有人都会死在这些穷凶极恶的无耻的罗马士兵的剑下。我一个人去见他们，让他们杀了我一个。我不想在这邪恶残暴的世界上苟且偷生。”

少年利恩停下了脚步，惊恐万分、跑得筋疲力尽的同伴们没办法阻止他，于是只能站在原地大哭。骑兵们迅速地将孩子们紧紧地围住了。

出鞘的剑在阳光下闪闪发光。阳光照在冷酷邪恶的钢刃上，仿佛是恶龙在微笑。孩子们浑身发抖，大声哭喊着，紧紧地抱成了一团。

太阳这条恶龙似乎对即将开始的杀戮已经迫不及待了，它发出的光与热让骑兵们的血液沸腾燃烧，它用紫红色的烟雾遮住了骑兵们愤怒红肿的眼睛，它甚至已经开始感到喜悦，因为它已经准备用自己毫无怜悯之心的、毒蛇般邪恶的目光去吸吮无辜的孩子们的鲜血，它也准备把酷热喷向即将被无情砍杀的、身无片甲的孩子们。就在这时，少年利恩勇敢地从孩子们中间走了出来，他走到队长的面前，大声说道：

“老家伙，骂你还有你的兵是刽子手的人是我，诅咒你和你的兵的人也是我，呼唤上天将正义的审判降临到你们头上的人还是我。

“你看，他们还是孩子，他们因为恐惧而哭泣颤抖，怕你那该死的士兵们会遵照你的命令杀了他们，也害怕你的士兵们会杀了他们的父母。你杀了我吧，而这些孩子会臣服在你和你的士兵脚下，如果你觉得你杀的人还不够多，那你就杀了我吧！我可不怕你，我憎恨你的暴戾，鄙视你的剑，讨厌你邪恶的蛮力！我不想活在被你的暴力的军队践踏的土地上！趁着我的手臂还不够强壮，趁着我的身材还不够高大，趁着我还够不到你的喉咙，还无法扼死你，你杀了我吧，赶快杀了我吧！”

骑兵队长震惊地听着少年利恩的话，然后说道：

“你这蛇蝎小儿，你打错算盘了，我不会让你一个人死。”说完这话，队长给骑兵们下了命令：

“把他们都杀掉，不能让毒蛇的后代们活在这个世界上。这个放肆无礼的男孩子刚才说的话已经深深地烙刻在他们叛逆的灵魂中了。杀死他们，不要有丝毫的怜悯，无论大小，统统杀掉，就算是刚会说话的孩子也别放过。”

骑兵们冲向了孩子们，用冷酷无情的剑杀死了他们。阴森森的山谷和尘土飞扬的道路仿佛也因孩子们的哭号声而战栗着，回声从烟雾弥漫的远方传来，像痛苦的呻吟，又像芦笛发出的温柔低沉的叹息，呻吟着，叹息着，然后消失了。战马兴奋地打着响鼻，嗅着血雾，挂着铁掌的马蹄缓慢却沉重地践踏着孩子们的尸体。

杀戮过后，骑兵们准备重新上路，他们高兴而残酷地笑着。他们要回营地了，他们愉快地聊着天，欢欣鼓舞。

可山谷里这条尘土飞扬、艰难无比的路却怎么都走不到尽头，太阳那条邪恶的龙，眼中喷着愤怒的火焰，在高空盯着这阴森的谷地。火红的恶龙开始向西方退去，但是感觉不到丝毫的凉意，周围安静又恐怖，风仿佛也睡着了。

火热的恶龙红着脸缓缓地向西方退去，看着老骑兵队长敏锐的眼眸，恶龙的脸上带着无声的、令人胆寒的微笑。万籁俱寂，暑热难耐，霞光似火，战马的脚步平稳清脆，这情景忽然让老队长心生忧惧。

沉重的马蹄声竟然是那么清脆整齐，让人倍感绝望的灰尘是那么细小，那么灰暗，那么纹丝不动，让人觉得这道路上的灰尘和恐怖将永无尽头。疲惫的战马每迈出一步，都会从荒凉的远方传来回声，伴着如泣如诉的呻吟的回声。

大地在铁蹄下嗡嗡作响。有人在后面奔跑着、叫喊着追赶骑兵们，那叫喊声和被杀死的少年利恩的声音一模一样。

队长转过头看着他的战士们。骑兵们的脸上落满灰尘，面容扭曲。显然，面容扭曲的原因并不完全是疲倦。战士们粗犷黝黑的脸上带着恐惧。

年轻的骑兵卢齐利乌斯干裂的嘴唇颤抖着，不安地小声嘀咕着：

“快点到营地吧！”

老队长盯着卢齐利乌斯疲倦的脸庞，悄悄地问他：

“卢齐利乌斯，你怎么了？”

卢齐利乌斯也同样悄悄地回答他说：

“我好害怕。”

卢齐利乌斯为自己的恐惧和软弱感到羞愧，于是他又大声地说道：

“我好热。”

但是，大声说话并没能帮卢齐利乌斯克服恐惧，他又小声地跟队长说：

“是那个可恶的男孩在后面追我们，他被暗夜女巫的邪恶妖术控制了，我们杀不了他，也甩不掉他。”

队长仔细地环顾着四周。无论是近处还是远处，一个人影儿也没有。于是老队长对年轻的卢齐利乌斯说道：

“外国祭司给你的那个护身符没丢吧？我听人说，午夜巫师和正午巫师的妖术对带着这种护身符的人不起作用。”

卢齐利乌斯却惊恐万分地回答道：

“我身上带着这护身符呢，可是这护身符现在正灼烧着我的胸膛。我能感到地狱之神正朝我们走来，我能听见他们的低语。”

山谷低沉地呻吟着，呻吟着……老队长试图用虔诚的祷告帮助自己战胜恐惧，他对卢齐利乌斯说道：

“地狱之神那是在感谢我们，我们今天为他们干了很多活儿，他们说话的声音低沉又含糊不清，因此，在炎热寂静的荒漠中，人听到他们的声音会感到害怕，但战胜恐惧不正是勇士的光荣所在吗？”

可是，年轻的卢齐利乌斯又说话了：

“我好害怕，我现在能听见追我们的那个少年的声音。”

一个芦笛般清脆的声音打破了酷热的山谷中的寂静，那个声音呐喊道：

“刽子手该死！刽子手要受到最严厉的惩罚！”

骑兵们陷入了恐慌，战马飞奔起来。可是这声音如影随形，无比真切：

“刽子手！滥杀无辜的刽子手！你们不会得到赦免，你们不会得到宽恕！”

骑士们吓得抽打战马飞奔起来，这情景让老队长怒火中烧。他高声喊着，喝住胯下那匹惊慌奔跑的战马，然后开始对自己的士兵们说道：

“我们还是不是神圣的恺撒大帝的士兵？我们这是被什么人吓得四处奔逃？一个该死的、可恶的男孩，也许是我们没让他死透，也许是邪恶的巫师把他的鲜血收集到碗里，用邪恶之樽让他复活了，让他继续亵渎我们罗马帝国不可战胜的军队。但是我们罗马勇士的武器不仅能战胜敌人，也能战胜敌人的妖术。”

队长的话让骑兵们感到羞愧，于是他们勒住了战马，听从队长的指挥。有人大声叫喊着追上了他们，孩子的喊声在夜晚烟雾弥漫的寂静山谷中显得格外清晰：“刽子手！”

骑兵们掉转马头，转身到喊声传来的方向，他们看见了少年利恩。衣衫褴褛的少年浑身是血地向他们跑来。鲜血顺着他的脸和双手流下来。他举起手臂，指着骑兵们，气势咄咄逼人，像是要把每个骑兵都抓住，然后把他们拽到地上，再用自己血肉模糊的双脚践踏他们。

骑兵们的心又被邪恶的兽性占据了，他们拔出了剑，用马刺狠狠地刺着自己的战马，随即挥舞起手中的剑，向少年利恩砍去，骑兵们让马蹄踩踏着利恩，发泄着心中的怒火。然后，他们跳下了战马，用剑将少年的身体撕成了碎片，再把碎片扔到路上，扔向四周。

骑兵们用路边的草擦了擦剑，翻身上马，继续朝营地的方向赶去。可是，痛苦压抑的呻吟声又一次响遍了落日余晖笼罩下的幽暗山谷。芦笛般如泣如诉的声音又一次喊着那冷酷的词语，在凶手们的耳畔响亮地回荡着“刽子手！刽子手！”的喊声。

被恐惧和邪恶支配的骑兵们再一次调转了马头，他们看到浑身是血的少年利恩又一次追逐着他们，又一次把血肉模糊的手伸向他们。他们只好又一次砍碎了利恩，用剑砍碎了他，把他身体的碎片扔到四处，然后再上马疾驰。

但利恩一次又一次地追上了他们。骑兵们完全忘记了营地的方向。愤怒的骑兵们不停地砍杀着，在利恩经久不息的斥责声中不断地砍杀着。他们在谷地里，在包围并杀死利恩和其他孩子的地方转着圈。火红的恶龙苟延残喘地冒着烟，用暗淡无情的目光看着这恐怖的、永无休止的砍杀与控诉。

傍晚来临了，夜幕也降临了，天空中星光闪烁，星星们纯洁、无辜又遥远。骑兵们到处乱窜着，少年利恩无休无止的哭诉折磨着他们。骑兵们来回地奔跑着，冲上去杀利恩，却怎么都无法杀死他。

日出前，在被少年利恩追逐的恐惧和无休止的哭诉的双重折磨下，骑兵们朝大海跑去。战马疯狂的奔跑让海浪泛起了泡沫。

骑兵们，包括他们的队长，全都死了。

在遥远的旷野里，在利恩和其他孩子被杀害的大路边，躺着他们血淋淋的、无人埋葬的尸体。晚上，狼群警惕而谨慎地靠近了被摧残的尸体，它们吃掉了这些无辜孩童甜美的尸体。